27 DIAS

Alison Gervais

27 DIAS

Alison Gervais

TRADUÇÃO
FÁBIO ALBERTI

IN 27 DAYS COPYRIGHT © 2020 ALISON GERVAIS
PUBLISHED BY ARRANGEMENT WITH THE ZONDERVAN CORPORATION L.L.C,
A DIVISION OF HARPERCOLLINS CHRISTIAN PUBLISHING, INC.
ALL RIGHTS RESERVED.

COPYRIGHT © FARO EDITORIAL, 2021
TODOS OS DIREITOS RESERVADOS.

Nenhuma parte deste livro pode ser reproduzida sob quaisquer meios existentes sem autorização por escrito do editor.

Diretor editorial: **PEDRO ALMEIDA**
Coordenação editorial: **CARLA SACRATO**
Preparação: **DANIELA TOLEDO**
Revisão: **CÉLIA BUENO** e **GABRIELA ÁVILLA**
Adaptação de capa e diagramação: **CRISTIANE | SAAVEDRA EDIÇÕES**

Dados Internacionais de Catalogação na Publicação (CIP)
Angélica Ilacqua CRB-8/7057

Gervais, Alison,
    27 dias / Alison Gervais; tradução de Fabio Alberti. — 1. ed. — São Paulo: Faro Editorial, 2021.
    288 p.

    ISBN 978-65-5957-000-3
    Título original: 27 days

1. Ficção juvenil I. Título II. Alberti, Fabio

21-1138   CDD 808.899283

Índice para catálogo sistemático:
1. Ficção juvenil

1ª edição brasileira: 2021
Direitos de edição em língua portuguesa, para o Brasil, adquiridos por **FARO EDITORIAL**

Avenida Andrômeda, 885 – Sala 310
Alphaville – Barueri – SP – Brasil
CEP: 06473-000
WWW.FAROEDITORIAL.COM.BR

O DIA EM QUE SOUBEMOS

HAVIA ALGO ERRADO. EU NÃO SABERIA DIZER EXATAMENTE O quê, mas havia algo errado, sem dúvida alguma.

Sim, algo estava fora de lugar, percebi quando desci do ônibus e pisei na calçada da Escola Preparatória John F. Kennedy. O lugar parecia o mesmo de sempre, com seus tijolos vermelhos, suas bandeiras coloridas, espalhadas por toda parte, e estudantes amontoados diante das portas de entrada. A escola existia havia mais de um século e tinha aquele ar da Nova York do passado. Nada fora do comum acontecia ali.

Contudo as nuvens cinzentas que deslizavam no céu pareciam opressivas e traziam com elas um sentimento de receio e de... tristeza. Uma tristeza quase sufocante. Nova York era a cidade que nunca dormia, o lugar de mil faces. Mas eu jamais havia visto uma face como essa antes.

— Ei, sai da frente, Hadley!

Dei um passo para o lado, abrindo caminho para que Taylor Lewis, minha melhor amiga, pudesse sair do ônibus.

Conheci Taylor durante a recepção aos calouros, quando eu perambulava sozinha pelos corredores à procura das minhas salas de aula. Daquele momento em diante, ela decidiu me colocar sob a sua proteção, porque nós duas usávamos camisas iguais, também decidiu me ensinar tudo o que já sabia sobre o cenário social da JFK. Sem ela, eu teria ficado totalmente perdida — literal e figurativamente, e mais ainda socialmente. Agora, mais de dois anos depois, nós ainda éramos melhores amigas, e eu continuava satisfeita por andar com Taylor.

— Por que você está fazendo essa cara estranha? — Taylor perguntou, enquanto seguíamos a multidão para dentro das portas da escola.

Desviei o olhar de um grupo de professores amontoados no corredor perto da recepção, que sussurravam com as cabeças quase coladas, e me voltei para Taylor, com expressão séria.

— Que cara?

Ela revirou os olhos e me deu uma leve cotovelada.

— Deixa para lá. Ei, você está preparada para aquele teste sobre o governo hoje? Na maioria das vezes, eu mal consigo entender o que o professor Monroe está falando e, sério, acho totalmente inútil saber quantos membros do ministério existem, sei lá, e eu... Hadley? Você está me ouvindo?

Eu estava concentrada nos dois policiais uniformizados que se encontravam no fundo do corredor, onde ficava o meu armário; eles estavam em pé, ao lado do diretor, o Sr. Greene. Pela expressão séria e rígida nos rostos deles, supus que estivessem conversando sobre algum assunto bastante desagradável. Mas o que a polícia fazia na nossa escola?

— Me desculpa, Taylor, é que eu... -- Eu não conseguia encontrar palavras para descrever o quanto me sentia estranha. — Sei lá, acho que estou preocupada com o teste também, só isso.

Taylor deu uma risadinha de canto de boca, enquanto eu vasculhava o meu armário à procura do meu livro de química.

— Por que está preocupada, Hadley? Você deve ser a única que consegue ficar acordada nas aulas do Monroe.

— É só sorte, acho. — Ou talvez eu tivesse um pai advogado que surtaria se eu não tirasse notas decentes em ciências políticas.

Deixei Taylor e fui para a minha primeira aula; agora eu tinha a sensação de que alguém me seguia muito de perto, como se eu pudesse sentir sua respiração roçar no meu pescoço. Despenquei numa cadeira na fileira da frente da sala e procurei controlar a respiração para diminuir a ansiedade. Isso funcionou até o momento em que soou o primeiro sinal e a nossa professora não apareceu.

A Sra. Anderson, a professora de alemão que se encarregava da nossa primeira aula, era, provavelmente, a pessoa mais legal que eu já havia conhecido. Ela estava sempre cantarolando baixinho e abria um enorme sorriso para qualquer pessoa que simplesmente olhasse para ela. Eu não tinha paciência para aprender alemão — mal havia sobrevivido aos dois anos obrigatórios de espanhol — mas a Sra. Anderson era uma figura muito engraçada e tornava suportável a primeira aula, que acontecia logo de manhã.

O atraso da Sra. Anderson aumentou ainda mais o meu desconforto. Minha amiga Chelsea estava convencida de que a professora morava na escola porque ela estava sempre em algum lugar do prédio, carregando café e donuts polvilhados com açúcar, e comparecia a todos os eventos e jogos de futebol. Então, onde é que ela estava? Não era típico a Sra. Anderson se atrasar.

Mais de cinco minutos se passaram antes que a porta da sala se abrisse e a Sra. Anderson entrasse. Havia uma mancha de café no seu suéter, e seus óculos estavam um meio tortos. Ela deixou cair uma pilha de pastas em sua mesa, então começou a falar:

— Perdão pelo atraso, classe, é que nós tivemos um... — Ela hesitou, mordeu o lábio e esfregou a mancha em seu suéter com um guardanapo. — Aconteceu uma coisa... uma coisa triste.

Essas palavras fizeram meu coração se acelerar e bater em ritmo descompassado. Eu não fazia ideia do que poderia ser essa "coisa triste", mas uma sensação angustiante me dizia que era algo *ruim*, fosse lá o que fosse.

A Sra. Anderson suspirou, atirou o guardanapo no lixo e se encostou em sua mesa, cruzando os braços sobre o peito.

— Na noite passada, um dos nossos estudantes cometeu suicídio.

Soltei o corpo sobre o encosto da cadeira, deixando escapar um suspiro.

— *Quê?*

No instante em que saltei do ônibus, menos de vinte minutos atrás, sabia que algo estava errado. Mas *isso*? Quis perguntar quem tinha dado um fim tão bruto à própria vida, mas percebi que não conseguia me forçar a falar. Subitamente a minha boca ficou seca, e a minha língua parecia uma lixa.

— Quem foi? — perguntou um garoto sentado algumas fileiras atrás de mim, após os primeiros momentos de silêncio.

A Sra. Anderson brincou com a borda do seu suéter.

— Archer Morales — ela respondeu por fim.

Esse nome era… muito familiar. Eu já o havia escutado antes, mas não conseguia associar um rosto a ele.

Espere aí, uma vozinha em minha mente me lembrou. *Inglês para calouros.*

Isso mesmo. Inglês para calouros. Archer Morales era o garoto que se sentou ao meu lado no primeiro semestre. Quando a Sra. Anderson disse o nome dele, eu não fiz a conexão imediatamente porque Archer só deve ter falado umas três palavras o ano inteiro.

A voz da Sra. Anderson foi sumindo aos poucos enquanto ela explicava que os orientadores da escola ficariam disponíveis pelo resto da semana, a qualquer hora, para falar sobre o ocorrido. Por fim, eu já não escutava mais nada do que ela dizia, pois estava preocupada demais tentando me lembrar de qualquer coisa que pudesse a respeito de Archer Morales.

Ele era muito quieto e mantinha a cabeça baixa quase o tempo todo, acompanhando qualquer texto que estivéssemos estudando. Eu só consegui dar uma boa olhada no rosto dele uma única vez, quando fomos obrigados a responder uma série de perguntas sobre *Frankenstein*.

Provavelmente seria fácil esquecer um cara que raramente abria a boca para falar, mas esse cara era simplesmente a pessoa mais perturbadora que já havia encontrado. As palavras me fugiram no instante em que ele me olhou com aqueles olhos castanhos luminosos que pareciam tirar raio X de mim.

Relembrando agora esse curso, eu me dei conta de que havia feito o possível para esquecer essa experiência, e por um bom motivo: a expressão de desgosto no rosto atraente de Archer durante todo o tempo em que estudamos juntos. Que garota iria querer se lembrar do momento em que um cara deixou claro que gostaria de fazer qualquer coisa *menos* olhar para ela?

Pensando bem, essa parecia ser a atitude de Archer Morales diante de tudo. A JFK era uma escola grande; eu o via pelos corredores de vez em quando, era fácil localizá-lo por causa da sua altura e do seu cabelo preto e todo desgrenhado, mas ele sempre estava sozinho, e todos se mantinham distantes dele.

Archer Morales era — *tinha sido* — um dos excluídos da escola. E agora ele não existia mais.

Eu me endireitei na cadeira, quando o sinal tocou, me despertando do meu devaneio. Todos na classe já haviam se levantado e se preparavam para sair; conversavam baixinho uns com os outros em vez de tagarelarem e rirem como costumavam fazer. A mudança no ambiente geral era ainda mais óbvia agora. Atordoada, caminhei pesadamente pelos corredores até a aula de química, incapaz de assimilar o fato de que um colega de classe havia morrido.

Eu não poderia dizer que realmente conhecia Archer Morales. Nós nem mesmo tínhamos nada parecido com amizade, em nenhum nível. Ele não havia sido nada mais do que um perfeito estranho para mim. Então, por que eu me sentia como se estivesse prestes a desmoronar?

✽ ✽ ✽

No horário de saída, a temperatura havia caído do lado de fora da escola, tornando o ar frio e desconfortável, enquanto eu caminhava para um dos ônibus na calçada. O que eu realmente precisava era me enfiar na cama e esquecer de que esse dia havia acontecido.

Sentei-me num assento vazio no fundo e apoiei a cabeça na janela, fechando os olhos. Excepcionalmente dessa vez, a ausência de Taylor era um alívio para mim. Ela havia decidido cair fora mais cedo para ficar com seu novo namorado. Nenhuma das outras garotas que andavam com a gente pegava o mesmo ônibus, o que me garantia tranquilidade para pensar. O veículo rodava suavemente, o que quase funcionava como uma distração para os pensamentos que varriam o meu cérebro como um furacão. Mas a viagem terminou bem rápido.

Puxei para cima a gola da minha jaqueta e cruzei os braços sobre o peito, caminhando na direção do condomínio em que morei quase toda a minha vida. O prédio ficava bem no limite do Upper East Side, portanto era um pouco mais ostentoso que outros edifícios em Manhattan.

Muitas vezes me parecia solitário ficar fechada dentro do apartamento enquanto os meus pais trabalhavam por horas intermináveis; nessa tarde, porém, nada poderia ser mais atrativo para mim do que ir para um apartamento vazio. A familiaridade do meu quarto bagunçado e os lençóis confortáveis da minha cama nunca me pareceram tão convidativos.

— Boa tarde, Hadley! — disse Hanson, o porteiro, quando me aproximei do edifício envidraçado. — Teve um bom dia na escola?

Por um momento, pensei em contar a Hanson o que havia acontecido. Ele era um sujeito legal e sempre parecia estar genuinamente interessado em saber como havia sido o meu dia. Mas eu não queria dizer em voz alta que um dos meus colegas havia se matado, porque eu ainda não queria acreditar que isso realmente tinha acontecido.

— Um dia fantástico — respondi, por fim, quando ele abriu a porta para mim.

— Eu me lembro dos meus tempos de colégio — Hanson comentou quando cruzei a entrada. — Assim que você sai de lá, o mundo se torna um lugar bem melhor.

Eu tinha as minhas dúvidas a esse respeito, mas, de qualquer modo, foi legal ouvir Hanson dizer isso.

Atravessei o saguão em mármore decorado com uma fonte e rumei para os elevadores, então subi até o sétimo andar. Percorrendo o corredor ricamente decorado, tirei da minha bolsa o meu molho de chaves e destranquei a porta do apartamento 7E.

A palavra *modesto* simplesmente não existia no dicionário dos meus pais.

Nosso apartamento era repleto de móveis de couro imaculados, carpetes de cor creme e fotos elegantes da cidade penduradas nas paredes, tudo em harmonia com as janelas panorâmicas da sala de estar e de jantar. E a cozinha com estrutura toda metálica, a última palavra em modernidade, era uma verdadeira obra de arte. Era incrível que a minha mãe tivesse encontrado tempo para decorar o lugar, pois ficava muito pouco em casa.

Meus pais — um advogado e uma executiva financeira — tinham agendas extremamente corridas e raramente pensavam duas vezes antes de saírem da cidade em viagens de negócios, deixando-me sozinha por uma semana, às vezes, ou até mais. Quando isso acontecia, a Sra. Ellis, nossa vizinha de oitenta e sete anos, aparecia dia sim, dia não para conferir se eu estava bem; mas isso não era exatamente a mesma coisa que ter a mãe ou o pai por perto.

Eu sabia que tinha muita sorte por morar em um lugar tão legal e por ter tanto dinheiro à minha disposição, mas para ser honesta, toda essa coisa de "ser rica" me deixava um pouco incomodada. Houve um tempo em que as coisas não eram assim. Nem sempre os meus pais receberam cheques astronômicos. Às vezes, eu sentia saudade da casinha com terraço em que morávamos em Chelsea antes de minha mãe ser promovida e meu pai assumir a sua firma. Naquela época, pelo menos, nós realmente passávamos um tempo reunidos como uma família e jantávamos juntos todas as noites.

Suspirei, aliviada, assim que fechei a porta do meu quarto e a tranquei.

Meu quarto era meu refúgio. As luzes de Natal penduradas sobre a janela da sacada, os programas da Broadway e as pinturas de Taylor e do nosso grupo pregadas no quadro de cortiça sobre a minha mesa, as fileiras e mais fileiras de DVDs e de CDs que eu havia colecionado ao longo dos anos — tudo isso era a fuga perfeita dos tediosos móveis de couro e das fotografias profissionais da cidade, compradas em alguma galeria de arte que adornavam a sala de estar.

Tentei, sem muito entusiasmo, memorizar algumas fórmulas de química, porém desisti depois de cinco minutos. Atirei meu livro na parede e caí na cama com o rosto voltado para baixo.

Agora que Archer Morales não caminhava mais entre os vivos nessa terra, eu me sentia como se uma parte de mim estivesse faltando. Isso me fazia desejar desesperadamente que ele ainda estivesse aqui, embora ele e eu tenhamos apenas trocado umas poucas palavras e nada mais. De algum modo, não fazia sentido para mim o fato de que ontem mesmo ele estava aqui e agora ele havia partido... para sempre. Pelo visto, eu ainda não estava totalmente familiarizada com a morte. Fui ao funeral da minha bisavó Louise quando tinha seis anos, mas essa foi a única vez que tomei conhecimento do falecimento de alguém que conhecia — pelo menos um pouco. Mas não gostei de ver o corpo dela num caixão na época e não gostava de imaginar o corpo frio de Archer deitado em algum lugar agora.

Enfiando-me debaixo das cobertas, enterrei o rosto num travesseiro e finalmente comecei a chorar.

DOIS DIAS DEPOIS

DOIS DIAS DEPOIS, ALÉM DE UMA PEQUENA REPORTAGEM E UM obituário num jornal local, já não restava mais nenhuma dúvida de que Archer Morales estava morto. Eu tinha que aceitar isso, por mais que odiasse pensar que um dos meus colegas de classe se sentia tão desesperado a ponto de acreditar que sua única saída seria dar um fim à própria vida. Mais de uma vez, eu me vi no saguão da escola, me erguendo na ponta dos pés, tentando avistar algum sinal de Archer, mas era inútil. Ele sempre havia estado ali, meio escondido de todos, mas agora... nunca mais.

Parei diante do espelho de corpo inteiro que tinha em meu quarto, puxando as extremidades do vestido preto rendado que eu havia encontrado no fundo do meu armário. Eu me senti desajeitada e desconfortável usando um vestido, porque quase sempre optava por jeans e camiseta, mas queria vestir algo bonito para o funeral de Archer. No dia anterior, a Sra. Anderson anunciou que os estudantes seriam bem-vindos se quisessem comparecer ao funeral de Archer para prestar suas condolências, mas não me pareceu exatamente um convite. A esperança de conseguir encontrar nessa noite algum sentimento de conclusão, uma tentativa de entender por que eu não parava de pensar nele, superava de longe qualquer nervosismo.

Depois de me assegurar que eu parecia apresentável o suficiente, vesti meu casaco, peguei minha bolsa e saí do quarto. O táxi que eu havia chamado chegaria a qualquer minuto. Imaginei que não seria má idéia comer algo rápido antes de ir.

Enquanto caminhava pelo corredor na direção da sala de estar, ouvi soar uma voz gentil e harmoniosa. Quando cheguei à sala, fiquei espantada ao me deparar com o meu pai acomodado no sofá, com o iPhone na mão, conversando animadamente.

Mas o que o grande Kenneth Jamison fazia em casa tão cedo? Mal passava das seis horas da tarde. Isso era inédito. Nos últimos três anos, ele jamais havia chegado antes das oito da noite.

— Rick, preciso desligar — ele disse, olhando para mim enquanto eu passava. — Hadley está se aprontando para sair.

Ele desligou e atirou o aparelho sobre a mesa de centro, depois se levantou e estendeu os braços atrás da cabeça com um bocejo.

— O que está fazendo em casa, pai? — perguntei. — Você nunca chegou tão cedo.

— Eu sei — meu pai disse, me seguindo até a cozinha. — Mas Rick e eu fechamos hoje o caso Blanchard-Emilie, então decidimos tirar o resto da noite para celebrar.

— Isso é muito bom.

Abri a geladeira em busca de um tira-gosto qualquer e um silêncio constrangedor se instalou no ambiente. Eu poderia muito bem ter passado sem essa situação.

Isso sempre acontecia quando, por acaso, eu e o meu pai nos encontrávamos.

Ele era o meu pai, claro, mas geralmente estava tão concentrado em seu trabalho que quase não tínhamos chance de passar muito tempo juntos. Ficar uma noite em casa não era uma preocupação relevante para um dos advogados mais celebrados da cidade.

— Então, filha…

Tirei da geladeira um cacho de uvas e uma garrafa de água e me voltei para o meu pai com uma expressão embaraçada.

— Que foi?

— Então... — Ele limpou a garganta e se inclinou sobre a bancada, cruzando os braços. — Você vai ao funeral daquele garoto.

— Hã... vou — respondi. — O funeral do Archer Morales.

Por um momento, franziu o rosto, com uma expressão pensativa.

— Morales... Por que esse nome me soa tão familiar?

Dei de ombros, colocando duas uvas na boca.

— Não sei. Devem existir centenas de pessoas com esse nome.

— Talvez.

Mastiguei mais algumas uvas esperando que o interfone ao lado da porta tocasse indicando a chegada do meu táxi. Isso me daria um pretexto para escapar dessa conversa desagradável.

Eu não queria falar com o meu pai a respeito de Archer Morales.

O que eu realmente queria era reunir coragem para dizer adeus a um garoto que eu mal havia conhecido, encontrar uma maneira de esquecê-lo e não me sentir tão estranhamente culpada. Eu queria me desculpar por não ter prestado mais atenção nele, por não ter estado lá para ajudá-lo de alguma maneira.

—Taylor vai com você ao funeral? — meu pai indagou após alguns instantes de silêncio.

— Não, vou sozinha. Taylor está ocupada.

Novamente, meu pai franziu o rosto, pensativo, parecendo descontente com a possibilidade de que sua filha saísse sozinha pela cidade.

— Tem certeza? Eu não fico nem um pouco... tranquilo com a ideia de você vagando sozinha pela cidade à noite — ele disse. — Talvez eu possa, sei lá, ir com vo...

Fui rápida ao interrompê-lo, antes que ele prosseguisse com uma frase absolutamente desnecessária.

— Papai. Por favor. Conheço as regras para sair à noite. Vou ficar bem. Prometo.

— Tudo bem. Mas não se esqueça de ter o seu celular sempre à mão, tá? E não fique fora até muito tarde.

Felizmente, o interfone tocou alto, bem nesse momento, evitando que a conversa continuasse por mais tempo.

— É o meu táxi — anunciei, terminando de beber a garrafa de água. — Preciso ir.

— É, claro...

Dei um rápido abraço no meu pai e murmurei um "boa noite" para ele, depois deixei rapidamente a cozinha, muito aliviada por poder sair dali.

O ar estava gelado, cortando a minha pele quando saí para a noite de dezembro que se iniciava. Hanson sorriu e piscou para mim enquanto segurava aberta a porta do táxi parado na calçada.

— Vai a algum lugar?

— A um... funeral — admiti. — Um dos meus colegas de classe se... se suicidou.

Hanson ficou em silêncio por um momento. Ele não disse que lamentava ouvir aquilo. Apenas estendeu o braço e apertou o meu ombro. Acho que era exatamente disso que eu precisava.

Afundei no assento e travei o cinto de segurança. Hanson fechou a porta do carro.

— Para onde? — resmungou o motorista.

Dei ao motorista o endereço da igreja que a Sra. Anderson havia mencionado. O táxi se afastou da calçada e se misturou ao trânsito, rápido demais para o meu gosto. Inclinei a cabeça para trás no assento e fechei os olhos com força, inspirando pelo nariz e expirando pela boca.

Eu não fazia ideia do que esperar quando chegasse ao local. Mal conseguia me lembrar do último funeral a que fui. Será que todos estariam vestindo preto e chorando? Uma música triste tocaria durante a cerimônia? Se alguém se empolgasse e dissesse a coisa errada, será que poderia haver um confronto entre os membros da família de Archer? Coisas desse tipo pareciam acontecer em todos os funerais que eu via na televisão, mas eu não acreditava que nada semelhante ocorresse no mundo real.

Quando o táxi estacionou na esquina da igreja, tirei algumas notas da bolsa para pagar a corrida e tratei de sair logo do carro, antes que acabasse me convencendo de que a ideia de ir ao funeral era péssima e implorasse para que o motorista me levasse de volta.

Cruzei os braços e os pressionei contra o corpo quando uma rajada de vento varreu a rua levantando os pêlos da minha nuca. Eu esperava ver uma multidão de gente aglomerada do lado de fora da igreja, compartilhando o pesar pela morte de um garoto, mas o lugar estava tão vazio quanto as prateleiras de uma loja depois da Black Friday. Contudo aquela mesma sensação de estar sendo observada se apoderou de mim, enquanto eu subia os degraus da entrada da igreja.

Quando entrei, o perfume do incenso usado durante a missa imediatamente chegou ao meu nariz. Eu não entrava em uma igreja já fazia um bom tempo — paramos de ir à igreja depois que as carreiras dos meus pais decolaram —, mas a familiaridade me trazia algum conforto.

O saguão onde eu me encontrava agora estava tão vazio quanto os degraus do lado de fora — mais um sinal de que havia algo estranho ali. Onde estavam todos? Peguei o celular para ter certeza de que havia chegado no horário correto.

6:58.

Agora não dava mais para ir simplesmente embora.

Respirei fundo, molhei os dedos no vaso de água benta à minha esquerda, fiz o sinal da cruz e caminhei mais para dentro da igreja. O altar estava decorado com buquês de flores brancas e panos, quase como uma missa de Natal, mas com uma atmosfera muito mais sombria. Numa plataforma, diante do altar, via-se um caixão modesto, coberto com mais flores brancas.

A igreja era linda, com vitrais e pilares de mármore, mas parecia ainda maior que na verdade era devido às fileiras e mais fileiras de assentos vazios. Apenas os bancos das duas primeiras fileiras estavam ocupados. Reconheci alguns professores — o Sr. Gage, professor de matemática, e a Sra. Keller, que lecionava literatura — e também um pequeno número de pessoas que frequentavam a JFK e que eu não conhecia pelo nome.

Parte de mim imaginava que a igreja fosse estar cheia. Era de partir o coração constatar que não apareceriam mais pessoas para prestar seus respeitos a Archer Morales e a sua família. Mantive os olhos fixos à frente e caminhei rapidamente pelo corredor central, determinada a não trocar olhares com ninguém. Sem querer chamar a atenção e percebendo que eu havia chegado exatamente dois minutos antes do início da cerimônia, sentei-me num banco vazio a algumas fileiras atrás, juntei as mãos firmemente no meu colo e esperei que a cerimônia começasse.

O serviço fúnebre começou oficialmente, conforme fora programado. A congregação ficou de pé, enquanto o pequeno coro ao lado do altar começava a cantar uma melodia suave. Um sacerdote, acompanhado por dois ministros e um coroinha, caminhou pelo corredor na direção do altar. O padre falou por alguns instantes sobre perder a vida com tão pouca idade e não demorou para que o choro começasse.

Não parecia haver alguém próximo de mim chorando, mas depois de alguns momentos espiando, na ponta dos pés, vi uma mulher na fileira da frente ser amparada pelo homem ao lado dela, ela estava claramente soluçando no ombro dele. Eu não podia ver o rosto da mulher e não sabia — nem poderia saber — quem era ela, mas não precisei me esforçar muito para perceber que devia ser a mãe de Archer Morales.

Concluí então que pouquíssimas coisas no mundo podiam partir o coração da gente como uma mãe chorando a perda do seu filho. Um garoto estava morto quando não deveria estar. Depois disso, percebi que não seria um problema se eu começasse a chorar também.

As lágrimas caíram rápida e furiosamente quando o Sr. Gage subiu ao púlpito para dizer algumas palavras sobre Archer, sobre o estudante exemplar que ele havia sido. Eu estava chorando quando um garoto com olhos parecidos com os de Archer se apresentou e fez um discurso tocante e generoso; e soluçando quando me entregaram uma rosa branca. Então caminhei a passos hesitantes até o altar, a fim de depositar a flor no caixão de Archer.

Talvez eu tenha ficado mais tempo que o necessário diante do caixão, mas o que eu deveria dizer? Me desculpe por jamais ter falado com você? Me desculpe por você ter achado que era melhor dar um fim à sua vida? Queria que você ainda estivesse aqui?

— Archer, eu...

— Você conhece o meu irmão mais velho?

Eu me virei rapidamente e vi uma garotinha de pé diante de mim, com cachos muito escuros e olhos azuis brilhantes que piscavam, curiosos, para mim. A menina devia ter uns cinco anos. Saber que Archer tinha uma irmãzinha tão nova tornava tudo ainda pior.

— Hã... sim — respondi, esfregando os olhos. — Estudávamos na mesma escola.

A menininha abriu um largo sorriso.

— Ele é bem legal, né? — ela disse.

Essas palavras me deixaram ainda mais triste.

Ela não disse que ele *era* legal. Disse que ele *é*. Ela falou como se o seu irmão ainda estivesse vivo. Eu não sabia quantos anos a menina realmente tinha, mas ela parecia jovem demais para compreender totalmente o conceito de morte. Eu não invejava a pessoa que teria de explicar a ela que o seu irmão jamais voltaria para casa.

Diante do entusiasmo dela, fiz o melhor que pude para esboçar um sorriso.

— Muito legal.

— Eu sou a Rosie — a garotinha disse, estendendo-me a mão para um cumprimento de maneira bastante adulta.

— Olá, Rosie. — Apertei a mão dela. — Meu nome é Hadley.

— A mamãe me disse que não deveria falar com estranhos, mas você conhece o Archer, e você é bonita, então acho que está tudo bem — disse Rosie apressadamente.

— Puxa — eu disse, sem saber ao certo como responder. — Obrigada, então.

— Venha, você precisa conhecer a minha mãe!

Rosie agarrou a minha mão e me puxou de volta para os bancos, onde algumas pessoas estavam reunidas, falando umas com as outras.

— Mamãe! Mamãe! — Rosie gritou, empurrando as pernas das pessoas para passar. — Você conhece Hadley?

Uma mulher com longos cabelos negros tingidos com alguns fios cinzentos e grandes olhos castanhos afastou-se da mulher mais velha com quem conversava e se voltou para Rosie com um olhar desaprovador.

— Rosie, quantas vezes já te disse para não sair correndo assim? — ela ralhou, com as mãos no quadril. — Vai acabar me matando de susto desse jeito!

Rosie pareceu ignorar a bronca e gesticulou na minha direção.

— Mamãe, você já conhece Hadley?

A mulher se voltou para mim, surpresa, e me pareceu vagamente familiar, embora eu tivesse certeza de que nunca a tinha visto antes. Era uma mulher bastante bonita, mas os círculos escuros em torno dos olhos injetados dela e a exaustão estampada em seu rosto faziam parecer que ela não dormia havia dias.

— Hadley, não é? — Ela esboçou um sorriso e estendeu a mão para me cumprimentar. — Obrigada por acompanhar a minha filha.

— Não foi nada de mais — respondi rápido. — Tudo bem, eu só estava...

— Você era colega de Archer na escola?

— Uhum. Sim. — Tossi nervosamente para clarear a garganta, enquanto a mulher olhava para mim com atenção, com uma expressão gentil no rosto, mesmo parecendo tão exausta. — Nós fizemos inglês juntos no primeiro semestre.

— Isso é ótimo — ela comentou delicadamente. — Eu sou Regina, a... m-m-mãe de Archer.

Sua voz falhou ao dizer as últimas palavras e os olhos se encheram de lágrimas, mas ela respirou bem fundo, tomou Rosie em seus braços e beijou o rosto da menina, obviamente tentando se distrair. Claro que ela parecia familiar. Os olhos dela. Era difícil esquecer olhos como aqueles.

Regina Morales era, provavelmente, a mulher mais forte que eu já havia visto. Seu filho acabara de morrer, e, mesmo assim, ela tentava sorrir para a sua filha. Eu não sabia o que dizer a ela. Eu poderia oferecer palavras de conforto a ela, ou os meus pêsames, mas isso não faria a menor diferença. Por isso, eu a abracei, mesmo sendo uma total estranha. Ela não pareceu se importar.

✵ ✵ ✵

Quinze minutos depois, saí da catedral. Agora estava tão frio que eu podia ver nuvens de vapor escapando da minha boca quando expirava. Desci para a calçada e agitei a mão no ar, tentando chamar um táxi. Porém os carros passaram sem dar sinais de que diminuiriam a velocidade.

— Uma jovem como você não deveria estar fora de casa, perambulando pela cidade a essa hora da noite, não acha?

Eu me virei rapidamente para ver de onde vinha a voz profunda e rouca que havia acabado de ouvir atrás de mim.

O poste de luz, que ficava a poucos metros de distância, não iluminava muito bem os degraus da catedral, mas eu consegui distinguir o que parecia ser a figura de um homem sentado no último degrau com as pernas esparramadas à sua frente.

Como pude passar por ele sem tê-lo visto? Será que ele estava lá quando desci a escadaria?

Hesitei e gaguejei ao responder:

— Quem... O que você quer?

— Não muito.

Recuei aos tropeços quando o homem se levantou e começou a andar descontraidamente sob a luz do poste.

Quando olhei para ele, desejei jamais ter saído do meu apartamento naquela noite. Ele era alto, tinha cabelos negros e escorregadios e usava jaqueta de couro preta, jeans e botas surradas. Eu não conseguia enxergar bem os traços do rosto dele, mas seus olhos encovados e suas maçãs do rosto ocas me fizeram acreditar que ele nunca havia comido nada na vida.

Mas essa não era a coisa mais assustadora nele. E sim seus olhos. Aqueles olhos negros e profundos me encaravam e davam a impressão de que ele era capaz de ler a minha mente como se eu fosse um livro.

— Eu... não quero problemas — eu disse, sem conseguir evitar que minha voz soasse trêmula. — Acho que você...

— Ah, eu não estou aqui para te trazer nenhum problema, Hadley Jamison — disse o homem contorcendo a boca num sorriso malicioso que me causou calafrios.

Afinal, *quem era* esse cara?

— Como você...

— Como sei o seu nome? Eu sei tudo, Hadley. Podemos dizer que é uma exigência do próprio cargo.

Eu poderia não ser um gênio, mas conhecia as coisas do mundo o suficiente para saber que havia algo errado com aquele homem. Algo *muito* errado.

— Olha, eu não sei quem você é... – eu disse, apreensiva. — Mas é melhor ficar longe de mim.

O homem vasculhou os bolsos e encontrou um cigarro, que imediatamente acendeu e deu um trago demorado. Tive ânsia de vômito quando a fumaça penetrante alcançou minhas narinas.

— Ou você vai fazer o quê? — ele disse, erguendo uma sobrancelha. — Gritar?

Meu coração batia tão rápido que pensei que eu fosse desmaiar. Calculei rapidamente as minhas chances de tentar escapar, ou de conseguir correr para o primeiro táxi que encontrasse; mas como eu estava usando salto alto, as chances não me favoreciam. Será que eu conseguiria tirar os sapatos rápido o bastante para começar a correr sem ser apanhada com facilidade? Eu tinha sérias dúvidas.

O que eu poderia fazer?

— Quem é você? — perguntei.

A boca do homem se curvou em outra risada sombria, enquanto ele tragava novamente o seu cigarro. Ele balançou os ombros com indiferença.

— Na verdade, eu sou conhecido por muitos nomes. O Ceifador. Arcanjo Azrael. Mefistófeles. Mas você pode me chamar apenas de Morte. Assim tudo fica mais simples.

O CONTRATO

QUANDO EU TINHA QUATRO ANOS DE IDADE, TIVE A IDEIA INFEliz de pular na piscina da minha tia Theresa sem ter a menor noção do que significava nadar. O choque da água fria batendo na minha pele me fez congelar até a alma. Quando finalmente me retiraram da água, eu não conseguia conter os calafrios que percorriam o meu corpo e passei vários minutos ofegando em busca de ar.

A mesma sensação desagradável e assustadora tomou conta de mim quando me vi na calçada da igreja fitando os olhos negros e vazios do homem que alegava ser a Morte.

— Hã... — Fechei a boca com força para não bater os dentes. — Humm... Eu acho... E-eu...

Cada fibra do meu ser gritava *corra!*, gritava para que eu saísse correndo e não olhasse para trás, mas eu não conseguia me colocar em movimento.

Uma expressão quase prazerosa surgiu na face da Morte.

— Você deve ser feita de uma matéria muito mais resistente do que eu pensava, Hadley Jamison. Eu esperava que, a essa altura, você já estivesse correndo e gritando.

— Espere mais um segundo e eu vou estar assim — respondi com dificuldade, incapaz de conter um calafrio.

— Ah, acho que não é essa a sua intenção — a Morte ponderou, balançando a cabeça. Ele deixou cair o cigarro no chão e o esmagou com a ponta da bota. — Acho que você está interessada no que eu tenho a dizer.

— E-eu... não, eu não...

— Podemos dar uma voltinha?

A Morte agarrou subitamente o meu braço, prendendo-o como se fosse um torno, e começou a me puxar direto para a rua, na direção dos carros em movimento.

— Ei! Você é louco? — gritei, tentando livrar o braço do aperto de ferro. — Você vai nos matar!

A Morte deixou escapar um suspiro irritado afundando suas unhas no meu braço.

— Ah, fique quieta, está bem? Eu sei quando você irá morrer e posso te garantir que não será esta noite.

De alguma forma, isso não era nada reconfortante.

A Morte subiu na calçada do outro lado da rua e passou a caminhar num ritmo acelerado sem deixar de me rebocar junto com ele. Tentei fincar os saltos dos sapatos no chão, puxando o meu braço sem parar, mas tive medo de acabar quebrando um osso se resistisse com mais empenho. Pensei em gritar com toda a força dos meus pulmões, talvez tentando agarrar alguém que passasse perto, mas as pessoas na calçada nem mesmo olhavam para mim. Era como se ignorassem completamente o fato de que uma adolescente estava sendo arrastada pela rua por um homem que parecia um figurante do filme *Entrevista com o Vampiro*.

Percorremos dois quarteirões antes que a Morte abruptamente parasse e se inclinasse para murmurar ao meu ouvido:

— Nós dois sabemos bem que, se você tentar fugir, vou pegá-la e arrastá-la de volta pelos cabelos. Por isso, sugiro que você coopere por enquanto, entendeu?

Engoli em seco, tentando desesperadamente não entrar em pânico. Não me considerava uma medrosa. Eu era noiva-iorquina; podia tomar conta de mim mesma. Naquele exato momento, porém, eu não tinha certeza se já havia sentido tanto medo em toda a minha vida.

— Tudo bem — respondi, num tom de voz que mais parecia um guincho.

— Boa garota.

Parei de tentar escapar, embora a necessidade de fazer isso tivesse agora se tornado gigantesca.

Quando a Morte finalmente parou de andar, meus pés doíam dentro dos sapatos de salto.

— Chegamos — a Morte disse, abrindo com um gesto elegante a porta de um Starbucks.

Entrei no café com um andar vacilante, com meus braços finalmente envolvendo o próprio corpo. Isso só podia ser um pesadelo, um estranho e apavorante pesadelo. Um sujeito aparece do nada, alegando ser a Morte, justamente no funeral do meu colega de escola, e me leva até um Starbucks?

As mãos da Morte pousaram nos meus ombros e, vigorosamente, me conduziram até o balcão de atendimento. A garota no caixa tinha um sorriso alegre no rosto que desapareceu no instante em que ela pôs os olhos na Morte.

— Hã...

— Boa noite — a Morte disse num tom repentinamente formal. — Gostaríamos de dois cafés puros, por favor.

A garota fez mecanicamente um aceno positivo com a cabeça e, desajeitada, procurou as xícaras com as mãos trêmulas. A Morte empurrou uma nota amassada de dez dólares no balcão sorrindo de modo gentil.

— Fique com o troco.

— Hã... obrigada.

Com a garota movendo-se aos tropeços, e sem olhar nos nossos olhos, ficou óbvio que o meu plano de murmurar um *"me ajude"* não iria funcionar. Peguei as duas xícaras de café, quando a garota as entregou, e a Morte me conduziu até uma mesa perto da janela, que ficava debaixo de uma decoração de flocos de neve de papel. Meu estômago se revirou quando a Morte se sentou numa cadeira e a luz fluorescente logo acima de nós iluminou claramente o seu rosto.

Era como olhar para a face de alguém no estágio terminal de uma doença. Sua pele, da cor de um pergaminho, esticava-se sobre as maçãs do rosto pontudas. Ele tinha olhos afundados. Não era nenhuma surpresa que ele se passasse pela Morte: ele *se parecia* com ela. Ainda mais estranhas eram as marcas que se entrelaçavam em cada centímetro das suas mãos, escorregando pelas mangas da jaqueta e deslizando sob a gola da camisa. Levei alguns instantes para perceber que as marcas eram, na verdade, pequenos relógios desenhados de maneira tosca.

A Morte contorcia os lábios num sorrisinho malicioso enquanto olhava para mim gesticulando na direção de uma das cadeiras da mesa. Quando ele moveu o braço, eu podia jurar que vi os pequenos ponteiros de cada relógio *em movimento*.

— Sente-se.

Eu me abaixei cuidadosamente para me sentar segurando com firmeza a minha xícara de café.

— Certo. — Limpei a garganta, esperando reunir o que me restava de coragem para enfrentar o que me aguardava, fosse o que fosse. – Por que estamos aqui?

A Morte abaixou sua xícara de café e entrelaçou as mãos, inclinando-se na minha direção.

— Achei que poderíamos conversar um pouco sobre Archer Morales.

Bebi um gole de café e o líquido quente queimou a minha garganta. Estremeci ao sentir o gosto amargo.

— Eu não… — Agarrei compulsivamente a xícara de café. — Acho que você… — Eu não sabia ao certo se a minha língua estava presa devido a essa situação com a Morte ou porque a Morte queria conversar sobre Archer Morales. — Eu… eu realmente acho que devia…

A mão da Morte estava no meu ombro, me forçando a voltar para a minha cadeira antes que eu ficasse de pé.

— Escute com atenção, Hadley, porque eu vou falar uma vez só: vou oferecer a você a chance de voltar vinte e sete dias no tempo para evitar que Archer Morales dê fim à própria vida.

Era bem possível que o meu coração tivesse parado de bater no silêncio que caiu entre nós após essas palavras da Morte. Ele queria que eu fizesse *o quê?*

— Perdão, o que foi que acabou de dizer?

— Eu te disse que falaria apenas uma vez.

— Isso é algum tipo de piada? — De alguma maneira, consegui me levantar e me debruçar sobre a mesa chegando bem perto da face da Morte. — Acha engraçado que um dos meus colegas de classe tenha se matado?

A Morte me encarou com um olhar vazio antes de cair de repente na gargalhada.

Foi o melhor que eu pude fazer para evitar jogar o meu café direto na cara dele.

— Pelo contrário, Hadley — ele disse depois de um momento, ainda rindo. — Para mim esse é um assunto muito sério.

Ele estalou os dedos.

O que aconteceu em seguida foi a coisa mais estranha que eu já tinha visto na vida. Como em câmera lenta, uma por uma, todas as pessoas presentes no Starbucks ficaram paralisadas bem no meio do que quer que estivessem fazendo. O líquido que saía de uma máquina de café expresso ficou suspenso no ar. Uma mulher em processo de assoar o nariz ficou paralisada com o rosto congelado numa expressão ridícula. Um homem e uma mulher que entravam no café, com um menininho entre eles, que segurava em suas mãos, ficaram imóveis bem no meio da entrada, mantendo a porta aberta, e uma brisa fria vinda de fora soprou no interior do estabelecimento.

— *Mas o que...*

— Garanto a você que levo esse assunto muito a sério — a Morte disse, apoiando o queixo em suas mãos entrelaçadas. — Agora, que tal você se sentar para que possamos ter uma conversa calma e racional?

Eu caí de volta na minha cadeira; minhas pernas ficaram incapazes de continuar sustentando o meu próprio peso. Me beliscar parecia ser uma boa ideia, mas eu não consegui ter a colaboração das minhas mãos e dos meus braços para isso.

—Como... — Engoli em seco outra vez, tentando pensar no que dizer.

— Como consegui parar o tempo? — a Morte completou a pergunta por mim. — Bem, é apenas uma das atribuições do cargo. — Ele deu de ombros e bebeu mais um gole de café. — Que lástima, não é mesmo? Archer Morales era realmente um garoto muito bom. Veio de uma família linda. O queridinho da mamãe. Amava a irmãzinha. E você, Hadley Jamison, não queria que ele morresse.

— Claro que não! — retruquei.

— O dom da vida é valioso, algo que deve ser estimado — A Morte continuou. — E é uma aberração quando algo assim é arrancado tão cedo de alguém. Já faz milhares de anos que ando por aí, já vi milhares de coisas, mas nunca vi nada mais terrível que uma alma ser levada sem necessidade. Então me diga, Hadley: se você tivesse a chance de evitar que algo ruim acontecesse, apesar dos seus temores e das consequências... você evitaria?

Pensei em Archer Morales e em tudo o que ele havia perdido. Ele jamais iria ao baile de formatura, não se graduaria no ensino médio, não iria para a faculdade... não encontraria o amor da sua vida, não se casaria nem teria filhos. Não teria a oportunidade de conhecer ou de *mudar* o mundo.

Pensei em Regina, mãe de Archer, e em Rosie, a irmãzinha dele, que nem mesmo havia compreendido ainda que seu irmão havia partido para sempre. A ausência dele seria tão dolorosa!

Como eu poderia *não fazer* isso? Mesmo que eu simplesmente tivesse que colaborar com um lunático que tinha o poder de parar o tempo.

— Tudo bem.

— Tudo bem... o quê? — A Morte retrucou, dirigindo-me um olhar interrogativo.

— Eu... eu topo fazer. Faço o que for preciso para... salvar o Archer.

— É mesmo?

Acenei que sim com a cabeça, pois não confiei na minha capacidade de articular as palavras certas.

A Morte manteve o olhar fixo em mim por um longo instante, enquanto eu simplesmente ficava lá sentada, tentando me convencer de que se tratava de uma situação real, e de que talvez, apenas talvez, eu realmente estivesse recebendo a oportunidade de salvar Archer.

— Eu não vou prometer que essa tarefa será fácil.

— Não sou estúpida a ponto de achar que vai ser fácil.

— Garota esperta.

Ele enfiou a mão em sua jaqueta de couro e retirou uma pilha de papéis enrolados que jogou na mesa diante de mim.

— Um contrato? — Esse pequeno clichê de filme pareceu absolutamente ridículo no meio dessa situação mais do que séria. — Mas eu pensei...

— Apenas faça isso, está bem?

Puxei a pilha de papéis e olhei para a primeira página.

— Como, exatamente, você quer que eu assine esse contrato se eu não consigo nem ler o que está escrito nele? — perguntei, batendo o dedo no papel. — Não me lembro de ter aprendido a ler nenhum desses símbolos negros estranhos no jardim de infância.

— O inglês não é a única língua que existe no mundo. De qualquer maneira, esse contrato não passa de uma formalidade — A Morte me assegurou. — Confie em mim.

— E por que eu deveria confiar em você?

Ele enfiou novamente a mão dentro da jaqueta, retirou uma caneta e então estendeu-a para mim.

— Só mais um voto de confiança.

Comecei a sentir que não seriam poucos os votos de confiança que eu daria se assinasse o meu nome no contrato que a Morte me oferecia.

— Meu pai é advogado, sabe — eu disse. — Eu teria que ser muito burra para simplesmente assinar numa linha pontilhada sem nem saber qual é o truque.

— Não há truque nenhum aqui — retrucou a Morte erguendo as sobrancelhas com uma expressão de espanto no rosto como se ele não pudesse acreditar que eu tivesse sugerido a possibilidade de que ele me passaria para trás. — Eu jamais mentiria.

Ele estava sendo sarcástico, obviamente, mas eu decidi não comentar nada a esse respeito. E eu não sabia nada sobre a Morte, mas era óbvio que aquele homem era tudo *menos* humano. Sua tentativa de me convencer do contrário era ridícula.

— Quanto mais você prolongar isso, mais difícil será enviá-la de volta. Já faz dois dias que Archer se foi.

A menção do nome de Archer foi o suficiente para que eu pegasse a caneta e buscasse a última página. Demorei num tenso momento de hesitação antes de rabiscar meu nome na linha indicada, então empurrei os papéis do contrato na direção da Morte.

— E o que acontece agora? — perguntei. — E por que vou ter apenas vinte e sete dias?

Vinte e sete dias não me pareciam tempo suficiente para convencer uma pessoa a não tirar a própria vida. Não me parecia possível que existisse no mundo tempo suficiente para convencer uma pessoa a não tirar a própria vida.

— O tempo designado em cada contrato é único — A Morte explicou, estendendo a mão para pegar os papéis e guardando-os de novo em sua jaqueta. — Nesse caso, vinte e sete dias é o intervalo de tempo que Archer levou entre considerar o suicídio pela primeira vez e, por fim, concretizá-lo.

Ouvir isso partiu meu coração, e eu precisei respirar bem fundo por alguns instantes para afastar a vontade de me debulhar em lágrimas de novo. Eu não queria pensar no sofrimento que isso deve ter representado para Archer.

— Mas preciso alertar você a respeito de algo — A Morte disse, me arrancando dos meus pensamentos dolorosos.

Mas, claro, tinha que haver um pequeno *porém*, alguma coisa que ele se esqueceu de mencionar *antes* que eu tivesse assinado o contrato.

— Me alertar sobre o quê? — perguntei, hesitante.

— Existem coisas nesse mundo que têm uma... ordem definida — a Morte respondeu com cuidado, como se escolhesse as palavras. — E às vezes há... *criaturas* que não ficam muito felizes quando essa ordem é quebrada. Algumas vezes elas não gostam disso.

Era óbvio que esse era um alerta bem vago. Se a Morte fosse uma dessas *criaturas* nesse mundo afora, que outras criaturas poderiam existir?

— Você devia ter mencionado esse detalhe *antes* que eu assinasse o contrato, sabe disso.

— Sim... bem, seja lá como for, não deixe que isso preocupe *tanto* a sua linda cabecinha — respondeu a Morte. — Boa sorte, garota.

Antes que eu pudesse protestar, ele estalou novamente os dedos e tudo se apagou.

QUE OS JOGOS COMECEM: FALTAM 27 DIAS

— COM LICENÇA... SRTA. HADLEY? SRTA. HADLEY? *SRTA. HADLEY!*

Acordei, deixando escapar um grito, e por pouco não caí do assento e despenquei no chão.

O Sr. Monroe, meu irritante professor careca de ciências políticas, estava bem diante de mim, olhando-me de cima e com uma expressão de desaprovação estampada no rosto.

— Obrigado por finalmente acordar e se juntar ao resto da classe, senhorita Jamison — ele comentou com desprezo.

— Desculpe, senhor Monroe, não tive a intenção de dormir, eu...

Minha voz sumiu quando me dei conta de que estava sentada no meio da sala de aula de ciências políticas, cercada de colegas que riam da situação. A data no quadro branco havia sido escrita com marcador verde para todos verem.

Onze de novembro.

Tudo parou bruscamente e começou a desabar sobre mim. Onze de novembro. Quê? Na última vez que verifiquei era dia nove de dezembro.

Eu havia acabado de ir ao funeral de Archer Morales, porque ele tinha cometido suicídio, e depois eu... fiz um pacto com a Morte.

Sim, fiz um pacto com a Morte. Archer Morales havia se suicidado e eu fiz um pacto com a Morte a fim de deter Archer. Eu realmente estava no meio de uma aula de ciências políticas depois de voltar vinte e sete dias no tempo?

— Desculpe-me, senhor Monroe... eu preciso... — Levantei, peguei minha jaqueta e bolsa e saí tropeçando na direção da porta. — Eu tenho que...

Dar no pé? Vomitar? Desmaiar? Qualquer coisa parecia melhor do que ficar mais um minuto naquela sala de aula.

Desci por um corredor vazio, cheio de armários, e acelerei o passo até o banheiro feminino. Chequei as cabines, para ter certeza de que o lugar estava vazio, e então desabei de encontro à bancada, arfando vigorosamente.

Abri a torneira e joguei água fria no rosto, feliz por estar sem maquiagem. Então, respirando fundo mais uma vez, olhei para o meu reflexo no espelho sujo, esperando que eu pudesse pelo menos reconhecer minha própria imagem.

Foi um alívio constatar que eu continuava sendo a mesma de sempre; ainda uma morena de olhos castanhos e nariz afilado. Porém, meu rosto estava tão pálido quanto uma folha de papel e a expressão no meu semblante era de puro choque. Eu ainda estava vestindo calça jeans e uma blusa, que me lembro de ter usado semanas antes e havia visto pela última vez na parte de baixo do meu closet.

Eu me lembrava perfeitamente da atmosfera de tristeza que havia se abatido sobre a escola no dia em que soubemos que Archer tinha cometido suicídio, e me lembrava também do seu funeral vazio e triste. E sabia, sem sombra de dúvida, que havia conhecido a mãe de Archer, a Regina, e sua irmãzinha Rosie.

E nem nos meus piores pesadelos eu seria capaz de imaginar alguém como a Morte. Eu jamais conseguiria esquecer sua face esquelética ou seu sorriso afetado e perturbador, o modo como olhava para mim, com aqueles olhos negros e bizarros, ou até aquelas páginas cheias de estranhos símbolos circulares que eu havia sido forçada a assinar — o contrato.

— Tudo bem, Hadley — eu disse para o meu reflexo no espelho.

— Ou você apenas teve um sonho maluco ou tudo isso é mesmo real e você simplesmente viajou no tempo.

Eu me senti ridícula por dizer aquelas palavras a mim mesma em voz alta. Ainda bem que não havia ninguém por perto ouvindo minha conversa com meu reflexo. Saí do banheiro e me encostei na parede do lado de fora, fechando os olhos com força. Eu precisava de um plano, só que não me ocorria absolutamente nada, um branco total havia tomado conta da minha mente. Eu não era fã de ficção científica, mas, até onde sabia, eu deveria seguir algum conjunto de leis para viajar no tempo. Era possível que eu já tivesse quebrado várias dessas leis nos cinco minutos que se passaram desde que abrira os olhos.

Será que eu deveria voltar à igreja? Voltar àquele Starbucks, ver se a Morte ainda estava lá ou tentar contatá-la de algum modo?

Mas então a resposta me ocorreu de maneira tão abrupta que eu me senti estúpida por não ter pensado nela imediatamente.

Procure pelo Archer.

Mesmo que tudo isso não passasse de um sonho — e de súbito eu tive esperança de que não fosse sonho e Archer estivesse vivo —, eu tinha que encontrá-lo. Antes que eu pudesse organizar minhas ideias para agir, saí andando pelo corredor até chegar à biblioteca, onde entrei rapidamente. O Google existia por uma razão, e eu iria tirar vantagem disso.

Encontrei um computador disponível em uma das estações próximas da seção de Não Ficção, me sentei diante dele e, usando minha identificação escolar, acessei a internet.

Entrei na página do Google, dei uma olhada à minha volta para me certificar de que ninguém prestava atenção em mim, então digitei *Manhattan, Archer Morales, obituário.*

Apareceram centenas de resultados.

Verifiquei os primeiros resultados, mas nenhum dos artigos ou obituários tinha alguma informação que me interessasse. Nenhuma notícia do tipo *"História Trágica de um Adolescente Local que Cometeu Suicídio"* ou

"Enterro de Jovem Estudante do Colegial" nem nada parecido. Passei mais de dez minutos buscando qualquer tipo de informação que pudesse ser útil e, quando percebi que seria inútil, desliguei o computador.

E agora, o que fazer? Percorrer os corredores e espiar em cada uma das salas na esperança de avistar o Archer em uma delas? O sinal tocou alto na escola inteira, indicando o final de mais um período de aulas. Consultei o relógio de parede perto de mim e percebi que o intervalo tinha começado nesse instante.

Deixei a biblioteca e segui a multidão de estudantes que descia as escadas e se encaminhava ao refeitório. Na fila para a comida, me posicionei atrás de um grupo de calouras tagarelas e agarrei a primeira porção de batatas fritas que vi pela frente.

— HADLEY! Aí está você!

Voltei-me na direção da voz e vi Taylor abrindo caminho pela fila até me alcançar.

— Onde você estava ontem à noite? — Taylor quis saber, os olhos estreitos em mim. — Liguei para o seu telefone, mandei umas cem mil mensagens e você não respondeu! Será que se esqueceu que íamos curtir no Javabean?

— É mesmo? — Tirei o celular do bolso e chequei minhas mensagens. Tinha três chamadas perdidas e dezenove mensagens de texto não lidas. — Nossa. Desculpa. Fiquei envolvida com o meu dever de casa e fui dormir cedo.

— O que há com você? — Taylor perguntou, olhando-me desconfiada. — Você nem sequer veio de ônibus essa manhã.

— Hã... pois é. Eu acordei tarde e tive que pegar um táxi. Perdi o primeiro período.

Eu era uma péssima mentirosa. Fiquei surpresa por Taylor não ter se irritado comigo.

— Ah, sei. — Taylor serviu-se de salada e me seguiu até a caixa registradora. — Porque você vive acordando tão tarde.

— Olha, foi sem querer — respondi. — Juro que está tudo bem. Eu estou bem.

Seria um alívio poder desabafar com Taylor e revelar tudo o que havia acabado de acontecer, mas por nada nesse mundo ela acreditaria em mim. Aliás, ninguém jamais acreditaria numa história louca como a minha. Eu mesma não tinha certeza de que acreditava nela inteiramente. Eu precisava ver Archer com meus próprios olhos, ver, por mim mesma, que ele estava vivo e respirando antes de conseguir aceitar que essa era a minha nova realidade alterada.

Taylor me encarou por mais alguns instantes, com uma expressão perplexa, antes de ceder com um suspiro profundo.

— Tá bom.

Ela então começou a falar do seu atual namorado, um jogador de futebol chamado Noah Parker, enquanto eu entregava alguns trocados à mulher do caixa e tentava avistar uma mesa para nos sentarmos. Tudo havia voltado ao normal para Taylor. Pena que eu não poderia dizer o mesmo de mim.

Durante o almoço, quase não prestei atenção em Taylor e nas outras garotas. Enquanto devorava as minhas batatas fritas, eu discretamente tentava observar cada pessoa que passava pela mesa, e aquelas sentadas ao meu redor, esperando ter a sorte de localizar certo par de olhos castanhos ou o cabelo escuro pertencente a Archer. Mas isso não aconteceu.

Quando terminei o almoço, corri até o meu armário e troquei os livros para a próxima aula. Continuar agindo como se tudo estivesse normal e a vida não tivesse sido completamente transformada instantes atrás era a última coisa que eu queria fazer, mas permanecer na escola era a minha melhor chance de ter ao menos um rápido vislumbre de Archer. Assim, tive um dia vitorioso, isto é, consegui me comportar normalmente, pelo menos o bastante para que as pessoas não notassem que havia algo extremamente errado comigo.

Quando a última aula terminou, caminhei vacilante até o meu armário para pegar as minhas coisas e voltar para casa. Eu tinha um encontro marcado com minha cama, com um comprimido para aliviar a pontada sobre o meu olho esquerdo e com uma xícara de chá. Esperava que depois de uma bela noite de sono eu me sentisse capaz de raciocinar mais claramente e pensasse em um plano para encontrar Archer. Levando em conta que tudo isso não passaria de um sonho, claro. Eu jamais havia percebido antes quão tênue era a linha entre sonho e realidade. Não era tão difícil confundir as duas se você não estivesse em seu juízo perfeito — e eu sem dúvida não estava.

Tirei todas as minhas coisas do armário, as joguei na bolsa e me virei para ir embora quando dei um encontrão em alguém e fui atirada ao chão.

— Ai!

— Ah, droga, desculpa!

Deixando escapar uma lufada de ar da boca, tirei o cabelo da frente dos meus olhos e olhei para cima, para a pessoa com quem eu acidentalmente havia me chocado. Diante de mim estava Archer Morales.

— Você! — eu disse, ofegante, e me pus de pé. — O que *você* está fazendo aqui?

Archer Morales franziu as sobrancelhas e um olhar confuso cruzou o seu rosto.

— Acho que tenho a resposta para isso: eu estudo aqui. O que você está fazendo aqui, Hadley?

Meu cérebro pareceu subitamente entrar em ritmo acelerado, mas não me ocorreu nenhuma palavra nem ação que pudesse apagar a impressão de que eu era completamente insana. A expressão no rosto de Archer quando ele olhou para mim mostrava claramente que já era tarde demais para isso.

Ele me fez um breve e polido aceno com a cabeça e se foi pelo corredor a passos rápidos. Somente trinta segundos de interação e ele já estava indo embora? Esse, definitivamente, não era um bom sinal.

— Ei, espera um segundo! — Eu praticamente precisei correr para poder acompanhá-lo. — Como sabe o meu nome?

Eu não imaginava que pudesse ter causado nele algum tipo de impressão; na verdade, nem esperava que ele se lembrasse que estudamos juntos dois anos atrás.

Archer parou diante da escadaria e se voltou para olhar para mim.

— Você é a Hadley Jamison, filha de um advogado importante e de uma empresária. Estudamos inglês no primeiro semestre. Você ficava da cor de um camarão quando eu olhava para você.

Que bom que ele se lembra disso, pensei, bufando. Bom até demais.

— Bem, acho que est... ei! Ei, aonde você vai?

Comecei a descer desajeitadamente a escadaria atrás de Archer, que continuou caminhando a passos largos. Eu podia não ter muita experiência com garotos, mas não era idiota; era óbvio que Archer queria se distanciar de mim o mais rápido que pudesse. Infelizmente para ele, deixá-lo sozinho não era uma alternativa para mim.

— Para longe de você — ele respondeu, enfim, sem olhar para trás.

Isso confirmava de uma vez por todas as minhas suspeitas.

— Eu não vou... na verdade, eu só...

Formular um pensamento coerente era impossível para mim. Meus pés pareciam mover-se mais rápido que o meu cérebro, e isso não me ajudava a causar uma boa impressão inicial em Archer.

— Digo, o que eu queria perguntar é: como você está? — eu disse, tentando encontrar as palavras certas. — Não vejo você já faz algum tempo. Queria falar com você.

— Ah, claro. Porque garotas como você adoram falar com caras como eu — Archer retrucou, bufando, o que poderia ter sido uma risada.

Segurei a porta antes que ela fechasse na minha cara quando ele a atravessou.

— Garotas como eu? O que quer dizer com isso?

— Garotas ricas que não sabem nada de nada — ele disse, sem hesitar. Obviamente, ele estava acostumado a dizer esse tipo de coisa, se já não estivesse pensando nisso.

Eu teria rido se esse comentário não tivesse me atingido em cheio.

— Ei! Você nem me conhece! — gritei atrás dele.

— Não é necessário — ele retrucou. Então, misturando-se à multidão que andava na calçada, Archer sumiu de vista em poucos segundos.

Observei-o enquanto se afastava, dominada por um sentimento de absoluta derrota. As coisas não estavam correndo bem.

✢ ✢ ✢

Por puro desespero, e porque eu parecia estar agarrada ao que me restava de sanidade, peguei o metrô até a igreja onde o funeral de Archer havia sido realizado, na esperança de encontrar pelo menos um pequeno sinal da Morte e constatar que tudo isso não passava de um sonho assustador.

As portas da igreja estavam trancadas e não se via uma única pessoa por perto. Depois de bisbilhotar o local por alguns minutos, sentindo-me uma completa idiota, decidi voltar àquele Starbucks.

A cafeteria estava cheia, porque já era final de tarde, mas no instante em que fiquei na ponta dos pés para espiar o lugar eu já sabia que a Morte não estava entre o amontoado de gente. Quis gritar de frustração, mas certamente me expulsariam do estabelecimento se eu fizesse isso. Sendo assim, comprei um café mocha e caminhei com desânimo de volta para o metrô.

Levou mais ou menos uma hora até chegar em casa. Arrastei-me até o meu quarto, atirei-me na cama com a cara no travesseiro e peguei imediatamente no sono. Não tive nenhum sonho e, quando acordei, estava escuro como breu lá fora, meu corpo inteiro doía, e não fiquei muito surpresa ao ver que a data que o meu celular ainda exibia era onze de novembro.

Rolei para fora da cama e andei até o banheiro, tirei a roupa e fiquei debaixo do jato de água quente do chuveiro durante meia hora. Normalmente, o banho me ajudava a relaxar, mas dessa vez isso não aconteceu. Saí do chuveiro e, depois de me enrolar em uma toalha, me senti mais tensa e ansiosa do que antes.

Fui até a pia para escovar os dentes e levei um susto quando me deparei com listras negras no meu braço.

Aproximei o braço do meu rosto e então percebi os pequenos números toscos gravados na pele do meu pulso: 27.

Você tem vinte e sete dias para evitar que Archer Morales cometa suicídio.

Lavei os números no meu pulso com água quente e sabão e esfreguei com um pano por vários minutos, mas os números estavam praticamente tatuados na minha pele. Abri a gaveta no banheiro, onde guardava minhas joias excedentes, e vasculhei-a até encontrar uma pulseira de contas Navajo que minha amiga Chelsea havia comprado para mim em uma de suas viagens para visitar sua família no Novo México. Enrolei as contas várias vezes em torno do meu pulso, fazendo um bracelete improvisado, grande o suficiente para esconder os números na minha pele. Quanto menos eu tivesse que olhar para eles, melhor. De acordo com a lenda, as contas Navajo repeliam maus espíritos e pesadelos e ofereciam proteção ao seu portador — algo de que eu, provavelmente, precisaria nos próximos vinte e sete dias.

Vesti o pijama assim que saí do banheiro e voltei a me enfiar debaixo das cobertas da minha cama. Só consegui dormir quando já passava bastante da meia-noite, com muito medo de fechar os olhos e enfrentar o que me esperava durante o sonho.

UM SONHO PODE SER REALIDADE: FALTAM 26 DIAS

DEPOIS DE TER DORMIDO PELO QUE ME PARECEU CINCO MINUtos, acordei de súbito com uma dor feroz no pulso. Cravei os dentes no lábio para não gritar, tão intensa era a dor. Rolei na cama e acendi a luminária na minha mesa de cabeceira, puxando as contas Navajo que ainda estavam enroladas no meu pulso. A pele do meu pulso parecia sensível, enquanto eu retirava cuidadosamente o bracelete. O número 27, que momentos atrás tinham estado gravado ali, foi substituído pelo 26.

Seria *dessa* maneira que a Morte me lembraria de que eu não tinha muito tempo para evitar que Archer cometesse suicídio?

— Isso é doentio — murmurei, colando o braço ao peito.

Enquanto colocava com cuidado as contas Navajo de volta no meu pulso, olhei para o relógio-despertador e vi que eram 2h49 da madrugada. Rapidamente juntei as peças. Se um dia se passou até essa hora da manhã, esse deve ter sido o horário em que Archer se matou.

Depois dessa revelação, demorei para conseguir dormir de novo.

✽ ✽ ✽

Caía uma chuva forte quando voltei a abrir os olhos. Havia uma pontada de dor na minha testa, e os cobertores estavam em desordem, pois durante a noite eu certamente os havia puxado de um lado para outro. Rolei para o lado e tateei a mesinha de cabeceira à procura do meu celular. Levei um susto quando vi as horas.

Faltavam quinze minutos para às sete. Isso significava que eu tinha exatamente quinze minutos para me organizar se eu quisesse chegar a tempo de pegar o ônibus para a escola. Uma parte de mim esperava que os acontecimentos do dia anterior não tivessem passado de sonho, mas a data no meu celular não deixava dúvida: doze de novembro.

— Mas *o que é isso?* — gritei para o teto.

O teto não respondeu.

Saí da cama resmungando e, sem perder tempo, fui vestindo as peças de roupa que estavam mais à mão. Depois de enfiar todas as coisas da escola na minha bolsa, fui ao banheiro para pentear o cabelo e passei só um pouco de maquiagem para parecer apresentável. Devorei uma barra de granola, apressadamente, bebi suco de laranja e, no instante seguinte, já saía pela porta, chegava ao elevador e depois corria pelo saguão para conseguir alcançar o ônibus a tempo.

Eu havia me esquecido de pegar um guarda-chuva no armário, por isso estava ensopada quando pulei nos degraus do ônibus.

— Jesus. — Taylor deixou escapar um assobio quando eu desabei no assento ao lado do dela. — Você está com a cara de quem acabou de sair rastejando de um pântano.

— Obrigada — respondi. — É tão animador ouvir isso.

Quando chegamos à escola, eu me esquivei dos meus amigos e me concentrei em encontrar Archer. Eu tinha que pensar no que diria a ele quando soubesse onde ele estava — afinal, sem dúvida eu não era muito eficiente quando se tratava de causar boa impressão improvisando. Eu não precisava de uma repetição da nossa conversa pouco amigável de ontem. Era hora de entrar em ação e descobrir a melhor maneira de me aproximar dele.

Eu não vi nenhum sinal de Archer a manhã inteira, e, quando o sinal para o almoço tocou, passei pelo refeitório sem entrar e fui direto para a biblioteca. Eu estava tão cansada na noite passada que fui para a cama sem fazer meu dever de casa e agora precisava terminar uma pequena dissertação sobre *O Grande Gatsby* antes da aula de inglês. Eu me sentei em uma das mesas mais ao fundo da biblioteca, um local mais isolado, e comecei a explicar por que o romance de F. Scott Fitzgerald era um dos maiores do século 20; mas só conseguia pensar que escrever esse texto era bem menos importante do que o que eu deveria estar fazendo: encontrando o Archer.

Passados vinte e cinco minutos, eu já estava quase terminando a minha dissertação. Inclinei-me para trás no assento, espreguicei e sacudi as minhas mãos dormentes... então vi algo que quase me fez despencar no chão. Archer Morales estava sentado numa poltrona em um canto da biblioteca, depois das prateleiras "Q–S" de livros de ficção, tendo ao lado uma pequena mesa de apoio com suas coisas nela.

Isso era real. Inacreditável e assustadoramente real. O que aconteceu no dia de ontem não havia sido sonho: Archer Morales estava mesmo vivo.

Recolhi o meu dever de casa, coloquei-o de volta na bolsa e me aproximei de Archer sem pensar duas vezes. Ele, que estava com a cabeça enterrada em um livro, ergueu os olhos e bufou no instante em que me viu. Eu podia jurar que ele murmurara um *"você de novo"*.

Driblei o meu constrangimento e falei sem hesitar, enquanto ainda me restava um pouco de dignidade.

— Acho que nós não começamos bem ontem. Eu gostaria de me apresentar de uma maneira mais apropriada. Sou Hadley Jamison.

Ele olhou para a mão que estendi para cumprimentá-lo, como se ela estivesse coberta de lesmas, e deu uma risadinha indiferente.

— Isso é totalmente desnecessário, Hadley. — Ele pronunciou o meu nome quase em tom de piada. — Eu te disse ontem: já sei quem você é.

— Hã, bem, eu só achei que seria legal se a gente pudesse se conhecer melhor — eu disse. — Você parece ser um cara legal e...

— Melhor você parar por aí mesmo — Archer disse, levantando-se. Era tão alto que eu tive de inclinar a cabeça para trás para continuar olhando-o nos olhos. — Eu não sei que jogo você pensa que está jogando, mas é melhor parar enquanto é tempo. Eu não gosto dessas coisas.

— Quê? — Fiquei confusa por um momento. — Não estou jogando com você. Só queria... que fôssemos amigos, sabe? — Eu me censurei silenciosamente por ter dito algo tão ridículo. Desejei ter pensado em um argumento melhor.

— Bem, então nem precisa se dar ao trabalho — Archer respondeu enquanto enfiava as suas coisas na mochila. — Eu não sou um cara legal. Você não iria querer me conhecer.

Honestamente, eu não acreditava que Archer não fosse um sujeito legal e não achava que aquela era a sua personalidade. Seu comportamento distante e pouco amigável tinha que ser proposital. Mas por que ele afastava as pessoas o tempo todo? Ele agia assim com todas as pessoas ou somente com aquelas que lhe dirigiam mais de cinco palavras?

O sinal da escola tocou indicando o fim do almoço e o início do quinto período. Archer aproveitou a oportunidade para dar fim à conversa e saiu caminhando rapidamente pela biblioteca.

— Será que você não pode me ouvir apenas por um segundo, Archer? — eu disse, correndo atrás dele e agarrando o seu braço.

— Você nunca falou comigo antes, Hadley — Archer retrucou, me encarando com irritação. Soltei seu braço e dei um passo para trás. — O que te fez mudar de ideia, hein? Algum tipo de aposta? A onda do momento é fazer amizade com o esquisitão da JFK?

— Não! Nada disso!

A Morte me disse que isso não seria fácil, mas eu não imaginava que Archer pudesse ser tão... tão *grosseiro*.

— Me deixe em paz — Archer disse asperamente. — Você está me fazendo perder um tempo que eu não tenho, e estou meio cansado disso.

Cara, você tem muito menos tempo do que imagina, pensei.

— Tudo o que eu peço — insisti — é que a gente tenha pelo menos a chance de nos conhecermos melhor. Quem sabe até sairmos juntos. Porquê... bem, nunca se sabe, podemos ter muito em comum ou coisa do tipo.

A expressão curiosa no rosto de Archer transmitia a impressão de que ele estava considerando o meu pedido.

— Por quê? — ele enfim perguntou, depois de alguns instantes.

— Por que o quê?

— Por que você se importa?

Por um breve momento, quis dizer a verdade a Archer. Que eu sabia que em algum lugar dentro dele tinha tanta dor e desespero que ele queria dar fim à própria vida, e eu queria ajudá-lo por causa disso. Ninguém merecia passar por uma experiência dessas sozinho.

— Porque... porque eu... — Mordi o lábio e a ansiedade fez meu estômago se agitar. — Bem, ninguém deve ficar sozinho. Todos precisam de um amigo, certo?

Percebi o meu erro no instante em que essas palavras saíram da minha boca. A expressão no semblante de Archer se endureceu e seus lábios se juntaram numa linha fina.

— Alguma vez eu disse que estava sozinho? — As sobrancelhas dele se ergueram. — Me diga, Hadley, já ocorreu a você que talvez eu goste de ficar sozinho? Já ocorreu a você que talvez eu não goste das pessoas?

Na verdade, isso *havia* me ocorrido mais de uma vez desde o nosso encontro de ontem, mas ainda alimentava a esperança de que ele estivesse só brincando.

— Não, mas... dá pra ver isso só de olhar para você — eu disse.

Era infantil, mas ficamos nos encarando fixamente por um longo momento. A intensidade do olhar dele quase fez meus joelhos tremerem. Se ele tinha o costume de fazer isso por aí o tempo todo, estava explicado por que as pessoas o evitavam a todo custo.

— Honestamente, não acho que você seja tão grande e durão quanto as pessoas pensam que é — deixei escapar. — Ter um amigo te faria bem.

Os olhos dele se estreitaram e sua irritação aumentou.

— Pelo visto, de agora em diante, vou ter que começar a ser mais babaca do que o habitual. Não quero que as pessoas pensem que *não* sou tão *grande e durão* assim.

Registrei mentalmente esse comentário. Era algo sobre Archer que eu precisava investigar mais a fundo, esse era o ponto perfeito para começar a entendê-lo. Ou ele estava brincando — eu duvidava muito que esse fosse o caso — ou ele, intencionalmente, mantinha mesmo as pessoas longe dele.

— Archer, eu...

— Escute aqui, eu não preciso da sua piedade — Archer disse sem rodeios. — Vá ser uma boa samaritana com quem precisa e me deixe em paz.

Ele se virou e saiu andando sem nem olhar para trás.

E eu fiquei ali parada, sabendo que me atrasaria para a aula e me perguntando o que faria agora.

TERCEIRA E ÚLTIMA VEZ: FALTAM 25 DIAS

FOI UM ALÍVIO SAIR DA AULA DE CIÊNCIAS POLÍTICAS NO INTER-valo para o almoço. A interminável palestra do sr. Monroe sobre a Câmara dos Deputados fez minha cabeça doer e só por milagre eu não caí no sono novamente. Despejei as minhas coisas no armário e voltei para a biblioteca. Dessa vez, eu não tinha dever de casa para fazer, mas esperava que Archer estivesse escondido no mesmo canto isolado; eu iria tentar falar com ele de novo.

Eu me sentia uma verdadeira perseguidora, espreitando por aí na tentativa de encontrar Archer, descobrindo seus horários para saber onde ele estaria. Dei uma rápida caminhada pela biblioteca, espiei entre as estantes, mas não vi nenhum sinal de Archer nem do seu semblante mal-humorado em lugar algum. Talvez hoje ele tenha decidido comer no refeitório como qualquer aluno da escola fazia.

Fui para o refeitório, entrei na fila para a comida e comprei uma salada e batatas fritas. Depois, fiquei no topo da escadaria do salão dos alunos do último ano para tentar vasculhar o lugar em busca de Archer. Taylor não estava na escola hoje — ela havia me enviado uma mensagem na noite passada para avisar que passaria o dia mostrando a cidade para os seus avós de Milwaukee. Então, eu não tinha companhia para o almoço.

Não consegui evitar um gritinho de excitação quando finalmente o achei.

Archer estava sentado sozinho na parte de trás do refeitório, numa pequena mesa, com um livro aberto diante de si. Contornei as mesas, caminhando na direção de Archer e me sentei na frente dele. Remexi a parte de cima da salada e espetei uma alface e um tomate com um garfo, descontraidamente, como se Archer e eu comêssemos juntos todos os dias.

Quando ele me olhou por cima do livro, o olhar de surpresa em seu rosto rapidamente deu lugar à irritação.

— O que você está fazendo? — ele perguntou.

— Comendo — eu disse. — Não é o que parece?

Ele teve a audácia de sacudir as mãos para mim como se me enxotasse.

Larguei o garfo na salada e olhei para ele com uma expressão séria.

— Eu posso me sentar onde quiser, sabia?

Archer pegou seu livro de novo e o abriu, obviamente indicando que a nossa conversa havia terminado.

Sem pensar, estendi a mão e tirei o livro das mãos dele.

— O que você está lendo? — Folheei as páginas, mantendo o livro longe do alcance de Archer quando ele, imediatamente, tentou pegá-lo de volta. — *Romeu e Julieta*? — eu disse, surpresa, olhando para ele. — Está lendo *Romeu e Julieta*? Mas você não tem cara de quem lê Shakespeare.

— Você não sabe nada sobre mim, Hadley — Archer retrucou. Fiquei espantada ao ver um leve rubor tomar conta do seu rosto. Ele estava embaraçado por causa de *Romeu e Julieta*? — E eu preciso fazer um resumo para a aula de Literatura. Devolva.

Voltei a atenção para a página diante de mim, na parte da história em que Romeu e Julieta se beijam pela primeira vez durante a festa na propriedade dos Capuleto. Uma caligrafia desleixada estava rabiscada na margem da página sobre uma fala de Romeu:

Romeu é um idiota. Está cego de paixão por uma garota que ele nem mesmo conhece. Ele não percebe que o amor será a sua ruína. No final das contas, ele sairia ganhando se nem mesmo se importasse com a Julieta. O amor nunca acaba bem para ninguém.

Eu não sabia o que pensar depois de ler isso.

Eu mesma não era fã dessa louca história de amor, mas parecia que Archer a odiava de verdade. Eu me perguntei se ele tinha alguma ideia pessimista ou tortuosa sobre o amor, ou se ele simplesmente não tinha muita paciência para Shakespeare.

Devolvi o livro a Archer, que o enfiou na sua mochila sem deixar de me dirigir um olhar assassino enquanto fazia isso.

— Você é sempre tão insolente assim ou está apenas fazendo um espetáculo para mim? — ele perguntou.

— Não quero ser insolente — protestei. — Só estou tentando conhecer você. Veja o que a gente tem em comum até agora: nós dois odiamos Shakespeare, nós dois gostamos de batata frita. Imagine o que mais podemos ter em comum se andarmos juntos.

— Que tentador — Archer comentou sarcasticamente.

— Mas já é um começo — observei.

Ele me examinou atentamente por um longo momento. Eu quase podia ver as engrenagens do cérebro dele funcionando.

Por favor, só nos dê uma chance, pensei.

Esperei o que pareceu ser uma eternidade pela resposta dele, até que ele finalmente falou. Sua voz soou firme e decidida, e ele pesou cuidadosamente as palavras:

— Tudo bem. Feito. Só para provar que não temos mais nada em comum. E depois você vai desistir desse estranho experimento social que está fazendo e vai me deixar em paz.

— Feito? — repeti. Não processei a última parte a respeito de desistir. — Mesmo?

Um leve sorriso curvou a boca de Archer, que se inclinou para trás em seu assento, cruzando os braços sobre o peito.

— A menos que você tenha mudado de ideia e não queira mais. Pessoalmente, espero que você faça isso.

— Não, não, não é isso! — eu disse sem hesitar. — Eu só... estou surpresa, só isso. Surpresa por você ter concordado.

— "Concordado" é uma palavra forte — Archer comentou calmamente. — Me encontre do lado de fora, na saída, depois do sinal. E seja rápida. Não vou ficar esperando você.

Assim que ele terminou de falar, o sinal tocou. Imediatamente, ele se pôs de pé e colocou a mochila no ombro. Fiz o mesmo.

— Então, vejo você depois da aula — eu disse.

Ele me olhou com uma expressão ligeiramente confusa, com a cabeça inclinada para o lado.

— Certo. Que seja — respondeu.

Ele se afastou e logo desapareceu entre a multidão de estudantes presentes no refeitório. Parecia que eu tinha uma tarde bastante difícil à minha espera.

— Hadley, Hadley, Hadley — murmurei, massageando as têmporas. — No que você foi se meter?

ROSQUINHAS DE CEREJA E GEOMETRIA

QUANDO AS AULAS TERMINARAM, ENCONTREI ARCHER ENCOS-
tado num poste de rua do lado de fora da escola, o nariz enterrado em
Romeu e Julieta novamente. Suspirei, aliviada. Ele não havia me deixado
na mão. Era um bom sinal.

— Oi — eu disse, nervosamente, caminhando até ele.

Ele ergueu os olhos na minha direção e, como cumprimento, me
fez um breve aceno de cabeça.

— Bom... — Parei diante dele com as mãos entrelaçadas nas costas. — O que quer fazer?

Archer jogou o livro dentro da mochila, levantou-a e a colocou no
ombro, então indicou a calçada com um gesto.

— Tenho algo em mente. Por aqui.

Quase precisei correr para acompanhar os passos consideravelmente largos de Archer, enquanto passávamos pelos ônibus parados
no meio-fio na rua da escola. Estávamos na metade da calçada quando
escutei uma voz alta atrás de mim:

— Hadley! Espera! Ei, Hadley!

Virei-me e vi uma das minhas amigas, Brie Wilson, vindo na minha direção. Ela não conseguiu disfarçar o espanto quando viu Archer ao meu lado.

— Ei, Brie — eu disse quando ela se aproximou, lançando um olhar ansioso para Archer. Ela o fitou como se ele fosse o demônio em pessoa, e a expressão no rosto de Archer era de leve satisfação.

— Oi — ela disse, ofegante. — Hã... Eu só queria... bem, saber se você vai na casa da Chelsea essa noite. — Brie mordeu o lábio. — Já que os avós da Taylor estão na cidade, a gente vai fazer uma maratona de *America's Next Top Model*. Lembra?

— Hum... não, desculpa. Na verdade, a gente va...

— Pois é, Brie — Archer disse em tom amigável. — Hadley e eu vamos sair essa noite.

— Ah. Hum. Certo. — Brie ergueu a sobrancelha para mim, perplexa, antes de se afastar. — Tudo bem.

"Me manda uma mensagem mais tarde", ela sussurrou freneticamente antes de correr pela calçada na direção dos ônibus.

— Tive aulas de arte com a Brie no semestre passado — Archer disse quando voltamos a caminhar. — Uma garota bem *inteligente*.

A voz de Archer gotejava sarcasmo, e isso me irritou um pouco. Archer havia insultado minha amiga sem nem mesmo conhecê-la. Brie realmente *era* inteligente — ela só gostava de fingir que não era porque tinha a impressão de que os garotos do colégio gostavam de meninas tontas. Isso causava aborrecimento ao resto do nosso grupo; dizíamos a Brie que ela era adorável exatamente como era.

Apressei o passo para ficar lado a lado com Archer quando ele começou a caminhar de novo pela calçada. Quando paramos de andar, havíamos percorrido uma distância considerável e os meus pés já doíam.

Estávamos de pé na calçada, na parte mais pobre de Manhattan, diante de um prédio de tijolos vermelhos que exibia um triste estado de decadência. Sobre a porta do edifício, balançando ao sopro frio da brisa, estava pendurada uma placa azul e branca com os dizeres "Cafeteria Mama Rosa... Trazendo o Sabor da Itália desde 1898!" em letras pretas descascadas.

O lugar era antigo, isso estava mais que óbvio, mas havia nele um certo charme que eu não consegui definir.

— Uau. — Olhei para Archer. — O que é isso?

— A cafeteria da família — ele resmungou antes de entrar no estabelecimento.

Eu me apressei para não deixar a porta fechar e, no instante em que pus os pés na entrada, fui envolvida por um agradável calor. O rico aroma de grãos de café e de chocolate logo invadiu as minhas narinas. Comecei a observar o ambiente a minha volta.

Tapeçarias intricadamente tecidas estavam penduradas nas paredes junto com pinturas que pareciam ser diferentes paisagens do campo. Havia uma grande lareira de mármore posicionada à esquerda, com lenha queimando na grade, o que proporcionava um alívio bem-vindo contra o frio do lado de fora. Diante da lareira, via-se um sofá vermelho estofado e poltronas combinando. Mais ao lado, encostado a uma parede, havia um piano vertical que parecia ter sido esquecido ali.

Os pisos de madeira estavam gastos e eram do tipo que rangia quando alguém caminhava sobre eles. Havia várias mesas redondas e quadradas espalhadas pelo lugar, cada uma com três ou quatro cadeiras. Muitas pessoas estavam sentadas às mesas; havia xícaras de café, massas e bolos ou tigelas de sopa diante delas, que, enquanto comiam, ocupavam-se com seus laptops ou liam livros ou revistas.

Um longo balcão se destacava na parte da frente da cafeteria, sobre o qual havia uma caixa registradora antiga e doces frescos embalados. Um enorme quadro-negro pregado na parede listava, com giz colorido, os tipos de comida e bebida oferecidos ali.

Archer não pareceu se importar com o fato de que havia clientes no café, porque ele gritou: "Mãe! Vó!", enquanto contornava o balcão e seguia em direção a uma porta nos fundos.

Escutei uma voz rouca gritando numa língua que me pareceu ser italiano, então uma mulher idosa e bastante baixa surgiu de repente de um aposento nos fundos.

O cabelo dela era ligeiramente grisalho, preso num coque na altura da nuca; seus óculos estavam encaixados na ponta do nariz um tanto torto. Ela usava uma saia cinza longa e um pequeno casaco de lã combinando, e eu não demorei a perceber que já havia visto essa mulher antes, numa realidade que agora, felizmente, não existia. Era a avó de Archer. Contudo não me lembrava de já ter ouvido o nome dela.

— Bem, já era hora de você chegar, menino — ralhou a mulher. Ela devia fumar um maço de cigarros por dia, a julgar por sua voz. — Eu estava me perguntando quando você iria aparecer.

— Desculpa — Archer disse, pegando uma rosquinha de cereja entre os doces. — Eu...

Uma mulher, que eu reconheci imediatamente como a mãe de Archer, apareceu e se juntou à velha mulher. Ela parecia ser exatamente a mesma mulher de quando eu a vi da primeira vez, a não ser pelo fato de estar sorrindo. Ela usava um suéter vermelho desbotado e, sobre ele, um avental preto coberto de farinha; sinais de cansaço estavam evidentes em seu rosto, mas, ainda assim, ela parecia linda.

A situação era estranha demais para ser descrita em palavras.

A última vez que encontrei essas mulheres tinha sido no funeral de Archer, mas o Archer em pessoa estava nesse exato instante bem ao lado delas, com cara de poucos amigos, comendo a droga de uma rosquinha.

— Olá, meu amor — Regina Morales disse a Archer. — Hoje você... ah.

Ela parou de falar no meio da frase e olhou para mim com seus grandes olhos castanhos.

— Desculpa — Archer disse. — Fiquei preso na escola.

O olhar que Archer me lançou obviamente sugeria que ele havia ficado "preso na escola" por *minha* causa.

— Ah — Regina disse novamente, ainda parecendo surpresa. — Oi.

— Oi. — Eu podia sentir o rubor tomar conta do meu rosto.

— Essa menina é a sua namorada, garoto? — a mulher mais velha perguntou a Archer sem rodeios, espiando por cima dos aros dos óculos com seus olhos astutos.

— Ela *não* é a minha namorada — Archer retrucou, dando mais uma mordida no doce.

— Bem, olá — Regina disse, estendendo-me a mão num cumprimento, com um sorriso polido, removendo quaisquer sinais de fadiga. — Sou Regina, a mãe do Archer.

— Oi — respondi, esforçando-me para sorrir também. — Eu sou a Hadley.

Ver Regina diante de mim e ter que fingir que nunca a havia visto antes, mesmo sabendo com certeza que já a tinha visto... Como eu deveria agir no meio dessas pessoas?

— E eu sou a Victoria — acrescentou a outra mulher, sem estender a mão para mim. — A avó do Archer.

— Prazer — eu disse educadamente.

Victoria bufou, como se me achasse inadequada, e se voltou para Archer.

— Garoto, melhor ir trabalhar agora. Os pratos sujos estão lá nos fundos esperando por você.

— Tá bom — Archer disse e comeu o resto do seu doce. — Eu só vou...

— Não, Archer não precisa trabalhar essa noite, mãe. — Regina pousou as mãos nos ombros de Victoria. — Ele provavelmente tem dever de casa para fazer. E seria rude deixar a Hadley sozinha.

— Prefiro lavar os pratos — Archer murmurou.

No instante em que ouvi o comentário dele, entendi tudo. Mas é *claro*!

Archer sabia que teria de trabalhar e, provavelmente, me levou até lá já pensando que eu não iria tolerar que ele me ignorasse e me deixasse sozinha. Não passava de um estratagema para me fazer partir o mais rápido possível. E não era apenas isso. Nós havíamos caminhado desde a escola até ali, quando poderíamos ter usado o metrô para percorrer esse mesmo trajeto bem mais rápido e de modo menos doloroso. Archer estava tentando me fazer desistir, e eu tinha quase certeza de que essa não seria a última vez.

— Garoto idiota. — Victoria resmungou, balançando a cabeça, como se todos os problemas do mundo existissem porque Archer não ia lavar os pratos. — Bem, pelo menos tome conta da sua irmã depois que eu for buscá-la. Já estou atrasada! Faça logo esse dever de casa, hein?

Ela então se dirigiu para a porta dos fundos bufando mais uma vez.

— Peço desculpa pelo comportamento da minha mãe — Regina me disse, um tanto envergonhada. — Ela sofreu danos no lobo central quando teve um derrame alguns anos atrás. Ela não controla o que diz. Por que você e Archer não começam a fazer o dever de casa e eu levo para vocês um lanche e chocolate quente? — Ela sorriu novamente e lançou um olhar de censura na direção de Archer indicando-lhe claramente que mudasse de atitude.

Ele encarou a mãe, insatisfeito, mas não era ousado o suficiente para respondê-la.

— Ah, isso seria... ótimo. Obrigada.

Foi bem difícil me controlar para não cair na gargalhada quando vi a cara que Archer fez ao perceber que seus planos para se livrar de mim haviam sido frustrados. Ele se afastou do balcão e escolheu uma mesa nos fundos para nos sentarmos. Sorri para Regina em agradecimento e acompanhei Archer. Seria bom conseguir fazer um pouco do dever de casa. Sentei-me diante dele na mesa, levantei minha bolsa e tirei dela o caderno de geometria. Geometria era a matéria de que eu menos gostava e terminar o dever levaria um bom tempo.

Archer vasculhou sua mochila e retirou dela um livro de matemática, uma revista de literatura, *Romeu e Julieta*, *A Vida de Frederick Douglass* e alguns cadernos.

— Caramba! — eu disse. — Você vai ter que fazer tudo isso? Que aulas você está fazendo?

Ele despejou os cadernos na mesa e olhou para o meu trabalho.

— Nenhuma de reforço para geometria, pode ter certeza.

— Muito engraçado — respondi com uma careta de tédio. — Nossa, eu não sou boa em matemática. Grande coisa.

Alguns minutos de silêncio constrangedor se passaram antes que Regina chegasse com duas grandes xícaras de chocolate quente com chantilly em cima, lascas de chocolate e canela em pó. Ela também trouxe um prato de bolinhos e um enorme pão de canela.

O chocolate quente estava delicioso e aqueceu meu corpo todo, da cabeça aos pés. Tinha que me lembrar de pedir a receita mais tarde.

— Então... — Inclinei-me para trás na cadeira, mordendo um pedaço de pão de canela. — Você tem uma irmãzinha, não é?

— Sim. A Rosie — ele ergueu os olhos na minha direção e respondeu, carrancudo.

Reprimi um sorriso, lembrando-me da noite em que conheci a menina e do quanto ela havia sido adorável, mesmo que em circunstâncias tão indesejáveis.

— Quantos anos ela tem? — perguntei.

— Cinco — Archer respondeu, enérgico. Ele manteve a cabeça baixa, escrevendo sem parar. — Como ela gosta de me irritar, meu Deus.

Dessa vez, eu tive de sorrir.

— Mas você a ama.

Os lábios de Archer se comprimiram numa linha fina quando ele voltou a olhar para mim.

— Já terminou a sessão de psicanálise, Freud?

Voltei a atenção para o meu trabalho de geometria resistindo à vontade de lhe dar uma resposta.

O pão de canela e o chocolate quente eram uma grande distração, mas Archer era uma distração bem maior. Ele passava pelo seu dever de casa quase sem fazer esforço. Isso me fez querer provar que eu também podia fazer o meu trabalho com facilidade.

Mas eu não conseguia, principalmente porque meus olhos insistiam em buscar Archer, enquanto eu tentava resolver uma equação, tamborilando com os dedos na minha perna. Eu tinha medo — um medo irracional — de que ele desaparecesse se eu tirasse os olhos dele, então eu acordaria e perceberia que tudo havia sido um sonho.

E, quanto mais eu lançava olhares furtivos para ele, mais percebia quão atraente ele era. Ele usava uma camisa preta, com as mangas enroladas até os cotovelos, e parecia que se exercitava para se manter em forma. Seu cabelo se encaracolava um pouco quando alcançava o pescoço e sugeria suavidade ao toque. Seu rosto era tão bonito que era quase inaceitável que ele estivesse carrancudo e taciturno o tempo todo. Ficar de cara amarrada não lhe caía bem.

Quando Archer me apanhou olhando para ele, e eu me dei conta de que havia ficado vários minutos com os olhos colados nele, abaixei rapidamente a cabeça, mas ainda pude ver o olhar que ele me dirigiu — como se estivesse questionando a minha sanidade mental.

Vamos, concentre-se na geometria, disse a mim mesma. Afinal, isso era infinitamente mais excitante...

❊ ❊ ❊

Uma hora mais tarde, a noite já havia caído e nós já tínhamos acabado com o prato de bolinhos e o pão de canela tempos atrás. A essa altura já havia ficado claro que eu provavelmente me daria mal em geometria esse semestre. E, para piorar, Archer era a reencarnação da droga do Albert Einstein.

— Ah, desisto. Sou péssima em geometria — choraminguei pateticamente. — Eu devia deixar os estudos de uma vez e...

Archer pegou o meu caderno de geometria e o examinou. E só levou meio-segundo para ele começar a rir. Não um sorriso ou uma risada discreta, mas uma gargalhada de fazer os ombros sacudirem e o corpo se lançar para trás. Ele ria tão alto que alguns clientes, que ainda estavam no estabelecimento, nos olharam com curiosidade.

Fiquei totalmente surpresa ao constatar que ele tinha uma risada tão contagiante. Não seria nada ruim ouvir Archer Morales rindo de novo. E lá estava eu desejando que ele fizesse isso com mais frequência.

— *Isso aqui?* — Archer disse engasgando. — O teorema de Pitágoras? Esse é o seu problema?

Cruzei os braços com força tentando ignorar o rubor no meu rosto.

— Nem todo mundo é um gênio da matemática.

— Tá, mas o teorema de Pitágoras é coisa da sexta série — ele disse com arrogância. — Até *você* pode entender isso.

— Epa! Como é? *Até eu posso entender*? O que você quer dizer com isso? — ralhei indignada.

Archer me ignorou, folheou meu caderno até encontrar uma página em branco e começou a rabiscar números nela.

— O que você está fazendo? — perguntei.

— Vou te mostrar como se faz isso.

— Sério mesmo? — Arregalei os olhos para ele. Era difícil acreditar que Archer estivesse me oferecendo ajuda.

Ele revirou os olhos soltando um suspiro de irritação.

— Não estou fazendo isso por você. Ver você massacrar a matemática dessa maneira me causa urticária. Pitágoras deve estar se revirando no túmulo nesse exato momento.

Eu não ligava muito para os comentários ferinos de Archer, mas, infelizmente, ele parecia saber o que estava fazendo e eu não podia me dar ao luxo de dispensar a ajuda extra. Algumas aulas extras não fariam mal a ninguém.

Levei mais uns quinze minutos para finalmente entender a questão.

— Então eu substituo A2 e B2 por dezessete e por três, e, como resultado, tenho C2? — eu disse com confiança.

Archer soltou o lápis deixando escapar um suspiro exasperado.

— Finalmente! Ela conseguiu!

— Obrigada pela ajuda — eu disse, mal-humorada. — Legal saber que você é um professor tão altruísta.

— Então você não consegue entender um problema simples de geometria, mas sabe usar palavras como *altruísta*? — Archer disse franzindo as sobrancelhas e empurrando para mim o meu trabalho de casa.

Era um bom argumento, imaginei, mas matemática era um saco. Tudo o que se relacionava à matemática me fazia querer sentar num canto e chorar. Na minha opinião, inglês era uma matéria bem mais interessante.

— Eu não gosto de matemática porque foi o diabo quem a inventou. E costumo dormir com um dicionário debaixo do travesseiro.

A julgar pela expressão que se estampou no rosto de Archer, ele deve ter pensado que eu era maluca. Isto é, se ele já não achava isso antes.

— Você é estranha — Archer disse. — Tipo, estranha *de verdade*.

Ele tinha razão. Eu não havia assinado um contrato com a Morte? Claro que eu era estranha.

* * *

Eram quase sete horas quando comecei a arrumar minhas coisas para voltar para casa. A Mama Rosa fechava às sete e Archer avisou que precisava ajudar a sua mãe a fechar o estabelecimento.

— Obrigada por tudo, e por me ajudar com a matemática — eu disse enquanto Archer organizava todo o seu material de estudo. — Vocês têm um belo lugar aqui.

— Com certeza — Archer respondeu, porém, sem demonstrar muito entusiasmo.

Percebi que essa seria a melhor despedida que eu conseguiria dele, então caminhei até a porta da frente, depois de agradecer a Regina mais uma vez pelo chocolate quente e pelas guloseimas. Nesse momento, ocorreu-me uma ideia, uma maneira de ficar próxima de Archer sem ter que passar vergonha implorando para que ele fosse meu amigo.

— Tenho uma proposta para você — eu disse voltando-me para Archer quando estava a meio-caminho da porta.

Archer ergueu o olhar para mim enquanto enfiava um dos seus livros na mochila, parecia surpreso.

— Que tipo de proposta?

— Que você me ajude com a geometria.

Ele ergueu as sobrancelhas, desconfiado.

— E o que mais?

— Só isso — respondi. — Eu agradeceria muito se você pudesse me ajudar nisso. Minha mãe vai me matar se eu tirar mais um C numa disciplina de matemática.

Quase reprovei em álgebra no ano passado, mesmo depois de ter três aulas particulares por semana e de obter uma quantidade enorme de créditos adicionais em trabalhos suplementares. Eu não estava disposta a repetir a experiência e essa parecia ser a desculpa perfeita para me aproximar de Archer. Apesar de termos passado pouco tempo juntos, eu sabia que ele não era tão frio e rude quanto tentava me convencer que era. Archer se derreteu quando eu simplesmente mencionei a sua irmã pequenina; nenhum cara grande e durão agiria assim.

— E o que eu ganho ajudando você? — Archer perguntou, cruzando os braços na altura do peito.

Meu coração bobalhão começou a dar uns pulinhos no meu peito. Ele estava mesmo avaliando a minha proposta?

— Minha personalidade cativante — respondi, ensaiando um sorriso animado. — Meu rostinho lindo. Todas as batatas fritas que você puder comer.

Talvez tenha sido ilusão de ótica, ou apenas a minha imaginação excessivamente estimulada, mas eu podia jurar que vi Archer *corar*. O rosto dele ganhou um tom cor-de-rosa brilhante e ele virou a cabeça rapidamente em outra direção pigarreando enquanto procurava se concentrar em sua mochila. O que foi que eu disse para fazê-lo corar?

— Vou fazer isso pelas batatas fritas.

Eu me esforcei para reprimir um grito de empolgação.

— Maravilha!

— Não precisa ficar tão agradecida — Archer resmungou. — Só que eu realmente preciso ajudar a fechar o café, então, se não se importa... — Ele moveu o polegar na direção da porta num sinal claro de que eu tinha que ir embora.

Desejei boa-noite e agradeci de novo pela ajuda dele, ao que ele respondeu com um resmungo, obviamente estava farto de conversar.

Então, saí da cafeteria, sentindo certo orgulho de mim mesma. Peguei o metrô e, durante a viagem, cuidei do restante do dever de casa que tinha deixado de lado para lutar contra a geometria. Eu ainda estava surpresa por ter convencido Archer a me ajudar com a matéria; porém, se ele fosse o perfeccionista que eu começava a perceber que era, fazia sentido que ele quisesse ajudar alguém a entender melhor uma matéria que ele parecia dominar.

Saí do metrô e fui para casa a passo acelerado, arrependida por não ter apanhado uma jaqueta mais pesada essa manhã. Não era comum fazer tanto frio nessa época do ano, e eu não gostava disso. Quando me aproximei do prédio, Hanson, o porteiro, consultou o seu relógio.

— Chegou um pouco mais tarde que o habitual para um dia da semana, não?

— Saí com um amigo — respondi, sem conseguir reprimir um leve sorriso.

— Que bom, que bom — Hanson comentou, também sorrindo. — Amigo novo?

— É. Ele me ajudou a terminar o meu trabalho de geometria.

Hanson reagiu surpreso a essa novidade. Nunca mantive o ódio que tinha por matemática em segredo e dizer, com tranquilidade e sem me descabelar, que havia terminado um trabalho de geometria era, para mim, um feito de proporções épicas.

— Bem, isso não é uma maravilha?

— Hanson, você nem faz ideia.

PAUS E PEDRAS: FALTAM 22 DIAS

— VOCÊ NÃO VAI ALMOÇAR COM A GENTE HOJE, NÃO É?

Fechei o meu armário enquanto equilibrava meus cadernos e livros nos braços e lançava um olhar de desculpas para Taylor. Era segunda-feira e cedo demais para que eu tivesse uma boa resposta para essa pergunta.

Ela estava encostada no armário ao lado do meu, os braços cruzados sobre a sua cintilante camisa de marca. A expressão em seu rosto era a de sempre. Suas sobrancelhas estavam juntas e ela fazia um beicinho, mas, ao mesmo tempo, parecia quase radiante de excitação.

— Então você vai se sentar com o Archer novamente — ela disse, desistindo de esperar pela minha resposta.

Era difícil saber se ela estava zangada comigo porque eu a havia deixado de lado ultimamente ou se ela estava se divertindo à minha custa.

— Ele não é um cara ruim, Taylor — comentei com seriedade. — Na verdade, ele é... até legal.

Tudo bem, usar a palavra *legal* para descrever Archer era um tanto exagerado, mas nos últimos dias eu havia percebido que nem sempre ele parecia querer estapear as pessoas. Eu considerava isso como um ponto a favor.

Taylor balançou a cabeça, com expressão desconfiada, mas então abriu um sorriso malicioso e começou a rir. E continuou rindo até perder o fôlego, deixando-me ainda mais confusa que antes.

— O que é tão engraçado? — eu quis saber, imaginando se deveria me sentir ofendida ou não.

— Oh, não, nada disso — Taylor disse, agitando uma mão no ar. — Só que se você acha que alguém como *Archer* é *legal*, a coisa deve ser realmente grave.

— Como é?

— Ah, Hadley, sem essa. Sei que você não é *tão* idiota.

— Mas do que você está falando?

Eu tinha a leve impressão de que sabia exatamente o que Taylor estava sugerindo, mas sinceramente esperava estar errada.

— Vamos, admita — Taylor insistiu, parecendo irritada. — Você está gostando do Archer. Gostando *muito*.

— *Quê?* Não estou, não!

Desde o começo eu deveria ter percebido onde Taylor queria chegar. Cerrei os dentes e fiquei ali, ouvindo-a tagarelar, rindo entre uma frase e outra, que não podia acreditar que eu tivesse me apaixonado por alguém como Archer Morales.

— Escuta, Taylor — eu disse enquanto enfiava as minhas coisas na bolsa me endireitando. — Sei que ando muito ocupada e não tenho sido a melhor amiga do mundo, peço desculpa por isso, mas juro que não estou a fim do Archer, tá? Ele é só um... um...

Pensando bem, o que era o Archer para mim? Eu estaria mentindo para mim mesma se dissesse que não sentia nada por ele, porque eu sentia. Mas eu não gostava dele *desse* jeito. Não se tratava disso. Não *podia* se tratar disso. Isso nem mesmo era uma opção, já que eu tinha um prazo e o tempo era meu inimigo. O que eu sentia era preocupação. Necessidade de garantir que Archer ficasse vivo. Eu tinha certeza de que a Morte não pretendia que eu tivesse uma queda por ele — e isso encerrava o assunto.

Então... o que Archer era para mim, afinal?

— Archer é só um... o quê? — Taylor perguntou.

— Ele é só um cara — respondi, sem muita convicção, embora soubesse que ele era muito mais que isso.

— Você tem passado bastante tempo com esse *cara* ultimamente — Taylor comentou, rindo de novo. — Não sei bem o que você vê nele, mas eu esperei uma *eternidade* para ver você mostrar interesse de verdade por alguém, então acho que o Morales vai ter que servir, por enquanto.

— Como é? — Pega de surpresa, comecei a falar sem pensar: — Ei, eu não fico correndo atrás de garotos, mas isso não quer dizer que...

— Ele convidou você para sair?

— Não! A gente *não*...

— Ele já te beijou?

— *Não!*

Taylor soltou um suspiro, enquanto escovava o cabelo sobre o ombro, fingindo estar ofendida.

— Bem, quando você decidir que quer me contar a verdade a respeito do Archer, sabe onde me encontrar.

— Eu *estou* dizendo a verdade! — Eu não sabia o que fazer para tirar da cabeça dela a ideia ridícula de que eu estava gostando do Archer. Eu não podia simplesmente abrir o bico e revelar à minha amiga por que nos últimos dias eu andava grudada nele. — Acontece que... que eu...

Taylor deixou escapar outro suspiro dramático e saiu andando soltando mais uma gargalhada enquanto se afastava. Não consegui perceber se ela achava toda essa situação muito engraçada ou se só estava tentando me irritar. As duas coisas, provavelmente.

Encostei-me no armário e bufei longamente, esfregando a testa com as costas da mão. Parte de mim desejava correr atrás dela e contar tudo o que estava acontecendo, revelar por que eu não tinha escolha a não ser seguir Archer como um filhote de cachorro tonto e perdido, pois seria um alívio compartilhar o meu fardo com pelo menos uma pessoa. E Taylor *era* a minha melhor amiga. Mas, mesmo assim, eu sabia que ela não acreditaria em mim. Eu não deixaria escapar nenhuma oportunidade que tivesse para ficar com Archer, mas sentia saudade da companhia das garotas no almoço. E de ficar com Taylor depois da escola. E até das nossas maratonas de *Top Model*.

Mas só me restavam vinte e dois dias agora. Atrapalhou bastante não poder importunar o Archer no fim de semana para descobrir mais a respeito dele. Dois dias inteiros perdidos. Sábado passado, eu havia considerado a possibilidade de ir até a Cafeteria Mama Rosa para ver se o encontrava lá, mas logo me dei conta de que isso teria sido *bastante* estranho. Eu precisava estabelecer limites para agir. Além do mais, se o pressionasse além da conta, ele certamente se refugiaria na biblioteca e nunca mais falaria comigo.

✲ ✲ ✲

Apesar da minha pequena discussão com a Taylor, aconteceu algo de bom essa manhã. Depois que consegui abrir caminho na fila para a refeição e pus as mãos numa porção de batatas fritas e num sanduíche de peru, saí apressadamente pelo refeitório para encontrar o Archer.

Eu tinha novidades. Grandes novidades.

Tentei me controlar e não gritar quando enfim cheguei à mesa no fundo do refeitório onde Archer normalmente se sentava, mas não consegui.

— Archer!

Bati a minha bandeja em cima da mesa e me sentei na cadeira diante da dele.

Archer estendeu a mão para pegar um punhado das minhas batatas e colocou uma em sua boca olhando-me com uma expressão bem-humorada.

— Toda essa excitação é só porque você me viu?

— Não seja idiota — eu disse, esperando que ele não notasse que eu estava sem fôlego. — Dê uma olhada nisso.

Tirei meu teste de geometria da minha bolsa e o coloquei aberto na mesa para que ele pudesse testemunhar o milagre por si mesmo.

Archer olhou para o teste e sorriu, sem muito entusiasmo.

— Um B+? Está pulando de alegria por causa de um B+?

— Nossa, dã. Meu último teste foi horrível. — Depois de receber a orientação dele na Mama Rosa e de ter mais uma sessão de apoio na biblioteca no início dessa semana, eu começava a acreditar que estava me tornando muito boa em matemática.

Apressei-me em desembrulhar o meu sanduíche de peru e dei uma mordida nele. Archer parecia prestes a voltar a rir.

— Bem — ele disse, empurrando o teste na minha direção —, parece que você não é um caso perdido, afinal. Eu devo ser um bom professor.

— Não se vanglorie — provoquei. — Você teve sorte, só isso.

— Ah, tá bom... Sorte? Eu? Essa é boa.

— Você é terrivelmente pessimista, Archer. Sabia disso?

Archer recolocou no prato algumas batatas dando de ombros.

— Na maioria das vezes, as pessoas têm motivos para fazerem o que fazem.

Ele tinha razão. Tive os meus motivos para assinar aquele contrato e quis, desesperadamente, acreditar que eram bons motivos. Archer teve seus motivos para se matar num outro tempo. E, felizmente, eu logo seria capaz de levá-lo a compartilhar comigo esses motivos e, dessa vez, de evitar que ele vá até o fim.

— Concordo. Mas... veja só. Apenas duas sessões de reforço e eu já passei num teste de geometria. Ficar com você durante o almoço não é tão ruim, não acha?

— Sim, talvez para você.

Fixei o olhar na mesa enquanto brincava com a embalagem do meu sanduíche.

— Eu sou tão entediante assim para você?

Não mudaria nada se ele me respondesse que eu era a ruína da vida dele. Querendo ou não, nossos destinos estavam entrelaçados até segunda ordem. Eu só queria saber a resposta a essa pergunta por curiosidade.

Archer correu bruscamente uma mão pelo cabelo.

— Hadley, só porque eu...

— Ora, ora... O que temos aqui? Archer Morales finalmente arranjou uma namorada.

Nós dois nos viramos na direção da voz esnobe que interrompeu a nossa conversa. De pé, ao lado da nossa mesa, estava um cara grande e musculoso, o cabelo cuidadosamente fixado com gel e o mais arrogante sorriso que um ser humano poderia exibir. Era Ty Ritter, o menino de ouro da JFK porque seu pai era um juiz importante e dono de boa parte do Upper East Side. Eu já havia falado com ele antes — Taylor era conhecida por flertar com os caras que andavam com Ty —, mas eu não podia imaginar o que ele estava fazendo parado ali. De acordo com as regras, Archer não fazia parte do círculo social de Ty. A julgar pela expressão de desgosto de Archer, ele sabia bem quem era Ty, e eu tinha o palpite de que os dois não se davam nada bem.

Eu me perguntei se isso tinha algo a ver com dinheiro. Estudantes da JFK ingressavam nessa escola ou porque eram inteligentes ou porque seus pais pagavam por esse privilégio. Eu me encaixava na segunda categoria, embora as minhas notas nas matérias de inglês e de história — geralmente altas — tendessem a equilibrar as notas não tão altas que eu sempre tive em tudo que se relacionava à matemática. Minha professora de Inglês, a Sra. Graham — provavelmente a minha professora favorita — tornava agradável a permanência nessa escola com suas aulas animadas e sua tendência a distribuir doces para estudantes que lhe davam boas respostas. Doces sempre me deixavam motivada.

Mesmo que eu não tivesse visto o lugar onde a sua família trabalhava, bastava observar o modo como Archer se vestia para perceber que riqueza não foi o que o colocou na JFK. A maioria dos caras da nossa série desfilava com roupas de marca compradas na Quinta Avenida ou em lojas vintage inacreditavelmente caras, mas Archer vestia jeans sem marca; esse era um bom indicador de que ele estudava na JFK graças apenas às suas realizações acadêmicas. Não era de se admirar que ele tivesse sido sarcástico ao comentar minha condição de garota rica. Ele teve que dar duro para estar aqui, ao contrário de pessoas como eu e Ty. Eu me senti um pouco envergonhada.

— Posso ajudar? — Archer disse a Ty, mas pelo seu tom de voz, ajudar Ty era a última coisa que ele desejava fazer na vida.

Ty ignorou Archer e se sentou ao meu lado na mesa puxando minhas batatas fritas na direção dele.

— Pois é, Hadley, a gente sentiu a sua falta na festa do Bennett no fim de semana.

— Festas não são muito a minha praia — eu disse, sem tirar os olhos de Archer. A qualquer momento, ele poderia dar um soco na cara de Ty, ter um acesso de raiva ou algo assim. Ele claramente se sentia desconfortável, empoleirado na ponta da sua cadeira.

— Uma pena — Ty disse com a boca cheia de batatas. — A gente não tem visto você por aí ultimamente, e isso é um pouco triste. A Taylor disse que você está sumida porque tem passado todo o seu tempo com o Morales aqui.

Só pode ser brincadeira, pensei, sem conseguir acreditar no que ouvia. *Ty Ritter quer falar com o Archer a* meu *respeito?* E desde quando ele se importa? Lá no fundo, eu tinha a impressão de que Ty estava só buscando um pretexto para tirar Archer do sério.

Archer se inclinou para trás em sua cadeira, cruzando os braços sobre o peito.

— Isso não é *minha* culpa. Resolva isso com ela, Ritter.

— Veja, Morales, esse é um assunto que eu tenho que tratar com você — Ty disse olhando agora para Archer. — Você deve ter algo de especial para receber toda essa atenção de uma garota como a Hadley. Ela não é exatamente da sua laia, irmãozinho.

— Estou bem consciente disso — Archer respondeu secamente. — Você sentiu necessidade de compartilhar essa incrível informação comigo por algum motivo específico? Ou veio me fazer perder tempo só para se divertir?

Ty deu de ombros de novo.

— É, mas eu também quero te dar um conselho. Porque, sabe como é, sou um cara muito legal e tudo o mais.

Estava prestes a dizer a Ty que eu ia enfiar o resto do meu sanduíche na boca dele se ele não parasse de falar, mas o olhar que Archer me lançou fez as palavras morrerem na minha garganta.

— E qual é esse conselho?

— Bom, eu e os caras andamos falando nesse assunto — Ty começou, sem pressa — e a gente pensou... sabe como é, já que o seu velho está na cadeia e tudo o mais... A gente pensou que você, provavelmente, vai ser jogado lá também, mais cedo ou mais tarde, então realmente seria melhor se você deixasse a Hadley em paz. Sabe como é, tipo, *mantenha uma distância de quinhentos metros* dela. Uma coisinha linda como ela provavelmente não consegue...

Senti o meu rosto se incendiar. Do que ele estava falando? Eu não fazia ideia, mas, evidentemente, isso já estava indo longe demais.

— Ei, será que você pode deixá-lo *em paz*? Fala sério! Você não se cansa de ser babaca, Ty?

Por alguns instantes, Ty olhou para mim com os olhos arregalados, enquanto permaneci sentada, respirando rápido, vermelha de indignação. Eu não conseguia olhar para Archer. Tinha medo da reação dele. A última coisa de que eu precisava era de um idiota sem noção como Ty Ritter espantando Archer para longe de mim e interrompendo o progresso que eu havia feito na semana passada, por mais insignificante que esse progresso tenha sido.

— Bem, acho que isso responde a sua questão — Archer disse, para a minha surpresa e a de Ty também. — Pode ir agora.

Ty empurrou a cadeira para trás, levantou-se e plantou as duas mãos com força no tampo da mesa inclinando-se na direção de Archer.

— Pense bem nisso. Pode ser bom para você.

Respirei fundo, o mais que pude, e olhei para Archer, temendo a sua reação. No olhar dele havia apenas desprezo.

— Archer, olha, eu...

— Nunca mais fale por mim. — Seus olhos lançavam faíscas enquanto ele olhava para mim. — Você pode achar que me fez um favor, mas fez exatamente o oposto. Eu posso cuidar de mim mesmo. Então, me faça o favor de ficar longe de mim. O mesmo vale para esse seu amigo idiota, o Ty Ritter.

Ele foi embora do refeitório sem me dar a chance de falar. As pessoas que estavam por perto automaticamente se distanciaram dele o máximo que puderam e ele logo desapareceu de vista.

Talvez eu tenha me precipitado quando gritei com Ritter, mas como eu poderia evitar essa reação depois de ouvi-lo dizer coisas tão terríveis? Agora, porém, não havia dúvida de que Archer nunca mais iria querer nada comigo novamente. E como eu poderia culpá-lo? A minha companhia já estava deixando Archer mais vulnerável às investidas de imbecis como Ty. Isso não me ajudava nem um pouco na minha missão. Agora, Archer tinha a desculpa perfeita para se manter longe de mim o maior tempo que pudesse. Eu podia dizer adeus à nossa amizade.

As coisas que Ty tinha dito no almoço não me saíram da cabeça durante o resto do dia; fiquei remoendo as palavras dele na minha mente sem parar. Quanto mais eu pensava nessa conversa, pior eu ficava. Ritter disse que Archer iria acabar na prisão "como o seu velho". O pai de Archer estava *na cadeia*, como pude deixar passar algo tão importante?

A revelação do fato levantava mais dúvidas do que eu imaginava enfrentar. Eu queria acreditar que Ty só estava inventando, mas a expressão no rosto de Archer quando Ty disse aquelas palavras não deixou margem para engano. Ty havia atingido um ponto fraco de Archer, e sabia disso.

De qualquer maneira, agora eu sabia com qual dos segredos de Archer seria preciso lidar.

SITUAÇÕES EXTREMAS PEDEM MEDIDAS EXTREMAS: FALTAM 21 DIAS

DESDE QUE ASSINEI O CONTRATO COM A MORTE, COMECEI A desenvolver uma rotina pela manhã. No início do dia, eu pegava o ônibus com Taylor até a escola, nós nos separávamos e íamos cada qual para o seu armário, eu passava a primeira metade do dia conversando com a Brie nos corredores entre as salas de aula. Eu me esforçava ao máximo para prestar atenção às aulas de ciências políticas e de química. Nas aulas de química era bem mais divertido conversar com a Chelsea, minha parceira de laboratório, que memorizar a tabela periódica dos elementos. Archer e eu não tínhamos aulas juntos, já que, no primeiro ano, as aulas eram divididas com base em quais alunos seguiriam o Programa Avançado. Archer era inteligente o bastante para estar no programa e tinha decidido aproveitá-lo.

No intervalo para o almoço, eu comprava um sanduíche ou uma salada e batatas fritas e ia me sentar com Archer numa mesa no fundo do refeitório. O almoço era a única oportunidade que tínhamos para passar algum tempo juntos durante o dia. Eu havia decidido que hoje voltaria a falar nas aulas particulares de geometria e que importunaria o Archer um pouco para que ele elaborasse um esquema para me ajudar a entender as fórmulas, o que também serviria para conhecê-lo melhor. Apesar de ter conseguido entrar na vida de Archer, eu não sabia se isso o faria repensar, por um segundo que fosse, sua decisão de dar fim à própria vida.

Na terça-feira, fui apanhada de surpresa quando constatei que Archer não estava em sua mesa de sempre no refeitório. Vasculhei tudo à minha volta, erguendo-me na ponta dos pés, em busca de algum sinal dele, e logo ficou claro que ele não estava em lugar nenhum. A nossa turma do segundo ano tinha menos de duzentos alunos. Se Archer estivesse no refeitório, eu já o teria visto.

Eu não queria admitir, mas estava com medo. Não era realista esperar que eu conseguisse ficar de olho no Archer *o tempo todo,* mas o meu nível de estresse foi sem dúvida parar no teto quando me dei conta de que não sabia onde ele estava. Não fazia nem uma semana que eu havia voltado no tempo, mas já tinha me acostumado com a companhia do Archer. Eu saboreava cada momento que passava com ele; e quando nos separávamos eu imediatamente começava a sentir uma sensação de vazio na boca do estômago.

De imediato, pensei em ir até a biblioteca para procurá-lo, ou montar guarda diante do seu armário, mas eu tive a impressão de que isso só o irritaria e então me lembrei do que havia ocorrido durante o almoço de ontem com o estúpido do Ty Ritter. Sufoquei um gemido, apertando o meu sanduíche entre os dedos. Depois *daquela cena,* fazia sentido que Archer evitasse o refeitório. E a mim.

— O Archer está bem — murmurei para mim mesma, mudando de direção e seguindo até a mesa em que Taylor, Brie e Chelsea normalmente se sentavam durante o almoço junto com outras garotas da nossa turma. — É claro que ele está bem.

— Eeeii... — Taylor disse quando eu apareci e me sentei diante dela. — Problemas no paraíso?

— Que nada, só queria passar um pouco de tempo com vocês — eu disse de modo confiante tentando convencer Taylor e também a mim mesma. — Archer está ocupado, de qualquer maneira. Ele está em todas as classes avançadas, por isso sempre tem um monte de dever de casa.

Minhas palavras não soaram verdadeiras, embora Archer tivesse *mesmo* muito trabalho de casa. As garotas não pareciam convencidas.

— Amiga, você tem que se abrir e falar o que está acontecendo, porque eu não consigo entender isso — Chelsea se manifestou, inclinando-se na minha direção. — O que você vê naquele garoto? Ele é meio intenso.

Engoli em seco, desembrulhando o meu sanduíche amassado com mãos trêmulas. *Vejo muita coisa nele*, quis responder. Mais do que todos nesse lugar conseguem ver, pelo menos.

— Ele está me ajudando com geometria — respondi, e, imediatamente, senti uma pontada de culpa, já que essa não era toda a verdade.

Eu não gostava de maquiar a verdade e, definitivamente, não gostava de fazer isso com as minhas amigas, mas o que mais poderia fazer quando me pressionavam sem piedade?

— Ahã — Taylor disse, visivelmente descrente. — Tá bom.

— É sério! — Enfiei a mão na minha bolsa e a vasculhei até encontrar a minha última prova de geometria e a coloquei sobre a mesa diante das garotas. — Vejam só.

Brie assobiou quando viu a minha prova.

— Nada mal, mas quero ver você fazer isso *sem* calculadora.

— Impossível — retruquei, guardando a prova novamente na bolsa.

— A matéria da senhora Lowell não precisa ficar mais difícil do que já é.

— Geometria não é tão horrível assim — Brie discordou. — As aulas que tive com a senhora Lowell no nono ano foram tranquilas.

— Cuidado — Chelsea disse a Brie. — Jensen Edwards está sentado na mesa ao lado da nossa. Ele pode acabar escutando e descobrindo que você, na verdade, é um gênio da matemática.

Comecei a relaxar quando a conversa deixou de girar em torno de Archer e tomou outros rumos, mas, mesmo assim, não pude deixar de me preocupar com ele. Interagir com as garotas e jogar conversa fora como costumávamos fazer todos os dias era uma ótima distração, mas não resolvia todos os meus problemas. Eu poderia esquecer por alguns momentos o que me aborrecia, mas, no instante em que eu ficasse sozinha com os meus pensamentos, o meu fardo voltaria a pesar rapidamente. Relaxar com as minhas amigas era um luxo apenas da Hadley de antes do contrato.

Depois do toque do último sinal, passei um tempo perto do armário de Archer, esperando ver algum sinal dele no meio da multidão. Nada. Quando já não havia quase mais alunos no corredor, eu sabia que era inútil continuar à espera. Então desisti, frustrada, e desci a escadaria em direção à saída pisando no chão com mais força que o necessário.

Precisei voltar para casa de metrô, porque acabei perdendo o ônibus por ter ficado tempo demais à espera de Archer. Uma hora mais tarde, enquanto caminhava para casa, peguei o celular e enviei mensagens para Chelsea, Taylor e Brie. Se eu ficasse fechada no meu apartamento, tentando fazer meu trabalho de casa, eu seria consumida pelos meus próprios pensamentos e acabaria enlouquecendo.

> Netflix hoje à noite no meu apê? Comida chinesa por minha conta.

Recebi respostas cheias de empolgação em poucos minutos. Estava feliz por largar minha bolsa numa cadeira na sala de jantar e esquecer totalmente do meu dever de casa e as dificuldades que eu mal havia começado a encarar. Uma noite de folga não seria o fim do mundo, não é? Eu precisava me sentir normal de novo, pelo menos por algum tempo.

☆ ☆ ☆

No dia seguinte, mais uma vez não havia sinal de Archer. Quando eu não o vi em seu armário, tive dificuldade para respirar por alguns instantes bem tensos. Apoiei-me contra a parede e me concentrei para recuperar o fôlego, respirando lenta e profundamente enquanto puxava a pulseira de contas Navajo que eu trazia religiosamente presa ao meu pulso na última semana. As contas escondiam agora o número 20. Só me restavam vinte dias. Vinte dias apenas, e eu ainda me sentia como se estivesse vagando por aí em transe, constantemente atormentada pela ideia de que não conseguiria salvar o Archer. Eu precisava entrar em ação. Precisava de um plano.

O fato de Archer não estar na escola não significava que algo de ruim tinha acontecido. Talvez ele estivesse doente. Todos faltavam um dia ou outro. Não era motivo para ter ataques de pânico. Ainda assim, eu não conseguia deixar de pensar que o pior havia acontecido e que Archer...

Pare com isso, Hadley, disse a mim mesma em tom de repreensão. *Você está sendo ridícula!*

Ridícula ou não, eu me recusava a perder mais tempo. Depois do último sinal, saí da escola e, imediatamente, peguei o celular do bolso para procurar o endereço da Cafeteria Mama Rosa. Se Archer não estava na escola, era bem provável que estivesse na cafeteria da sua família.

Uma fina camada de neve cobria a rua quando saí da estação de metrô e caminhei dois quarteirões até a cafeteria. Quando finalmente cheguei à Mama Rosa e parei diante da porta vermelha do estabelecimento, eu já havia feito o que podia para me convencer de que não importava se Archer iria ou não gostar da minha decisão de aparecer ali sem avisar — eu simplesmente precisava fazer isso.

Agarrei a maçaneta da porta, a puxei com força para abri-la e entrei antes que a coragem me abandonasse e eu desse meia-volta e fosse embora.

Havia fogo na lareira, como da última vez, e algumas pessoas estavam tranquilamente acomodadas nas mesas com café e revistas. Um rádio escondido em algum lugar espalhava o som suave de música clássica pelo ambiente.

Eu me aproximei do balcão de atendimento, imaginando se Archer estava agachado atrás da vitrine de doces ou em algum outro lugar atrás do balcão, apenas para dar de cara com Regina quando ela veio da cozinha.

— Oh! — Um sorriso se formou em seu rosto. — Hadley!

Foi uma agradável surpresa saber que ela se lembrava de mim e que parecia genuinamente feliz por me ver.

— Oi — eu disse, sorrindo para ela também. — É muito bom ver você de novo.

Fui sincera ao dizer isso. Se Regina estava sorrindo toda jovial, isso só poderia significar que nada de terrível havia acontecido com o Archer. Nós duas conversamos por alguns minutos; falamos sobre o clima ruim e o Dia de Ação de Graças, que aconteceria na semana seguinte.

— Está procurando por Archer? — Regina perguntou enquanto enxugava o balcão com um pano.

— Ah... Sim. — Tentei disfarçar o meu embaraço.

— É uma pena, mas ele não está aqui — Regina respondeu. — Ele está fazendo compras com a minha mãe nesse exato momento.

Uma onda de alívio tomou conta de mim. Archer estava *bem*. Graças a Deus.

— Ah. — Eu ainda não conseguia evitar o suspiro derrotado que parecia estar se tornando hábito para mim. Eu havia caminhado por toda aquela neve para nada então; mas, pelo menos, sabia que estava tudo bem com o Archer. — Tá bom. Certo. De qualquer modo, obrigada. Acho que vou...

— Espere um pouco, Hadley!

Eu já estava caminhando em direção à porta, mas parei e me aproximei novamente de Regina.

— Sim?

— Você sabe que pode ficar e tomar uma xícara de café — ela disse. — Tenho certeza de que Archer voltará logo, e, além disso, parece que a neve está aumentando lá fora.

Olhei através da janela, e, realmente, a neve agora caía com uma força considerável. Uma xícara de café quente parecia muito melhor do que enfrentar neve e vento numa caminhada.

— Quer saber? É muito amável da sua parte, obrigada.

Regina respondeu com um sorriso que iluminou seus olhos.

— Que ótimo! Então, sente-se. Vou preparar algo especial para você.

Eu me sentei em uma mesa quadrada perto do balcão, e, instantes depois, Regina se juntou a mim, trazendo duas canecas fumegantes de café. Agradeci e aproximei minha caneca do rosto, inalando o rico aroma do que parecia ser canela.

— Delicioso! — exclamei quando bebi um gole. — Tem um gosto sensacional!

Regina riu, saboreando também a sua própria caneca de café.

— Obrigada. Nosso café é o que mantém esse lugar de pé. Bem, além disso, temos um apartamento no andar de cima e moramos nele.

Regina então me contou que ela, suas duas irmãs e seu irmão haviam crescido no prédio, e que a família Incitti estava no negócio de café desde a época em que sua bisavó Rosalia Incitti tinha emigrado da

Sicília para os Estados Unidos em 1895. Agora ela, Archer, sua filha Rosie e sua mãe Victoria ainda moravam no apartamento sobre a cafeteria.

— Esse lugar é adorável — eu disse, bebericando o meu café e correndo os olhos a minha volta. — É tão... charmoso!

— Obrigada — Regina disse, então fez silêncio por um momento. — Me diga... Você tem uma queda pelo meu filho?

Cuspi o café que tinha na boca e olhei para Regina com uma expressão de puro horror estampada no rosto. Eu mal podia acreditar no que tinha acabado de ouvir.

— Hm, não — balbuciei. — Não tenho nenhuma queda pelo Archer. Não mesmo.

Regina me fitou com as sobrancelhas erguidas, claramente cética.

— Bem, quero dizer... Ele é um cara legal e... hum, é também bonito, sem dúvida, mas... — Afundei na cadeira, usando a caneca de café para esconder o rosto. Essa era uma causa perdida. — Não, não tenho uma queda por ele.

— Ah, entendo — Regina comentou, sorrindo. Havia algo em seu olhar que transmitia a impressão de que ela estava totalmente consciente dos pensamentos conflitantes que, nesse momento, circulavam pela minha mente. Mas eu realmente não estava interessado em Archer. Não *dessa maneira*, pelo menos.

— Me desculpe por perguntar, mas foi uma coisa que passou pela minha cabeça, claro. O Archer não costuma trazer amigos para casa, que dirá uma amiga; então você pode imaginar a minha curiosidade.

— Percebi que ele é um tanto antissocial — murmurei com a boca encostada na minha caneca de café.

Regina fez que sim com a cabeça.

— Archer sempre foi do tipo calado.

— Por quê?

Por um instante, ela me olhou, surpresa, como se avaliasse a minha pergunta. Eu me arrependi quase de imediato por tê-la feito. Contudo ela deixou escapar um suspiro apertando com força a sua caneca de café.

— Há coisas na vida do Archer com as quais ele não deveria ter que lidar, pois é jovem demais. Na verdade, ninguém deveria ter que lidar com essas coisas. Ele é o homem da casa, claro, e acha que é dever dele tomar conta de mim, da avó e da irmãzinha mais que de si mesmo. Deus sabe que não tem sido fácil para ele. Eu sempre digo que ele parece mais um homem de meia-idade do que um garoto de dezessete anos.

Então havia alguma verdade nas palavras de Ty. O pai de Archer não estava por perto, senão Regina não teria se referido ao filho como "o homem da casa". Porém ainda permanecia no ar uma dúvida: onde estava o pai de Archer? Na cadeia? Ele era apenas um aproveitador que havia fugido anos atrás?

— Ah, eu... desculpa — eu disse tolamente. — Não devia ter perguntado, é...

— Não, tudo bem. Fico feliz que tenha perguntado. Quero que você saiba que o Archer não é essa criatura difícil que parece ser. Na verdade, ele é um verdadeiro doce de pessoa.

A doçura do Archer devia estar muito bem escondida sob o exterior mal-humorado dele, se é que tal doçura existia; mas imaginei que ninguém o conhecia melhor do que sua própria mãe.

— Seja como for, saber que você é amiga dele me deixa contente — Regina disse. — Você é sempre bem-vinda aqui.

— Obrigada — respondi.

Foi surpreendente perceber o quanto eu desejava ouvir isso. Eu quase não conhecia os Morales, mas sabia que Regina estava sendo sincera.

Acabei ficando ali e conversei com Regina por muito mais tempo do que esperava. O relógio sobre o console da lareira marcava agora cinco horas da tarde. Em determinado momento, Regina olhou para mim com uma expressão curiosa, como se tivesse algo para me dizer. O que seria?

— O movimento aqui no café logo vai começar a aumentar, por causa do horário de saída do trabalho. E o Archer e a mamãe ainda não voltaram. Você se importaria de me dar uma mão com as coisas?

Por essa eu não esperava! Fiquei de queixo caído.

— M-mas eu nunca fiz... quero dizer, não saberia o que fazer, nunca tive um emprego nem...

— Honestamente, não há muito mais a fazer além de anotar os pedidos dos clientes e levar sopa e sanduíches para as mesas — Regina garantiu. — E você me daria uma enorme ajuda.

— Bom... Por que não? — respondi, notando certo tremor na minha voz. — Vamos lá.

— Excelente! — Regina se levantou e pediu que a seguisse até a cozinha nos fundos. — Vou te dar um avental.

Regina me deu passagem para dentro do balcão e então para a cozinha. Eu me perguntava em que tipo de coisa havia acabado de me meter. Cinco minutos depois, eu equipada com um avental preto e posicionada atrás da máquina registradora observava a porta de entrada esperando que uma multidão entrasse precipitadamente e atirasse pedidos para mim a torto e a direita.

— Não precisa ficar tão nervosa, Hadley — Regina disse, sorrindo, enquanto colocava sanduíches frios embalados na prateleira de uma das vitrines do balcão. — Garanto que os nossos clientes são muito gentis.

Não demorou para que os sinos da porta da frente tilintassem e um casal com seis crianças barulhentas entrasse no estabelecimento. Disse a mim mesma que era capaz de fazer isso. Que Regina estava certa e que atender pedidos não era nada demais. Esforcei-me para estampar no rosto o melhor sorriso que pude conseguir.

E quando se aproximava o momento de encerrar as atividades, às sete da noite, compreendi de fato por que Regina havia chamado esse período de "horário de pico". A Mama Rosa começava a ficar lotado por volta de cinco e meia da tarde.

Regina cuidava dos pedidos de bebida com tanta eficiência que chegava até a assustar. Ela preparava mochas, capuccinos e expressos com uma rapidez inacreditável e isso não parecia deixá-la nem um pouco cansada. Sempre sorrindo, entregava bebidas, massas, doces e salgados aos clientes e conversava com eles como se fossem velhos amigos.

Penei um pouco até conseguir entender como funcionava a velha registradora; mas quando peguei o jeito, passei a lidar com a rotina dos pedidos tranquilamente e também ajudei Regina a entregar bebidas e tigelas de sopa ou sanduíches. A tarefa não era tão difícil quanto eu havia imaginado e, depois que eu consegui me acalmar, tudo começou até a ficar divertido.

Muitas pessoas que entravam no estabelecimento deviam ser clientes regulares, pois mais de uma vez me perguntaram quando eu tinha começado a trabalhar no café.

— Ela é uma amiga da família — Regina respondeu numa dessas ocasiões, sorrindo enquanto entregava a uma senhora um café mocha num copo descartável.

Senti nessas palavras de Regina um afeto que aqueceu o meu coração e eu sorri sem nem saber por quê. Mesmo que isso tudo fosse apenas temporário, era muito bom sentir que eu fazia parte de alguma coisa.

A porta da frente se abriu, fazendo soarem os sinos, e uma lufada de ar frio invadiu o lugar no momento em que eu limpava o balcão e Regina retirava da vitrine os itens que não haviam sido vendidos. Levantei a cabeça e deixei escapar uma exclamação de espanto quando vi Archer entrar, seguido de perto por Victoria, que equilibrava nos braços uma menininha com cachos negros.

Archer parou de repente no meio da cafeteria e me fitou com os olhos arregalados.

— Jamison? O que você está fazendo aqui?

— Ah, eu só quis...

— A Hadley só estava me ajudando durante o atendimento da tarde — Regina explicou a Archer dirigindo a ele um olhar que continha um aviso: *Não se atreva a fazer uma cena.*

— Olá, Hadley. Que gentileza a sua — Victoria disse empurrando Archer para passar com a garotinha. Ela caminhou até o balcão e se aproximou de Regina.

— Desculpe pelo atraso. É que houve problemas com um dos trens.

— Mamãe! — a garotinha gritou. — Fiz um desenho pra você na escola hoje!

O rosto de Regina se iluminou quando ela tomou a menina nos braços e lhe beijou a testa, abraçando-a apertado.

— Rosie, essa é a Hadley — Regina disse apresentando-nos.

Rosie abriu um grande sorriso e acenou para mim, seu nariz se enrugou de modo adorável. Ela me disse um "oi" timidamente.

Rosie parecia a mesma que eu havia visto na noite do funeral do Archer, toda meiga e alegre, apesar das circunstâncias.

— Você e o Archer são amigos? — Rosie perguntou, novamente fazendo-me recordar daquela noite. — Archer é o meu irmão mais velho.

Lancei um olhar furtivo na direção de Archer, que estava virando as cadeiras de pernas para o alto e colocando-as sobre as mesas.

— É... de certa forma, sim — respondi a Rosie.

Rosie se contorceu nos braços de Regina, indicando que queria ser colocada no chão, depois veio até mim e puxou a perna da minha calça, querendo que eu me agachasse para ficar no mesmo nível que ela.

— Tenho que falar uma coisa pra você.

— Claro — eu disse, sorrindo, enquanto ela me olhava com seus grandes olhos azuis. — O que é?

Ela se colocou na ponta dos pés para sussurrar no meu ouvido:

— O Archer é um cara grande e malvadão.

Tive que morder o lábio para não deixar escapar uma risada.

— Ah, isso ele é mesmo.

— Rosalia, que absurdo você está dizendo agora?

Rosie parou de falar no meio da frase quando Archer se encostou no balcão olhando com cara zangada para a irmãzinha.

— Nada! — ela cantarolou, sorrindo.

Archer revirou os olhos. Então ele veio na nossa direção e, me empurrando para o lado, levantou a irmã nos braços e começou a fazer cócegas nela. Fiquei observando, encantada, enquanto Rosie ria sem parar numa alegria contagiante lutando para escapar dos braços de Archer. Seus esforços não pareciam surtir muito efeito, mas ela não parecia se importar.

Archer brincando com a sua irmã pequena era, sem dúvida, uma cena comovente. Mas era também um pouco estranho. Na escola, Archer assumia uma postura tão dura e fechada que parecia quase... bizarro vê-lo assim tão desarmado.

— Certo, pessoal! — Regina disse em voz alta para superar os gritos de Rosie. — Acho que agora já chega para vocês dois.

Archer colocou Rosie no chão e se voltou para mim, enquanto Regina iniciava uma conversa em italiano com Victoria.

— O que você veio fazer aqui de verdade, Hadley? — ele me perguntou calmamente. — E sei que você não veio até aqui só para ajudar a minha mãe.

Ele não estava contente por me ver ali, isso era claro.

— Escuta, Archer. — Respirei fundo. — Vim até aqui para poder...

— Hadley — Regina disse, aproximando-se mais de nós —, que tal jantar com a gente? Você gostaria? Seria uma maneira de te agradecer por ter me ajudado essa tarde.

Primeiro eu sou chamada a trabalhar na cafeteria e agora sou convidada para o jantar em família?

— Mãe, a Hadley não pode ficar para o jantar — Archer disse, sem hesitar, parecendo incomodado. — Ela tem que...

Tive vontade de rir, porque, na verdade, não havia nada que eu precisasse realmente fazer, exceto passar algum tempo na companhia de Archer. Eu já havia terminado meu trabalho de casa na escola, na própria sala de aula, e os meus pais, provavelmente, comeriam em seus escritórios, no trabalho, como de hábito.

Além disso, agora eu estava ainda mais determinada a ficar, embora Archer estivesse tentando me pôr para fora da cafeteria.

— Regina, eu adoraria ficar para o jantar! — respondi, sorrindo para ela. — Obrigada.

— Que ótimo! — Victoria disse com impaciência. — Agora que já nos entendemos, que tal se a gente subisse para jantar, hein?

Segui Archer enquanto ele entrava na cozinha. Não quis nem olhar para o rosto dele.

JANTAR NO APARTAMENTO DO ANDAR DE CIMA: FALTAM 20 DIAS

O APARTAMENTO SOBRE A CAFETERIA MAMA ROSA ERA BEM diferente do que eu havia imaginado. Era pequeno e apertado; a sala era minúscula e continha um velho sofá, uma mesa de centro e um aparelho de televisão que parecia ter sido comprado nos anos 1970. Na sala de jantar havia uma mesa longa com uma linda toalha de renda, as janelas atrás da mesa eram cobertas por cortinas grossas.

A cozinha, situada ao lado da sala de jantar, estava cheia de utensílios que, definitivamente, não eram desse século; ainda assim contava com bancadas de mármore e uma ilha central. Depois da cozinha e da sala de jantar havia uma longa escada que levada ao segundo andar.

Era uma casa bem diferente daquela em que eu morava, mas transmitia uma sensação de lar que eu nunca havia experimentado nos imóveis cinco-estrelas dos meus pais. Logo se percebia que as pessoas que moravam ali eram uma família e que as paredes do apartamento estavam repletas de lembranças.

Eu adorei isso.

— Uau! — exclamei, encantada. — Aqui é bem legal.

Alguém bufou atrás de mim. Era Archer.

— Tá, tanto faz. Poderia fazer a gentileza de sair do caminho para que eu possa começar a fazer o jantar? — Archer me empurrou para dentro do apartamento e se dirigiu para a cozinha.

— Ei, Hadley, vamos ver *Historinhas de Dragões*! — Rosie chamou, agarrando a minha mão e puxando-me para a sala.

Sentei-me na beirada do sofá, Rosie apanhou o controle remoto e começou a passear pelos canais de televisão. Regina e Victoria ainda estavam fechando a loja no andar de baixo, portanto, Archer, Rosie e eu éramos os únicos dentro do apartamento.

Eu queria uma chance para conversar com Archer a respeito do que havia acontecido na segunda-feira. As lembranças do desagradável encontro com Ty Ritter no almoço desse dia continuavam me perseguindo, como uma coceira que não podia ser coçada. Eu sabia que não conseguiria ter paz até fazer as pazes com Archer, ou pelo menos tentar fazer. Eu tinha que descobrir por que ele tinha ficado contrariado comigo e me desculpar.

Enquanto Rosie estava fascinada por um comercial particularmente colorido, eu me levantei, fui até a cozinha e me sentei em uma das banquetas da ilha central. Archer, que fatiava tomates numa tábua de cortar, interrompeu a tarefa por um momento, olhou-me de alto a baixo e então voltou a cortar.

Pigarreei duas vezes para limpar a garganta e juntei as mãos sobre a bancada.

— Hã… então. Quer que eu te ajude com o jantar?

Eu não podia ver o rosto dele, mas tinha quase certeza de que ele estava rindo silenciosamente, já que os seus ombros balançavam. O que havia de tão engraçado no fato de me oferecer para ajudá-lo?

— Não se preocupe — ele respondeu. — Eu só estou requentando sobras e fazendo uma salada.

— Ah… tudo bem.

Eu precisava me desculpar com ele, mas não sabia por onde começar. Eu sabia que Archer não acharia esse assunto exatamente empolgante.

— Então — comecei tamborilando com os dedos na bancada e franzi as sobrancelhas. Eu precisava parar de dizer "então". — Você teve um bom dia?

— O melhor dia da minha vida — Archer respondeu sarcasticamente.

— Nossa, que... bom — comentei sem jeito. — Mas, veja, eu queria de verdade...

— Ei, Hadley! — Rosie gritou da sala. — Venha assistir aqui comigo!

Archer fez um gesto com a cabeça na direção da sua irmãzinha.

— Você poderia fazer companhia a ela? A Rosie vai começar a subir pelas paredes se não receber atenção.

— Claro — respondi. — Pode deixar.

Nada aconteceu. Deslizei para fora da banqueta e voltei para a sala me perguntando se Archer sabia o que eu estava tentando dizer ou se de fato ele só queria que eu passasse algum tempo com sua irmã.

Rosie tagarelava enquanto assistia a uma reprise de *Bob Esponja Calça Quadrada* na televisão me contando sobre o seu dia na pré-escola, dia repleto de perigos — mais perigos do que eu me recordava — como, por exemplo, a perda dos lápis coloridos ou a pequena cozinha de brincadeiras, tão popular que apenas as crianças que Rosie chamava de "garotas malvadas" podiam brincar nela.

— Aproveite a pré-escola enquanto você pode — eu disse a ela. — O ensino médio não é nada divertido. Acho que o seu irmão diria a mesma coisa.

— Eu gosto de ficar com a mamãe e com o Archer — Rosie informou fazendo um biquinho dramático. — Gosto de ficar em casa.

— É, eu sei. — Eu podia imaginar como ela se sentia. Quando entrei no jardim da infância, só depois de muitos meses parei de sentir saudade de casa. — Aliás, você tem uma casa muito bonita.

Rosie deu uma risadinha.

— Eu sei. É tão confortável. E eu ainda posso ver o meu papai aqui. — Ela rolou para fora do meu colo e se arrastou pelo sofá até a mesa ao lado agarrando um porta-retrato. — Já viu a foto do meu papai?

— Não, eu...

Rosie aproximou tanto a foto do meu rosto que quase a encostou no meu nariz.

— Veja! Eles não estão lindos?

Peguei a foto, a examinei e vi que havia sido tirada em um casamento — o casamento da Regina.

Regina parecia linda, usava um belíssimo vestido de renda e seu penteado lembrava uma cascata de caracóis. O homem que tinha os braços em torno dela era alto e muito bonito, com olhos azuis luminosos, cabelos negros ondulados e um largo sorriso no rosto. O modo como o homem e Regina olhavam um para o outro... Era mais que evidente que os dois estavam loucamente apaixonados. Impossível confundir a expressão nos semblantes deles com qualquer outro sentimento.

— Esse é o seu pai? — perguntei a Rosie apontando para a foto.

Rosie abriu um sorriso radiante.

— Ele mesmo!

— Eu não o conheci, Rosie.

A menina deixou escapar um suspiro — um suspiro triste, desses que eu não achava possível uma garota de cinco anos produzir — e pegou a foto de volta, correndo os dedos pelos rostos dos pais.

— Eu também nunca conheci o papai. Minha mãe diz que eu nasci depois que ele foi pro céu.

Ouvir essas palavras me deixou um pouco atordoada. O pai de Rosie e de Archer, marido de Regina, estava morto? Meu pai e eu não éramos tão próximos assim um do outro, mas não conseguia imaginar como seria a minha vida se ele não estivesse mais entre nós.

Rosie tinha cinco anos. Se o que ela disse for verdade, isso significava que o pai de Archer havia morrido há pouco menos de seis anos, no mínimo. O pensamento de que esse motivo talvez levasse Archer a cometer suicídio passou pela minha mente. Perder o pai poderia levar uma pessoa a cair em depressão naturalmente. Mas a ponto de cometer suicídio? Eu não fazia ideia.

Mas não pode ser, pensei. *Ty contou que o pai de Archer estava na prisão.*

Era óbvio que alguma coisa me havia escapado. Ou Ty estava mentindo — possibilidade que jamais poderia ser descartada — ou Rosie estava errada. Talvez seu pai não estivesse morto, e sim na cadeia, e Regina não tenha tido coragem de contar à filha. Conversar sobre um assunto desses com uma filha pequena não devia ser uma tarefa das mais fáceis.

Respirei fundo e esfreguei a testa com as costas da mão. Esse era mais um detalhe que eu teria que adicionar à minha crescente lista de mistérios.

Regina e Victoria apareceram cerca de quinze minutos mais tarde, quando Rosie e eu assistíamos a mais um episódio de *Bob Esponja*.

— O jantar já está pronto, garoto? — Victoria perguntou quando entrou na cozinha.

— Quase — Archer respondeu.

— Rosie, venha me ajudar a arrumar a mesa — Regina disse à filha.

Para um jantar feito de sobras, tudo parecia bem convidativo: uma bela travessa de fettuccine com molho marinara picante, algumas frutas acompanhando e salada com molho vinagrete. E eu não demorei a aprender que jantar com a família Morales não era um evento silencioso.

Victoria era a mais barulhenta e falava com tanto entusiasmo que parecia estar envolvida em um monólogo dramático. Ela tinha a tendência de bater com a mão na mesa quando desejava reforçar algum ponto — o que era bastante frequente, diga-se de passagem.

Ela e Regina contaram histórias sobre os fiascos que colecionaram no comando da cafeteria, e Rosie volta e meia se intrometia nas conversas compartilhando suas opiniões sobre quase tudo. Durante esse jantar, eu me apanhei rindo como há muito não ria. Eu não me lembrava da última vez que tinha rido dessa maneira durante um jantar. Gostei da experiência. É fácil esquecer os problemas quando você está cercado por pessoas que nunca param de rir.

Como era de se esperar, a única pessoa que não parecia contente era Archer. Ele permaneceu em silêncio durante todo o jantar; comeu a sua massa com a cabeça baixa e o punho cerrado sobre a mesa ao lado do seu prato. Eu não sabia ao certo se esse era o comportamento normal dele, mas Regina e Victoria não fizeram nenhum comentário a respeito disso.

A cabeça de Rosie começou a pender para baixo sobre o prato pouco depois que Regina trouxe taças de pudim para a sobremesa, e, em instantes, a menina bocejava sem parar. Eu também já me sentia cansada, porém ainda inquieta sabendo que precisava encontrar um modo de conversar a sós com Archer.

— Agora, cama! — Victoria declarou dando um tapa na mesa quando Rosie tentou levar uma colherada de pudim à boca, errou e sujou o rosto com chocolate.

Archer se levantou rapidamente, provavelmente ansioso para escapar. Ele limpou o rosto de Rosie com um guardanapo, levantou-a nos braços e saiu em direção à escadaria. Rosie passou os braços pelo pescoço do irmão e apoiou a cabeça no ombro dele, e antes que Archer alcançasse o primeiro degrau, ela já estava dormindo.

Algo nessa cena tocou o meu coração de uma maneira que eu não compreendia. O que teria levado Archer a sentir necessidade de tirar a própria vida? Ele não conseguia enxergar quão intensamente a sua família confiava nele? Não conseguia ver o amor que aquela família tinha por ele? Por que ele pensaria em deixar tudo isso para trás?

Victoria se pôs de pé e seguiu o mesmo caminho que seu neto, enquanto Regina começou a empilhar os pratos sujos nos braços.

— Espera, eu te ajudo — eu disse, me levantando.

— Não, Hadley, tudo bem. Pode deixar que...

— Não tem problema, eu quero ajudar.

Regina me olhou, agradecida, e seguiu para a cozinha com os pratos. Recolhi o restante da louça do jantar e coloquei tudo na bancada, enquanto Regina enchia a pia com água quente e sabão — não havia máquina de lavar louça.

— Eu lavo, você enxuga — ela disse, me entregando um pano de prato.

— Feito.

Um silêncio confortável nos envolveu, enquanto Regina esfregava e lavava os pratos e eu os enxugava. E ainda que estivéssemos apenas lavando os pratos do jantar, não era nada ruim perceber que havia momentos em que o silêncio caía bem. Às vezes, o silêncio dizia muito mais do que as palavras poderiam expressar.

— Sabe, Hadley, eu apreciei muito a sua ajuda essa noite — Regina me disse, me entregando para enxugar o último dos pratos do jantar. — Você se saiu muito bem.

— Não foi nada — respondi. — Foi até divertido.

Regina riu, puxando a tampa da pia para deixar a água escoar.

— Espera só até começar a esfriar *de verdade*. Daí começa a ficar menos divertido. Nós nos matamos preparando chocolates quentes sem parar, isso não é lá muito engraçado.

— Não duvido disso.

— Sabe de uma coisa? — Regina colocou a pilha de pratos no armário e se encostou na bancada. — Tenho certeza de que podemos abrir uma vaga de garçonete para você no café. Seria uma ajuda extra muito bem-vinda. Se você quiser, é claro.

O quê?

— Você... está me oferecendo um emprego, é isso?

— Se você quiser — Regina repetiu com um olhar que parecia esperançoso.

Tentei pensar em tudo o que poderia acontecer se eu aceitasse a oferta de Regina. Tentei imaginar cada cenário. As possibilidades eram infinitas. Archer não ficaria muito contente, mas eu teria que aprender a lidar com a desaprovação dele. Essa chance era boa demais para ser desperdiçada.

— Claro que aceito — eu disse finalmente forçando um sorriso. Percebi que inadvertidamente fiquei puxando as contas da pulseira Navajo que escondiam os números tatuados no meu pulso durante todo o tempo em que tive esse debate silencioso comigo mesma. — Isso seria muito legal.

— Fantástico. — Regina sorriu para mim com grande animação. — Eu só preciso avisar o Archer...

— Avisar o Archer sobre o quê, mãe?

Nós duas nos viramos e vimos Archer de pé, encostado à ilha central, observando-nos com uma expressão desconfiada.

Olhei para Regina em busca de ajuda sem saber o que dizer.

— Hum...

— Ora, avisá-lo de que Hadley acabou de concordar em trabalhar meio período para nós na cafeteria — ela disse olhando satisfeita para ele.

A reação de Archer ao ouvir isso foi de perplexidade e indignação, como alguém que acaba de receber uma pancada na cabeça.

— Você só pode estar brincando.

— Não mesmo, querido — Regina respondeu. — Vamos precisar da ajuda extra com a chegada das festas e tudo o mais.

— Pois então chame Carlo ou Lauren para o trabalho — Archer retrucou. — Você não precisa contratar a Hadley. Ela nem precisa de dinheiro.

Engoli em seco, constrangida. Ele não deixava de ter razão. Provavelmente havia pessoas por aí que precisavam do emprego mais do que eu.

— Infelizmente para você, Archer, quem toma a decisão sou eu. Eu comando esse negócio, não você — Regina disse num tom de voz decidido de chefe de negócios que me surpreendeu. Ela ainda acrescentou algo em italiano que fez a expressão no semblante de Archer passar de cética à submissa imediatamente.

— Entendi — ele disse, rígido. — Entendi. Como você quiser, mãe.

— Ótimo — Regina comentou, parecendo satisfeita, e então se virou para mim. — E mais uma vez, obrigada por aceitar o trabalho, Hadley.

Fiquei sem ação quando ela se aproximou de mim para me abraçar. Não me lembrava da última vez que me abraçaram dessa maneira — de alguém que quis me abraçar de verdade, não apenas um abraço rápido dos meus pais ou dos amigos nos corredores da escola.

— Claro — eu disse, lembrando-me enfim de que eu deveria abraçá-la também.

— Dê o número do seu telefone ao Archer e eu vou pedir que ele ligue para você para te avisar quando faremos o seu treinamento.

— Para mim está ótimo, Regina.

— Vamos, Hadley. — Movendo o dedo indicador no ar, Archer indicou a porta de saída para mim. — Vou chamar um táxi para te levar em casa.

Mordi o lábio, estranhando a atitude dele. Archer estava mesmo se oferecendo para fazer algo legal por mim? O que Regina tinha dito a ele?

— Ou então eu não te acompanho e você pega o táxi sozinha — ele disse me olhando com impaciência. — Você é quem sabe.

— Não, não! Vai ser ótimo ter… a sua companhia — respondi, um tanto nervosa. — Obrigada.

Despedi-me de Regina mais uma vez, peguei meu casaco e minha bolsa no sofá e segui Archer até a porta. Nenhum de nós falou, enquanto Regina fechava a porta atrás de nós, e também, em silêncio, descemos os quatro lances de escada até os fundos da cafeteria.

No momento em que Archer alcançou a parte de baixo da escadaria, ele se voltou e dirigiu a mim a reação furiosa que eu já esperava.

— Archer... — comecei, mas a voz dele logo se sobrepôs à minha.

— O que você pensa que está fazendo? Por que teve que vir até aqui e passar a tarde com a minha mãe? Isso é maluquice, é estranho demais, e eu me lembro muito bem de ter dito que a gente sairia uma vez e, quem sabe, almoçaríamos juntos, e, até onde sei, nada disso inclui voltar aqui quando eu não estiver e...

— ARCHER! PODE CALAR A BOCA UM INSTANTE E ME DEIXAR EXPLICAR?

Archer fechou a boca, me olhando irritado.

Eu estava numa situação bastante delicada, sem dúvida. Do ponto de vista dele, eu estava agindo como uma doida grudenta que não o deixava em paz e o perseguia em busca da sua atenção. Isso estava tão longe da verdade que era até engraçado, mas eu não podia contar a verdade por trás das minhas ações. Eu tinha que encontrar um modo mais aceitável de lidar com Archer.

— Presta atenção. — Desci mais um degrau da escadaria, diminuindo a distância entre nós. — Vim até aqui para me desculpar. Eu não planejava ficar aqui tanto tempo e ajudar a sua mãe. Simplesmente aconteceu. A propósito, sua mãe é uma ótima pessoa, é fácil conversar com ela.

— Você veio se desculpar? — Archer pareceu momentaneamente confuso. — Mas se desculpar por quê?

"Não é óbvio"? pensei.

— Ah, por... aquilo que eu disse no almoço outro dia. Você estava certo; eu não devia ter dito nada ao Ty. Você já é bem crescidinho e sabe se defender.

Archer ficou em silêncio por um momento.

— Quer saber? — Ele expirou longamente, fechou os olhos com força e apertou a ponte do nariz com dois dedos. — Esqueça isso, tá? O Ritter é um babaca. Ele leva as pessoas a fazerem coisas idiotas.

Exatamente, quase bufei. Ele tinha razão.

— Então, Archer... não dê ouvidos a ele — falei, sem pensar. — Muito do que sai da boca dele é lixo e você não vai querer sujeira nos seus ouvidos.

O que eu disse fez Archer abrir um sorriso.

— Eu sei — ele respondeu.

Senti um grande alívio quando ele sorriu.

— Então estamos entendidos — eu disse, respirando fundo. — E com relação ao emprego...

O sorriso desapareceu do semblante dele, substituído pela habitual expressão mal-humorada.

— Ah, sim, o emprego... — ele repetiu em tom sarcástico. — Você veio implorar para que a minha mãe te desse um emprego. Está tão desesperada para ficar perto de mim que chegou a esse ponto?

— Nada disso — retruquei, um tanto ofendida. — Para a sua informação, foi a sua mãe quem me ofereceu o emprego. E de jeito nenhum estou desesperada para ficar perto de você.

Archer inclinou a cabeça, ergueu as sobrancelhas e estalou a língua; eu suspeitava que ele não tinha acreditado na minha mentira.

— Tá bom então...

Ignorei o comentário dele e fiz a pergunta que já me incomodava por dois dias:

— Por que você não foi à escola ontem e hoje?

Enquanto abria a porta dos fundos, Archer se voltou para mim com aquele sorriso malvado que me dava uma sensação de frio no estômago.

— Mas eu estava na escola, só estava evitando você.

Isso me deixou tão embaraçada que meu rosto ficou todo vermelho. Já era ruim o suficiente que Archer estivesse me evitando, mas constatar que ele sabia que andei procurando por ele era ainda pior. Eu agora me sentia uma verdadeira *doida*.

— Vamos — Archer disse agitando o dedo polegar no ar. — Vamos chamar um táxi para você.

Eu tinha a esperança de que o meu novo trabalho me desse uma oportunidade de conhecer o *verdadeiro* Archer. Eu precisava mostrar a ele que não era uma garota maluca que o seguia o tempo todo para onde quer que ele fosse, e sim alguém genuinamente interessado em conhecê-lo, porque eu não iria a lugar nenhum nos próximos vinte dias.

REVELAÇÕES ACIDENTAIS:
FALTAM 19 DIAS

— FILHA DE UMA... *HADLEY!* VOCÊ QUEIMOU A MINHA MÃO!

— Desculpa, desculpa! — choraminguei, enquanto Archer corria a toda velocidade para a cozinha a fim de pôr sua mão muito vermelha debaixo da água corrente. — Eu avisei, você não devia ter me mandado mexer com o café! Eu...

— Eu não te disse para mexer em coisa alguma! Tudo o que você precisava fazer era esvaziar as borras de expresso! — Archer ralhou. — Como você conseguiu espirrar água quente por toda parte?

— Sei lá!

Meu primeiro turno oficial na Mama Rosa não estava indo muito bem. O que havia acontecido ontem começava a parecer sorte de principiante.

Acidentalmente, eu já havia deixado cair na pia metade de um pacote de grãos de café colombiano importado, quase derramei uma tigela de sopa no colo de um pobre homem, fiz confusão com mais de um pedido e ainda consegui queimar a mão do Archer. Ele me deixava extremamente nervosa, gritando ordens o tempo todo e me dizendo como fazer cada tarefa. Era um milagre que eu ainda não tivesse queimado o estabelecimento inteiro. Trabalhar ao lado de Archer era completamente diferente de trabalhar com Regina, e mil vezes menos agradável.

Eu tinha grandes esperanças nesse trabalho na Mama Rosa. Ter a oportunidade de passar mais tempo com Archer fora da escola, com menos interrupção, pareceu uma bênção quando Regina a ofereceu a mim. Infelizmente, porém, a única coisa que descobri sobre Archer foi que ele tinha uma carreira promissora como sargento. Eu nunca havia visto ninguém mandar nas pessoas sem nenhuma hesitação e com tanta facilidade.

Mas o fato era que eu tinha que trabalhar com o Archer. Eu sempre achei que ambientes de trabalho eram estressantes, mas Archer mantinha as coisas funcionando bem na cafeteria, e sem dificuldade — exceto pela dificuldade que eu mesma representava, claro.

— Bem, a partir de agora, você vai se limitar a servir as mesas, é a melhor alternativa. — Archer fechou a torneira e secou cuidadosamente as mãos com uma toalha, antes de se voltar para mim com a cara amarrada. — Eu não sei se você foi feita para ser barista.

— É, eu mesma tenho me perguntado isso... — comentei, esfregando a nuca. — Mas talvez dessa vez dê certo.

— Ah, claro — Archer disse sarcasticamente. — Olha, vá limpar e arrumar as mesas. Eu mesmo termino as coisas aqui.

— Certo.

Peguei uma grande bacia plástica que ficava sob o balcão e comecei a trabalhar empilhando canecas, tigelas, pratos e talheres sujos. Depois de terminar essa tarefa, peguei um pano úmido, passei nas mesas e, por fim, virei as cadeiras de pernas para cima e as empilhei sobre as mesas.

Levei a bacia cheia de utensílios sujos até a cozinha, esperando entregá-la a Archer e depois ir ajudar Regina. Mas Archer não estava na cozinha. Para não o irritar ainda mais, enxaguei a louça suja e coloquei a que tinha recolhido na lava-louças. Pelo menos, as tarefas de limpeza eu conseguia realizar sem problemas.

Quando terminei, saí da cozinha e me juntei a Regina. Ela estava na parte da frente da cafeteria calculando o faturamento do dia na caixa registradora.

— Acho que já basta por hoje — ela me disse. — Está livre para ir para casa. A gente avisa quando você for novamente escalada para trabalhar.

— Obrigada — respondi, um pouco retraída. — Olha, sobre o meu desempenho hoje... me desculpa, eu não queria ter feito tanta bobagem e...

Regina ergueu uma mão para me interromper, sorrindo.

— Não precisa se preocupar com isso, querida. É o seu primeiro dia no trabalho e às vezes as coisas não correm bem mesmo.

Dizer que as coisas não haviam corrido bem era pegar leve demais. Mais realista seria dizer que o dia foi simplesmente horrível.

— E quanto ao Archer? — Regina se aproximou um pouco mais de mim e abaixou a voz. — Escuta, ele só precisa de algum tempo para se acostumar a trabalhar com outras pessoas. Durante muito tempo, fomos só ele, minha mãe, Rosie e eu. Ele não reage muito bem a mudanças.

Nisso eu podia compreender Archer melhor do que ninguém. Enfrentar mudanças era difícil. E nem sempre a mudança era para melhor. Eu esperava que a minha contratação não fosse um desses casos.

— Tudo bem, Regina. Então acho que já vou andando.

Regina fez que sim com a cabeça e apertou o meu cotovelo.

— Claro. A gente se vê logo mais.

Eu me despedi, caminhei pela cozinha e fui até a sala dos fundos, onde a escadaria levava ao apartamento. Tirei minha jaqueta de um dos ganchos e a vesti, pus meu gorro de lã e coloquei minha bolsa no ombro.

Abri a porta dos fundos e saí para o ar frio da noite apenas para dar um berro de surpresa quando quase tropecei em Archer, que estava sentado no meio-fio perto da porta.

— Você me assustou! — eu disse, arfando, com uma mão colada ao peito.

— Isso porque você se assusta fácil.

Archer parecia... diferente sob o brilho amarelado da luz do alpendre. Com os ombros relaxados, ele estava encostado na parede de tijolos. Havia círculos negros sob os seus olhos, como se ele não estivesse dormindo bem. Na verdade, ele não parecia ter dezessete anos. Archer parecia muito, muito mais velho que isso.

Não sei como não havia percebido isso antes. Até então, tudo o que eu havia notado em Archer era o seu comportamento antissocial. Mas apanhá-lo com a guarda baixa, como agora, me fazia perceber que havia mais a respeito de Archer que uma atitude irritadiça.

Eu mesma me senti mais velha subitamente. Suspirei e me sentei no meio-fio ao lado dele.

— Me desculpa, eu só estou cansada.

— Pois é... arruinar drinques e queimar a mão das pessoas pode ser exaustivo — Archer comentou, irônico.

Nem tentei me defender, pois foi exatamente isso que eu fiz.

Ficamos sentados em silêncio, escutando os sons do trânsito barulhento na rua próxima. A mente de Archer obviamente se encontrava em outro lugar, e a minha também. Eu estava pensando no que Rosie havia me dito sobre o pai deles estar morto. Eu esperava que surgisse uma ocasião para tocar nesse assunto com Archer, mas agora não parecia ser o melhor momento.

Decidi continuar em silêncio.

— Você pode ir para casa, se quiser — Archer disse após alguns momentos.

Balancei a cabeça. Essa era uma das poucas chances que eu tinha para falar com ele longe do trabalho, da escola, de tudo mais.

— Estou bem — respondi. — Por que a gente, sei lá, não conversa um pouco?

— Conversar sobre o quê?

— Sobre você — disse sinceramente.

— E por que você iria querer falar sobre mim? — Archer perguntou, e, pelo seu tom de voz, não era possível notar se ele estava zangado ou não.

— Bem, só porque eu... — Parei no meio da frase e hesitei. — Estou tentando entender você.

Isso pareceu pegar Archer de surpresa; seus olhos se arregalaram, e, por um momento, ele agiu como se não soubesse o que dizer. Ocorreu-me que essa talvez fosse a primeira vez que ele ouvia isso de alguém.

— Rosie me disse que o seu pai morreu.

Eu imediatamente tapei a boca com a mão e fechei os olhos. Por que fui dizer uma coisa dessas? As palavras simplesmente brotaram da minha boca involuntariamente. Ansiosa para testemunhar a reação de Archer, me forcei a abrir os olhos.

Ele estava agora de pé, de costas para mim, com uma mão no quadril e outra enfiada no cabelo. Quando ele finalmente se voltou para me encarar, seus ombros estavam caídos; ele tirou a mão do cabelo e a baixou até os olhos, cobrindo-os, enquanto deixava escapar o ar por sua boca longa e lentamente.

— Rosie e eu não temos o mesmo pai. — Ele tirou a mão dos olhos e seu aspecto era de abatimento. — Mas ela está certa. O pai dela está morto.

Isso significava que Ty tinha razão quando disse que o verdadeiro pai de Archer estava na cadeia? Minha mente voou, acelerada, considerando as milhares de possibilidades que responderiam às novas dúvidas surgidas a partir do que eu tinha acabado de ouvir.

— Sinto muito, muito mesmo — consegui dizer vacilante. — Isso é terrível.

Archer deu uma risada ríspida, amarga.

— Você não sabe nem a metade disso tudo.

Ele se sentou no meio-fio novamente, inclinou a cabeça para trás e a encostou no muro de tijolos do prédio. Depois de um momento de hesitação, eu me aproximei um pouco mais dele, mas tomei o cuidado de deixar alguma distância entre nós.

— Você não precisa me dizer nada — avisei, mesmo que a minha mente gritasse: *Mentirosa, mentirosa, você quer saber tudo!*

— Sei que não preciso — Archer respondeu, me olhando de lado. — Eu nunca faço nada que não queira.

Eu não duvidava disso.

— Mas...

Tive um resquício de esperança quando Archer chutou algumas pedrinhas no chão com uma expressão carrancuda. Ele encolheu os ombros.

— Quer saber? Eu não sou tão doido quanto pensam.

Mordi o interior da minha bochecha para não rir de toda a situação. Eu havia feito um acordo com a Morte para voltar no tempo a fim de impedir que Archer cometesse suicídio. Desde então, minha vida se resumia a segui-lo por toda parte chamando a atenção dele e Archer acreditava que ele era o doido? Isso chegava a ser ridículo.

— Archer, você não é nenhum doido — eu disse a ele em tom confiante. — Acredite em mim.

— O que você sabe sobre loucura? — Suas palavras soaram subitamente amargas. — Até onde posso ver, você tem uma vida perfeita.

Ele nem havia terminado de falar e eu já estava rindo.

— Eu *não* tenho uma vida perfeita, Archer. Você sabe que os meus pais têm dinheiro aos montes, mas que bem isso pode fazer se eles estão extremamente ocupados o tempo todo? Eu tenho a impressão de que passo mais tempo interagindo com o porteiro do meu prédio do que com meus pais.

— O porteiro?

— Sim, enquanto você tem a sua mãe, Rosie e a sua avó.

Archer não tinha uma resposta para isso, e eu fiquei surpresa comigo mesma por admitir algo tão pessoal. Até agora, tudo havia girado em torno de Archer, e eu estava certa de que era assim que as coisas tinham que ser. Eu havia praticamente me colocado em segundo plano, mas se me abrisse para Archer, se compartilhasse coisas a respeito da minha vida, talvez isso o encorajasse a fazer o mesmo comigo. Afinal, numa amizade é importante dar e receber, não é?

— E eu sei que vou precisar de *muito* mais treinamento, mas acho que esse trabalho vai me fazer bem — continuei sorrindo e olhando para ele. — Você não tem que me colocar num pedestal ou coisa do tipo, eu não sou melhor do que ninguém. Que mal pode fazer um rosto novo na cafeteria?

— Bom, a minha mãe gosta de você — Archer disse depois de um momento —, mas o grande teste é conseguir que a minha *avó* goste de você.

Tentei disfarçar a minha agitação, mas falhei.

— É, isso pode ser um *pouco* mais difícil, mas acho que estou pronta para o desafio.

Eu tinha coisas muito mais desafiadoras para enfrentar no futuro próximo. Comparado a isso, conquistar a avó de Archer seria moleza.

CLICHÊS DO ENSINO MÉDIO: FALTAM 18 DIAS

NO DIA SEGUINTE, NO INTERVALO PARA O ALMOÇO, ARCHER não estava na mesa que costumava ocupar no refeitório.

Fiquei ali, apreensiva, segurando o meu sanduíche de queijo com presunto e minhas batatas fritas, tentando não ligar para a sensação de fome crescente. *Onde* ele estava? Seria possível que estivesse me evitando novamente?

Na conversa que tivemos na noite passada, após a minha desastrosa estreia na Mama Rosa, pensei que as coisas entre nós estivessem voltando ao normal. Isto é, as coisas nunca foram exatamente normais entre nós — e provavelmente jamais seriam —, mas, pelo menos, achei que tivesse razões para crer que os desentendimentos entre nós diminuiriam.

Meu peito se apertou quando coloquei a comida na mesa e corri os olhos à minha volta esperando ter ao menos um rápido vislumbre de Archer em algum lugar.

Desembrulhei o sanduíche e dei uma mordida, ignorando o fato de que no ensino médio quem se senta sozinho durante o almoço acaba atraindo olhares de curiosos. Archer logo chegaria; eu não tinha motivo nenhum para me preocupar. Sabia que ele estava na escola porque já o havia visto mais cedo pela manhã, mexendo em seu armário; então ele provavelmente só estava atrasado.

— E aí, garota bonita! Qual é o problema? Seu namorado já largou você?

Quando olhei para cima, para meu grande desgosto, vi Ty Ritter de pé diante da minha mesa acompanhado de dois amigos — Hayden Keller, outro jogador de futebol, e Aimée Turner. Eu já fui mais próxima de Aimée. Ela até que era boa pessoa, mas eu não gostava de vê-la com Ty. Aimée definitivamente poderia arranjar companhia melhor.

— Quê? — Engoli o pedaço de sanduíche que mastigava — Eu não sei do que...

— Onde está o Archer? — Aimée se acomodou na cadeira em frente à minha, apoiou o queixo nas mãos e me dirigiu um sorriso indulgente. — Vocês dois formam um casalzinho tão fofo.

— Não estamos namorando — respondi. — Acho que você...

— Ty já nos contou absolutamente tudo — Hayden disse, sentando-se na cadeira ao meu lado, com o ar arrogante de quem se achava o melhor atleta da escola. — Disse que vocês dois não conseguiam tirar os olhos um do outro.

— Como é?

— É verdade — Ty confirmou descontraidamente, sentando-se também à mesa diante de mim e novamente puxando para si as minhas batatas fritas. — Sem ofensa, Hadley, mas aquilo foi meio grosseiro.

— Ah, Ty, que nada — Aimée disse. — Eles estão apaixonados, é tão óbvio. Não enxergam mais nada, mas faz parte. Ei, não se preocupe — ela acrescentou, piscando para mim. — Acho isso bem fofinho.

Eu tinha certeza de que meu rosto jamais havia ficado tão vermelho como naquele momento.

— Escutem bem o que vou dizer. Archer e eu não estamos juntos. Somos só amigos. Não sei de onde vocês tiraram essa informação, mas não é verdade.

— Ah, querida. — Aimée me olhou com uma expressão piedosa no rosto. — Não precisa mentir sobre isso. Está tudo bem.

— Eu não...

— Mas como somos seus amigos, Hadley, a gente achou que seria melhor avisar você — Hayden disse me cutucando com seu ombro. — Sabe como é, para a sua própria segurança e tudo mais.

— Exatamente — Ty comentou, fazendo que sim com a cabeça. — A gente quer o seu bem.

— De jeito nenhum queremos que você se magoe — Aimée acrescentou. — De jeito nenhum.

— Minha nossa, obrigada — respondi sarcasticamente. — Isso é tão fofinho e quentinho da parte de vocês! Mas é uma preocupação desnecessária. Não preciso de conselhos a respeito do Archer.

— Eu não teria tanta certeza disso — Ty disse trocando olhares sinistros com Hayden e Aimée. — O Morales tem problemas, gata.

— Sério mesmo? — respondi com indiferença.

— Sabia que o pai dele matou uma pessoa?

As palavras que Ritter havia dito da última vez me voltaram à mente de imediato. Ele tinha dito que Archer acabaria na prisão como o velho dele. Mas o que o pai biológico de Archer teria feito para acabar na cadeia? Ele havia *matado* alguém?

O barulho das conversas ao nosso redor pareceu sumir aos poucos. Respirei fundo algumas vezes, cravando as pontas das unhas na minha calça jeans enquanto apertava as próprias coxas.

— Não acredito em vocês — eu disse, por fim. Estava tão ofegante que parecia ter corrido um quilômetro. — Isso é mentira.

— Ah, Hadley… — Aimée balançou a cabeça numa negativa. — Como você não sabia?

— Pois é. Deveria saber, porque saiu em todos os jornais e noticiários — Ty disse, enérgico. — O pai do Morales entrou no apartamento deles uma noite e esfaqueou o padrasto do Archer vinte e sete vezes. É isso que eu chamo de açougueiro.

Hayden e Ty trocaram sorrisos afetados, o que fez meu estômago revirar.

— Açougueiro — Hayden repetiu, ainda rindo. — Mandou bem, Ty.

— Isso não é verdade — retruquei, cerrando os dentes. — Vocês estão mentindo. Não tem graça nenhuma.

— Não estamos mentindo, Hadley — Aimée disse. — Faça uma busca na internet. O Google não mente.

— Ele é encrenca, gata — Ty acrescentou. — É bom ter cuidado.

— Acho que nunca ouvi essa versão da história antes. Admiro a criatividade de vocês, muito mesmo, mas não sei se acredito que as coisas tenham realmente acontecido dessa maneira.

Olhei à minha volta, horrorizada, quando ouvi aquela voz e meu coração quase parou quando dei de cara com Archer. Ele estava encostado na parede a alguns metros da mesa, com os braços cruzados, observando-nos com interesse.

— Morales! — Ty exibiu um grande sorriso e abriu os braços num gesto de boas-vindas. — Que bom que você finalmente chegou, cara.

— Vocês estavam esperando por mim? Ah, mil desculpas por desapontá-los. — Archer se afastou da parede e aproximou-se da mesa. Eu inadvertidamente recuei na cadeira quando ele chegou mais perto, pois fiquei tensa ao perceber a fúria contida no olhar dele.

— Ei, podem continuar — Archer disse colocando a mão no ombro de Hayden e dando-lhe um chacoalham amigável. — Terminem de contar a história, façam de conta que nem estou aqui. Agora vocês estão chegando na melhor parte! Ou preferem que eu conserte as coisas e conte o que realmente aconteceu naquela noite?

Aimée, Hayden e Ty não disseram nada, apenas trocaram olhares uns com os outros. Tive a impressão de que eles não sabiam ao certo o que fazer agora que Archer havia aparecido inesperadamente.

— Archer. — Estendi o braço e segurei na mão dele sem pensar apertando-a firmemente. — Não há necessidade de...

— Está tudo bem, Hadley — Archer disse sem olhar para mim. — Se eles querem saber, vou contar a eles. Não tenho problema com isso. — Ele separou a sua mão da minha e pegou uma cadeira vazia, virou-a na direção da mesa e se sentou apoiando os cotovelos no tampo.

— Vamos lá. Sobre o que vocês querem falar primeiro, pessoal? Querem que eu conte como foi legal ver a minha mãe com um cara que realmente a tratava com respeito ou como ela estava feliz até que o meu pai abusivo apareceu? Querem saber como foi encontrar o meu padrasto morto no chão, assassinado, bem no meio da nossa cozinha? Como foi testemunhar no julgamento?

Um estranho silêncio se seguiu às palavras de Archer e a minha ficha começou a cair. De repente, senti que sabia *exatamente* por que Archer tinha tirado a própria vida. Como ele seria capaz de deixar um acontecimento desses para trás, especialmente quando idiotas como Ty sentiam prazer em não deixar que ele esquecesse?

Archer ficou olhando alternadamente para Aimée, Hayden e Ty, à espera de que dissessem algo, porém os três continuaram em silêncio e com cara de espanto.

— E então? — Archer pressionou. — Posso garantir a vocês que essa história não é entediante. Vocês não estão dando a ela o devido valor.

Aimée se afastou da mesa e se levantou, olhando para Hayden e Ty com impaciência.

— Bem, vamos deixar o feliz casal a sós, gente.

— Mas a gente só es...

— É sério! — ela insistiu interrompendo Hayden e olhando com irritação para os dois amigos. — É hora de ir embora.

Aimée praticamente agarrou os dois pelo pescoço para levá-los dali, mas, antes de ir, ela olhou para mim e sussurrou um "me desculpa".

Olhei para Archer e uma sensação de total impotência tomou conta de mim. O que eu poderia dizer a ele agora?

— Archer... — Minha voz soou pateticamente baixa quando consegui falar. — Eu não...

— Levanta.

— Como é?

Archer prontamente ficou de pé e levantou sua mochila do chão, colocando-a sobre o ombro.

— *Levanta* — ele repetiu energicamente.

Dessa vez, eu me levantei da cadeira sem hesitar.

— O que está acontecendo, Archer?

Ele segurou o meu antebraço com firmeza e me puxou para fora do refeitório, para o corredor. Levei alguns instantes para perceber que estávamos indo em direção à biblioteca.

— O que está fazendo, Archer? — reclamei tentando livrar o meu braço do aperto da mão dele. — O sinal já vai tocar. Vamos ser pegos.

— E daí? — Archer disse caminhando a passos largos. — Como se isso importasse.

— Não me leve a mal, mas matar aula importa, sim. O que não importa são as opiniões dos outros estudantes a nosso respeito.

Apesar das minhas tentativas de levá-lo a se lembrar das suas responsabilidades, Archer continuou em silêncio até chegarmos à biblioteca. Ele me conduziu através de fileiras de estantes de livros, rumo aos fundos da biblioteca, para aquele cantinho com a poltrona onde eu o havia encontrado na semana passada.

— Olha... se dependesse de mim você jamais ficaria sabendo desse segredo tenebroso da minha família — Archer me disse, falando com rapidez. — Tenho certeza de que você pode compreender por que eu não costumo falar nesse assunto. Mas se acha que vou permitir que você vá embora acreditando que o que eles te disseram é mesmo verdade, então você enlouqueceu.

Eu não consegui articular nenhum pensamento que pudesse ser expresso como algo minimamente inteligente. O que eu deveria dizer? Obrigada?

— Tudo bem — foi tudo o que eu consegui produzir.

Archer fez um rápido aceno com a cabeça.

— Certo. — Ele apontou para a poltrona situada no canto. — Sente-se.

A VERDADE APARECERÁ

CONCORDEI E ME SENTEI. ERA IMPOSSÍVEL NÃO FICAR INQUIETA com Archer ali parado, mordendo o lábio e olhando para o chão.

— Essa... a história toda — ele começou lentamente. — Não é... não é aquilo que eles estavam dizendo. Não começou do modo como eles falaram.

— E eu não acredito que tenha começado — comentei suavemente.

Ele soltou um suspiro.

— Acho... bem, acho que tudo começou antes do meu nascimento. Na época em que a minha mãe conheceu o meu pai biológico, Jim St. Pierre, no colégio. Eles começaram a namorar no terceiro ano. Minha mãe acabou engravidando de mim meses depois. Naturalmente, os meus avós, que eram muito católicos, quiseram que eles se casassem. Acho que as coisas ficaram bem depois que eu nasci, não sei muito bem. Minha mãe não gosta muito de falar sobre isso, e eu não posso culpá-la.

Enquanto Archer falava, observei que ele mantinha os punhos fechados junto às laterais do corpo e uma covinha aparecia em seu rosto.

— Mas tenho certeza de que, a essa altura, você já percebeu que o St. Pierre estava longe de ser uma boa pessoa. Depois de algum tempo, ele começou a se afundar para valer nas drogas e no álcool. Acho que o relacionamento dele com os pais não era muito bom e ter um filho aos dezoito anos não fez nenhum bem a ele. Seja como for, não existe desculpa para ele. Mas, mesmo assim, a minha mãe o amava, sabe? Apesar de tudo o que ele fazia, apesar de tratá-la feito lixo. Mas então ele começou a bater nela. E quando ele resolveu bater em mim, minha mãe finalmente chegou ao seu limite.

Ele agora estava andando, e passava os dedos pelo cabelo; e era um tanto perturbador vê-lo falar e observar seus movimentos frenéticos ao mesmo tempo.

— Ela chamou a polícia, deu entrada no processo de divórcio, o pacote completo. Fomos morar com meus avós. Havia uma ordem de restrição contra o meu pai, mas ele não ligava muito para isso. Ele aparecia a qualquer hora da noite ou do dia, batendo nas portas, gritando que a minha mãe não iria me tirar dele. Levou algum tempo, mas um dia ele finalmente parou e nós achamos que tudo tivesse terminado. E então a minha mãe conheceu o Chris.

Chris devia ser o pai da Rosie. O finado marido de Regina.

— Chris era sem dúvida bem diferente do meu pai biológico — Archer disse. O olhar em seu rosto era bem diferente agora. Mais suave. — Um dia ele entrou no café, e sei que vai parecer uma coisa boba, mas acho que foi amor à primeira vista entre os dois. Juro que, quando minha mãe estava com Chris, ela parecia feliz como eu jamais havia visto. Eles se casaram pouco tempo depois. Ele era um cara do bem. Ex-fuzileiro. Me ajudava com o meu dever de casa, me ensinou a entender matemática, a jogar beisebol. Ajudava nos negócios, sempre que podia, e fazia todas essas coisas que uma família faz e…

— Ele era o seu pai.

Pelo modo como Archer falava, e pela expressão em seu semblante, era óbvio que Chris era o homem que ele considerava o seu verdadeiro pai. Sangue não tinha nada a ver com isso.

Archer parou de andar e olhou para mim.

— Sim. Era o meu pai. — Ele ficou em silêncio por alguns instantes.

— E quanto a… Rosie? — eu disse, a fim de quebrar o silêncio.

— A Rosie. — Archer deixou escapar uma risada. — A Rosie foi uma surpresa inesperada. Eu a amo, não me entenda mal, mas ela é terrível. — O sorriso dele se foi tão rápido quanto havia aparecido com a menção do nome da Rosie. — Mas antes de Rosie nascer... bem, foi quando tudo aconteceu. Você pode imaginar, é claro, que o St. Pierre não ficou nada feliz quando soube que a minha mãe havia se casado com outro homem e teria um filho com ele. Não sei como ele soube disso, mas ele soube.

Depois de tudo o que eu havia ouvido a respeito de Jim St. Pierre, não era nada difícil imaginar que ele não ficaria nem um pouco contente com a notícia de que Regina havia encontrado outro homem.

— Enfim, certa noite... St. Pierre invadiu o nosso apartamento. Chris desceu as escadas para... para ver o que estava acontecendo, e... e depois eu só me lembro de ouvir toda aquela gritaria, uma barulheira, coisas se quebrando sem parar! Corri até a cozinha, e ele est... ele...

Archer não conseguia articular as palavras, mas eu sabia o que ele estava tentando dizer — e isso era de cortar o coração. Porque desde o início eu já sabia que essa história não acabaria bem.

— Archer, você... Você não precisa ir até o fim. Eu... — Eu mesma não conseguia encontrar as palavras certas para dizer.

Archer se encostou na parede ao lado da poltrona e gemeu de frustração esfregando a testa com as costas da mão.

Meus dedos se contraíram com a urgência de me aproximar dele e confortá-lo de alguma maneira, mas me refreei.

— Archer, eu estou... Eu sin...

— *Não!* Não venha me dizer que sente muito — Archer ralhou me fuzilando com os olhos. — E não se atreva a ter pena de mim. Eu odeio quando as pessoas ficam sabendo dessa história e me olham com piedade querendo me salvar de tudo o que existe de ruim no mundo.

Desde o início, eu gostaria de fazer mais por ele, mas já estava fazendo o que podia. Na ocasião, pensando sobre isso, concluí que Archer teria de perceber que ele era a única pessoa que poderia tornar as coisas melhores para si próprio.

— Não estou com pena de você — respondi honestamente. E não estava mesmo. Eu *sofria* por ele. — Eu só... Eu quero ajudar você.

— Não quero ajuda! — Archer vociferou com os dentes cerrados. — Eu não *preciso* da sua ajuda.

Não era verdade. Eu sabia que ele precisava de ajuda. Se não fosse minha a ajuda, tudo bem. Eu só queria que ele enfiasse naquela cabeça-dura que ele não estava sozinho.

— Ei, vá em frente e mostre todo o ódio que quiser contra essa situação, mas eu não pretendo ir a lugar nenhum tão cedo. Você não me vê fugindo e gritando só porque me contou o que aconteceu com a sua família, vê? — eu disse. — Então será que podemos parar de implicar um com o outro? Que tal se déssemos uma chance à nossa possível amizade?

— Amizade — Archer repetiu, parecendo cético. — Nem sei o que é ter um amigo.

— Quer saber? Eu também acho que não sei. — E era verdade, considerando a péssima amiga que eu vinha sendo para Taylor e o resto do grupo ultimamente, evitando-as e dando desculpas esfarrapadas para fazer isso, como ter aulas de reforço em geometria com Archer. — Mas ficaria feliz se descobrisse.

O silêncio novamente se instalou entre nós. Eu não sabia o que dizer ao Archer. Tinha certeza de que estava abusando da sorte, esperando que ele compartilhasse mais coisas comigo. Ele jamais havia conversado tanto comigo antes, e, ainda que tenha feito isso a contragosto, era uma honra para mim perceber que ele sentia necessidade de me contar o que havia acontecido em sua vida.

— Archer... O que você me disse vai ficar entre a gente, você sabe disso. — Nesse momento, quis segurar a mão dele de novo para tranquilizá-lo. — Obrigada. Obrigada por me contar.

Ele revirou os olhos, mas os cantos da sua boca se curvaram, como se estivesse reprimindo um sorriso.

— Tá, que seja. Claro.

E lá estava o Archer sarcástico de volta. Bom saber que ele não havia desaparecido completamente.

O sinal da escola tocou desfazendo a tensa atmosfera que pairava entre nós. Foi uma surpresa constatar que tínhamos perdido todo o quinto período.

— Melhor a gente dar o fora daqui — Archer disse espiando o relógio mais próximo.

— Sim, vamos — concordei levantando-me. — Não quero perder a próxima aula.

— Hum, claro que não — Archer resmungou levando sua mochila ao ombro. — Deus meu, o que vai ser de você se perder *mais uma* aula? Isso está acontecendo porque eu sou uma péssima influência para você, não é?

— Ah, *me poupe* — respondi resistindo à vontade de rir. — *Você?* Má influência para *mim*? Se fosse assim, então eu não deveria ser uma boa influência para *você*?

Archer parou para refletir sobre o que eu disse, seus lábios se torceram numa carranca.

— Talvez — ele respondeu depois de alguns instantes. — De qualquer modo, a minha mãe concordaria com você, mas... veremos.

— Tá bom, engraçadinho — eu disse, tentando esconder o sorriso.

— Veremos.

Levou oito dias, mas eu finalmente estava progredindo.

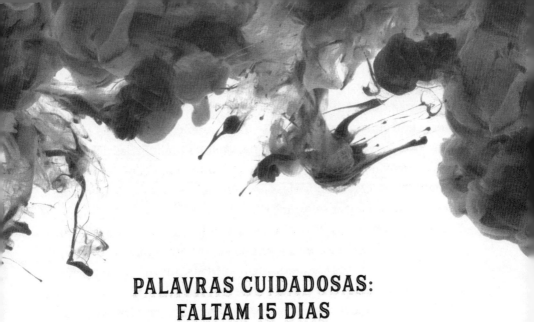

PALAVRAS CUIDADOSAS: FALTAM 15 DIAS

PARECIA QUE NÓS TÍNHAMOS CHEGADO A UM IMPASSE. EU tinha realmente acreditado que havia feito progressos com Archer, que estávamos lenta, porém seguramente trilhando nosso caminho em direção à amizade. Eu havia aprendido coisas sobre ele que, com certeza, ele jamais admitiria, a menos que fosse absolutamente necessário, coisas que ele afirmou ter *necessidade* de me contar. Eu estava certa de que isso tinha algum valor. Mas três dias se passaram e as coisas mais excitantes que aconteceram foram duas sessões de reforço em geometria frustrantemente breves durante turnos de menor movimento na Mama Rosa. E Archer havia se calado totalmente sobre o assunto. Talvez até estivesse arrependido por ter feito tantas revelações a mim.

Pelo visto, as coisas não caminhavam muito bem para mim. E se ser amiga dele não fosse o suficiente? Archer guardava tantos segredos que eu, provavelmente, não seria capaz de desvendá-los todos em apenas quinze dias. Ficou claro que falar sobre o que havia acontecido ao seu padrasto fez Archer se abrir bastante. O que aconteceria se eu continuasse seguindo por esse caminho?

✿ ✿ ✿

A igreja onde havia acontecido o funeral de Archer estava vazia quando entrei nela. A única fonte de iluminação vinha das fileiras e mais fileiras de velas cintilantes, impecavelmente alinhadas debaixo das janelas e próximas da entrada principal, junto com clarões ocasionais de relâmpagos. O resultado dessa combinação era bastante assustador. Fiz o sinal da cruz por segurança.

Salvar Archer significava mais para mim agora que antes, principalmente depois que ele e sua família se tornaram mais próximos de mim e passamos a nos conhecer melhor. Mas sempre existiu na minha cabeça a semente da dúvida — a possibilidade do fracasso —, e essa dúvida crescia cada vez mais. Só me restavam quinze dias. A constante ardência dos números no meu pulso não me deixava esquecer isso, e eu estremecia sempre que olhava para as contas da minha pulseira Navajo. Não estava convencida de que elas afastavam *todas* as coisas ruins.

Caminhei alguns passos para a frente e me afundei num banco, as mãos fortemente entrelaçadas sobre o meu colo.

— Hã... olá? — Respirei fundo, tentando acalmar o meu coração, que batia descompassado. — Bem, pensei em vir até aqui porque foi neste lugar que tudo começou, e eu... — Vir a essa igreja me parecia uma alternativa melhor do que ir ao Starbucks onde assinei o contrato. Eu não conseguiria nenhuma resposta clamando dentro de uma cafeteria.

— Tudo bem — continuei. — O fato é que eu não tenho ideia do que estou fazendo aqui. Archer é... bem, lidar com Archer não é uma tarefa nada fácil, sabe? Não sei o que fazer para ajudá-lo. Honestamente, nunca me senti tão estúpida. A única coisa que sei é que gosto de estar com ele, embora ele seja a pessoa mais frustrante que já encontrei na vida. Gosto de estar com ele, com a mãe e a irmã dele, até com a avó ranzinza dele, e acho que quando estou com eles quase me esqueço do que deveria fazer. Isso faz algum sentido? Provavelmente não faz, não é?

Parei de falar. E agora, o que fazer? Procurei a igreja em busca de algum tipo de orientação, mas ainda me sentia perdida. Às vezes, pela manhã, quando eu acordava e abria os olhos, por alguns segundos, era fácil acreditar que eu não havia assinado nenhum contrato com a Morte e que a minha vida era total e completamente normal. Mas então eu olhava para os números ou as contas no meu pulso e essa ilusão era destruída. Soltei o ar e me levantei fechando mais o casaco em torno de mim.

— Você não estava procurando por mim, estava?

Girei nos calcanhares e fiquei paralisada pelo espanto quando percebi que a Morte me observava. Ele estava encostado em um pilar de mármore ao lado de uma prateleira com livros de hinos e uma fileira de velas; um sorrisinho perturbador curvava a sua boca. As velas deixavam parte do seu rosto na penumbra, o que lhe conferia um aspecto desumano.

— Nossa... — Hesitei, sem saber ao certo o que dizer. — Você estava escutando todo esse tempo?

Sem dúvida, ele teria escutado algo se tivesse surgido das sombras enquanto eu estava falando. Não gostei da ideia de ser espionada por ele dessa forma.

— Claro — a Morte respondeu com um aceno positivo de cabeça.

— Então... pode me ajudar? — perguntei percebendo que ele provavelmente jamais me ajudaria.

— Não, Hadley. Não posso.

Apesar de ter feito o possível, eu me sentia arrasada. Eu precisava saber que estava fazendo a coisa certa, que estava no caminho certo. Havia muito em jogo; pôr tudo a perder não era uma opção.

— Não entendo — eu disse finalmente, quase sem fôlego. — Por quê? Por que eu? Entre tantas pessoas, por que você me escolheu para fazer uma coisa dessas?

Morte deu de ombros, seu semblante se manteve impassível.

— Nós todos temos motivos para nossas ações.

— Só isso não basta! Estou na pior aqui, Morte, e não tenho a menor ideia do que fazer para seguir em frente! Você sabe muito bem que não deu muitas explicações a respeito das minhas atribuições quando me fez assinar o contrato! Por que me fez assinar o contrato se sabia que eu não seria capaz de cumpri-lo?

Minha voz ricocheteava nas paredes, espalhando-se pela igreja como um eco cavernoso.

Eu estava ofegante e transpirava muito, mas foi um alívio poder desabafar. A Morte se afastou da parede e se aproximou de mim, como um predador preparando-se para a matança. Recuei rapidamente, me agarrando ao banco atrás de mim.

— Vamos esclarecer uma coisa, Hadley Jamison. — Ele continuou a se aproximar mais e mais até que colocou ambas as mãos no banco onde eu estava, uma de cada lado do meu corpo, e se inclinou para chegar bem perto do meu rosto. — Eu não a obriguei a fazer nada. Você assinou o contrato por vontade própria. E eu posso não ser capaz de ler a mente das pessoas, mas não duvide nem por um segundo que sei o que está se passando na sua mente neste exato momento.

Olhar fixamente para a Morte já estava deixando a minha visão turva. A mesma sensação que tive na primeira vez em que nos encontramos — de que haviam injetado gelo nas minhas veias — retornava agora, porém dez vezes mais intensa.

— Você está assustada. Sei que está. Estou nesse trabalho há mais tempo que você pode imaginar. Eu já vi de tudo, Hadley. Nada do que você possa dizer me surpreenderia. Não chegaria nem perto de me surpreender.

As palavras da Morte não melhoraram a minha situação.

— Você... bem, você pelo menos poderia ter me avisado que o padrasto de Archer fora assassinado — consegui argumentar.

— Apenas mais uma peça do quebra-cabeça — A Morte respondeu, afastando-se de mim.

— O Archer não é um quebra-cabeça. Reconheço que não compreendo muitas coisas que ele faz, mas... ele é um ser humano.

— Então você já tem meio caminho andado, não é?

— Meio caminho andado? Morte, eu... — Minha voz falhou no momento em que eu ia começar a chorar. — O que eu devo fazer?

Foi um olhar tão ligeiro que eu não podia afirmar com certeza, mas, por um segundo, a Morte demonstrou simpatia comigo.

— Hadley, eu não tenho todas as respostas.

Depois de me aconselhar com essas palavras finais, a Morte simplesmente... desapareceu. Dei alguns poucos passos antes que minhas pernas cedessem e eu desabasse desajeitadamente sobre o banco. As lágrimas, que durante dias lutei para conter, finalmente escaparam, e foi como se as comportas tivessem sido abertas.

Fiquei lá chorando pateticamente. Ainda bem que não havia ninguém para testemunhar a minha situação.

— Com licença. Com licença, moça. Você está bem?

Levantei a cabeça e vi um dos padres da igreja em pé, diante de mim, com uma expressão de preocupação no rosto envelhecido. Eu o reconheci quase que imediatamente: era o padre que havia realizado o serviço funerário de Archer.

— Ah, sim, eu estou bem — respondi rapidamente esfregando o rosto. — Sinto muito, eu não pretendia...

— Não há problema — o padre disse com um sorriso gentil. — As pessoas costumam vir aqui durante o dia para aproveitarem o silêncio e rezarem.

Mordi o lábio para não rir. Não tinha certeza se a minha conversa com a Morte poderia ser considerada como uma oração.

— Tudo bem. — Eu fiquei de pé me sentindo inquieta. — Acho que já... — Eu não consegui articular mais nenhuma palavra, então me contentei em gesticular na direção da saída atrás de mim.

— Tem certeza de que está bem? — o padre perguntou, franzindo as sobrancelhas. — Veio até aqui por alguma razão, não é?

— Bem, é... — Dei um suspiro profundo e escorreguei de volta para o banco subitamente me sentindo derrotada. — Não, padre. Acho que não estou muito bem.

O padre deixou escapar um suspiro quase idêntico ao meu e sentou-se ao meu lado no banco.

— Quer falar a respeito?

Olhei para ele intrigada.

— Por que você ficaria aqui me ouvindo falar dos meus problemas?

O padre deu um sorrisinho e me olhou um tanto embaraçado.

— É o que eu faço.

— Ah, é claro — eu disse. — Desculpe-me. É que... já faz um bom tempo que não venho à igreja.

— Bem, o que importa é que está aqui agora — o padre respondeu encolhendo os ombros.

— Sim, tem razão, mas... — Meus dedos começaram a se enrolar e a puxar um fio solto na manga do meu casaco. — Bom, tem um problema meio chato que não consigo resolver.

— E qual é esse problema chato?

Contei a verdade. Isto é, a parte que era possível contar.

— Eu meio que precisava ajudar essa pessoa — eu disse cautelosamente. — O problema é que ela não quer a minha ajuda.

— Você deveria ajudar uma pessoa? — o padre repetiu confuso. — O que quer dizer com isso?

Respirei bem fundo considerando a melhor maneira de responder.

— Essa pessoa está enfrentando um problema. Um problemão. E se eu não conseguir convencê-lo a me dar ouvidos, ele vai... Ele vai fazer uma coisa ruim. Muito, muito ruim.

O padre fez um aceno com a cabeça cruzando os braços sobre o peito.

— Ele deve estar em sérios apuros então.

— Padre, o senhor nem pode imaginar. Sei que ele está sofrendo. Mas ele não deixa ninguém o ajudar.

O padre voltou a fazer um aceno com a cabeça e sua expressão, antes grave e pensativa, se normalizou.

— Por que quer ajudá-lo?

— Porque eu tenho que fazer isso — respondi imediatamente.

— Mas por quê? — ele insistiu. — Ajudar os outros é sempre a coisa certa a se fazer, mas ninguém pode forçar você a fazer isso se não quiser.

Eu não tinha mais resposta para essa pergunta.

— Porque... porquê... — Engoli em seco tentando controlar as minhas emoções erráticas. Archer era meu amigo. Eu me preocupava com ele. Eu me importava com o Archer e a sua família; gostava tanto deles que era como se eu os conhecesse há muito tempo, não apenas doze dias. — Eu me preocupo com ele, padre. Não quero que nada aconteça a ele. Quero que ele fique bem.

— Então ele é importante para você — o padre disse em voz alta para efeito de confirmação. — Essa me parece ser a razão perfeita para ajudar alguém.

— Sim, é, mas e se... E se você não tiver tudo de que necessita para ajudar essa pessoa?

— Então você a ajuda com o seu amor.

Fiquei olhando para o padre com expressão de absoluta perplexidade. Eu não conseguia acreditar nas palavras que tinha acabado de ouvir. Ajudar com o meu *amor?* Ele não desviou o olhar e eu percebi que ele falava bem sério.

— Deus ama a todos igualmente, como seus filhos, não ama? — o padre perguntou. — Ele quer nos ajudar e quer que ajudemos uns aos outros.

— Claro — eu disse, perguntando-me aonde ele queria chegar com essa conversa.

— Então, tudo o que você tem que fazer é transmitir esse amor — o padre disse sem pestanejar, como se tudo fosse bem simples. — Algumas vezes é tudo o que temos a oferecer.

— Mas o que é o amor? — eu quis saber, exasperada. — Como raios eu deveria saber o que é o amor se eu não consigo nem passar em geometria no colégio? Eu tenho só dezesseis anos!

O padre riu.

— Acredito em você, mas acho que você não está dando crédito suficiente a si mesma. O amor tem uma definição diferente para cada pessoa. Apenas procure por ele em todas as coisas e você o achará.

Ponderei as palavras dele por um momento.

— Padre, odeio dizer isso a um religioso, mas isso não faz absolutamente nenhum sentido.

— A vida nem sempre faz sentido. Mas acho... — Ele levou a mão ao queixo, pensativo, e então pegou uma Bíblia da estante no final do banco e a abriu, folheando as páginas até encontrar o que procurava. — Acho que isso pode esclarecer um pouco mais as coisas.

Ele apontou para uma passagem do Evangelho de João. Eu a li em voz alta.

— Ninguém tem amor maior do que aquele que dá a vida por um amigo.

Olhei para o padre sem saber bem o que dizer.

— Apenas pense nisso — o padre disse dando uma tapinha na minha mão.

Ele ficou de pé, e eu rapidamente fiz o mesmo.

— Obrigada, padre — eu disse com sinceridade.

— Vou rezar por você — ele prometeu sorrindo amavelmente para mim.

E, por alguma razão, saber que ele faria isso me confortou.

— Obrigada — repeti.

Ele começou a caminhar pelo corredor principal.

— Espera! Padre!

— Sim? — Ele se voltou para mim.

— Se você soubesse que tinha que fazer a coisa certa, mas também soubesse que algo de ruim poderia te acontecer por causa disso, você faria mesmo assim?

— A coisa certa é sempre a coisa certa.

O padre sorriu para mim novamente, então continuou andando assobiando baixinho uma melodia. Antes de sair da igreja, coloquei alguns dólares na caixa de donativos, acendi uma vela e fiz uma oração silenciosa.

EMOÇÕES REPRIMIDAS: FALTAM 14 DIAS

QUANDO ACORDEI NA MANHÃ SEGUINTE, PASSEI PELO MENOS meia hora olhando para o teto, perdida em pensamentos. Não conseguia tirar da cabeça as conversas que tive com a Morte e com o padre. As palavras deles ficavam fervilhando na minha mente, me irritando e me frustrando e me deixando cada vez mais confusa.

Quando o meu alarme finalmente soou, às oito, saí da cama e fui direto para a cozinha, pronta para comer tudo o que pudesse no café da manhã.

Parei de repente quando cheguei à sala de jantar.

— Mamãe? Papai?

Meu pai olhou por sobre o jornal aberto diante dele e sorriu.

— Bom dia, Hadley.

Minha mãe estava bastante concentrada no que quer que fosse em seu iPad, e no copo de iogurte em sua mão, e não prestou muita atenção em mim. Ela fez um rápido aceno na minha direção.

— O que vocês estão fazendo aqui? — indaguei, muito confusa. — A essa hora vocês já deveriam ter saído.

— Eu sei — meu pai disse bebendo um gole de suco de laranja. — Sua mãe e eu vamos partir numa viagem de negócios em poucas horas.

Isso fez ainda menos sentido do que o fato de eles estarem em casa a essa hora e não em seus escritórios.

— Quê? Por quê? — eu quis saber. Meu pai era advogado de defesa, e minha mãe a diretora financeira da Fortune 500. Os caminhos profissionais deles não costumavam se cruzar.

— A firma do seu pai está nos representando em um processo de quebra de contrato — minha mãe explicou deixando de lado seu iPad. — Nosso voo vai partir para Miami em algumas horas.

Levantei a mão para dar um tapa na testa, mas me refreei e não concluí o movimento. Eu me sentia uma idiota por ter esquecido que havia passado o Dia de Ação de Graças sozinha na primeira vez — bem, exceto por compartilhar torta de abóbora aguada com a minha vizinha, a Sra. Ellis —, porque Taylor tinha saído da cidade para visitar os seus avós no Wisconsin. Acabei me esquecendo, porque estava empenhada em resolver coisas importantes. Depois de passar a última semana com a família do Archer, esse pensamento me deprimiu. Quem iria querer passar um feriado sozinho, principalmente o Dia de Ação de Graças, que representa a ocasião em que todos se juntam como uma família?

Abri a geladeira e peguei um pacote de waffles. Tirei dois do pacote e os coloquei na torradeira ao lado da pia.

— Hadley...

Olhei para trás, na direção da mesa de jantar, para ouvir meu pai falar. Ele estava ajustando sua gravata vermelha e parecia um tanto encabulado.

— Isso significa que a gente não vai estar aqui para o feriado de Ação de Graças. Você vai ficar bem?

— Claro que vou ficar bem. Essa não é a primeira vez que vou ficar sozinha.

Minha mãe olhou para mim com as sobrancelhas erguidas.

— Bem, a gente esperava que um dos seus amigos te convidasse para o jantar de Ação de Graças — meu pai disse sem pensar.

— Não — respondi desinteressada fechando a porta da geladeira enquanto colocava leite num copo para beber junto com meus waffles.

— Eu peço alguma coisa para comer, sei lá. Além do mais, não vou ficar tanto tempo aqui sozinha. Tenho que trabalhar essa semana.

— Como é? — minha mãe disse. — Você tem que trabalhar?

Meus pais não sabiam que eu havia arranjado um emprego. Eu mal os tinha visto nos últimos dias e andava tão preocupada que nem pensei em contar a novidade a eles. Mas eis que a oportunidade para isso acabava de surgir.

— É, mãe. — Eu me virei para falar com os dois. Não saberia dizer se minha atitude era orgulhosa ou defensiva, ou um pouco de cada uma. — Tenho que trabalhar.

— E por que você precisaria de um trabalho? — minha mãe quis saber. — É completamente desnecessário. Você deveria estar concentrada nos seus estudos.

— Espera um pouco, Michaela — meu pai disse. — Uma porção de jovens do ensino médio têm empregos.

— Bom, pode até ser, mas a nossa menina não precisa de emprego, Kenneth — minha mãe retrucou, fuzilando o meu pai com os olhos. — Um emprego só ajuda a colocar as notas dela em risco, e as notas da Hadley não precisam ficar piores, já estão ruins o suficiente.

— Ei! Minhas notas não estão tão ruins assim e…

— Você acha mesmo que isso é justo? — meu pai perguntou. — Na minha opinião, se a Hadley quiser trabalhar isso é uma decisão dela, não nossa.

— Não é essa a questão aqui — minha mãe disse em um tom duro. — Hadley, você tem dinheiro mais que suficiente na sua conta bancária para fazer o que quiser. Eu não entendo por que você…

— Quer saber, mamãe? Ter um emprego é melhor que ficar fechada sozinha nesse apartamento estúpido o tempo todo!

Meus pais me olharam como se eu tivesse esbofeteado os dois. E eu tinha certeza de que a expressão no meu rosto era a mesma. Eu nunca havia falado com os meus pais nesse tom. Eles quase nunca estavam por perto para que eu fizesse isso.

Mas agora que essas palavras finalmente haviam saído da minha boca — depois de ficarem tanto tempo na ponta da língua —, decidi seguir em frente e fazer o serviço completo. Passar alguns dias na companhia de uma família *de verdade* me fez enxergar tudo o que eu estava perdendo.

— Vocês já se deram conta de que quase nunca estão em casa? Nenhum dos dois? Vocês ficam fora tanto tempo que é como se eu fosse a única moradora daqui! E nos raros momentos em que vocês se dão ao trabalho de checar se eu ainda estou viva é como se eu falasse com estranhos! Eu sou a sua filha, não um dos seus parceiros de negócios!

Peguei abruptamente os waffles da torradeira e o copo de leite e, pisando firme, saí da cozinha e voltei para o meu quarto sem nem me virar para ver as expressões nos rostos deles. Eles não vieram atrás de mim — atitude que por si só já dizia tudo.

Não deixei o meu quarto até que chegasse o horário de sair para cumprir o meu turno na Mama Rosa. Meus pais já haviam partido fazia tempo para a viagem de negócios em Miami sem se despedirem de mim. Tentei dizer a mim mesma que a ausência deles não significava grande coisa, que eu tinha preocupações bem maiores a enfrentar; mas era inútil. Isso significava muito, e machucava.

Cruzei a cidade de metrô e depois caminhei algumas quadras até a Mama Rosa, e meu humor continuava péssimo. Eu já sabia que seria impossível varrer da mente a conversa que havia tido com meus pais e forçar um sorriso.

Entrei na cafeteria e, imediatamente, me senti envolvida pelo calor aconchegante que o fogo da lareira proporcionava. Passei pelo balcão e segui para a cozinha, onde me deparei com o mais puro e absoluto caos. Regina estava em uma das pias, esfregando furiosamente o que pareciam ser rolinhos de canela queimados numa forma de biscoitos, enquanto Victoria retirava pratos de vidro da máquina de lavar e os empilhava na bancada numa velocidade inacreditável para uma pessoa na idade dela — e fazia tudo isso ao mesmo tempo que gritava com Regina em italiano.

E Rosie também estava na cozinha, sentada no chão, cantando a plenos pulmões enquanto brincava com um monte de potes e panelas que ela golpeava repetidamente com uma colher de madeira. O cômodo apertado estava sufocante de tão quente, e com a barulheira que todos faziam, eu quis dar meia-volta e sair.

— Pessoal! — eu disse entrando na cozinha com cuidado.

Regina virou a cabeça de repente e soltou um longo suspiro de alívio quando me viu.

— Hadley! Graças a Deus. Você poderia levar a Rosie daqui? Eu nem consigo pensar direito com todo esse barulho.

— Claro — respondi. — Você quer que eu...

— O Archer está cuidando da contabilidade lá em cima — Victoria disse energicamente. — Diga àquele menino que ele vai ter que levar a irmãzinha para passear essa tarde.

— Falando nisso, vá com ele — Regina acrescentou. — Tire o dia de folga. Afinal, é feriado de Ação de Graças.

— Mas este é só o meu terceiro turno, eu não acho que...

— Querida, confie em mim. — Havia súplica nos olhos de Regina. — Tomar conta da Rosie por uma tarde já é trabalho suficiente.

— Vá andando, então — Victoria disse fazendo um aceno indiferente. — Pegue a garota e vá.

Eu quis continuar protestando, mas não me atreveria a recusar uma ordem de Victoria. A mulher parecia capaz de matar alguém apenas com o olhar.

Agachei-me ao lado de Rosie no chão; ela continuava batendo com sua colher de madeira como se não houvesse amanhã.

— Rosie?

Rosie parou de bater em um dos potes e olhou para mim com a testa franzida. Era quase impossível não se derreter diante dos seus grandes olhos azuis.

— Estou cantando — ela disse séria.

— Está mesmo — comentei. — Você canta muito bem.

— Eu sei.

— Então... Que tal se você e eu subíssemos para tentar convencer o Archer a levar a gente para comer brownies com chocolate quente?

O rosto de Rosie se iluminou como um holofote.

— Ah! Vamos, vamos! Oba!

Ela largou a colher e ficou de pé num pulo, agarrou a minha mão e me puxou na direção das escadas que levavam até o apartamento. Rosie abriu a porta da frente quando chegou ao apartamento e foi entrando aos gritos:

— Archer, Archer! Hora dos brownies!

Archer estava sentado à mesa de jantar teclando agilmente numa calculadora enquanto rabiscava algo num pedaço de papel. Ele olhou para cima e fez uma careta quando fechei a porta.

— Do que você está falando, Rosie? — Archer perguntou.

Ela subiu numa cadeira à frente dele cantarolando uma música sobre brownies.

— A Hadley disse que você vai levar a gente para comer brownies com chocolate quente!

— Hein? — Archer olhou para mim com incredulidade. — Quando ela disse isso?

— Só entre no jogo — sussurrei para que Rosie não me escutasse. — Eu inventei a história dos brownies. Sua mãe e sua avó só querem que a gente saia um pouco com a Rosie.

— Por quê? Eu não...

— Archer, eu disse que é *hora dos brownies*! — Rosie insistiu em voz alta, antes de agarrar uma pilha de papéis ao lado dele e jogar tudo para o ar.

Archer olhou para Rosie com espanto por um momento, então bufou, soltando o lápis.

— Vá pegar o seu casaco, Rosalia.

Rosie deu um gritinho de excitação, pulou da cadeira e saiu correndo como louca na direção da escadaria.

— Ela é sempre assim? — perguntei, curiosa.

— Quando há açúcar envolvido? Quase sempre. — Archer se levantou, foi até a sala de estar, pegou seu casaco no encosto do sofá e o vestiu. — Mas é uma boa desculpa para dar um tempo no malabarismo com os números, então não posso me queixar.

— Ahã. A propósito... como vão os negócios? — Apontei para a desordem de papéis em cima da mesa.

Archer deu de ombros, sem olhar para mim.

— Bem, na medida do possível.

Não entendi bem o que ele quis dizer com isso, mas decidi não o importunar com esse assunto.

Instantes depois, Rosie desceu saltitando os degraus, toda agasalhada: casaco, chapéu e cachecol.

— Vamos lá, depressa!

Archer e eu seguimos Rosie escada abaixo até a porta dos fundos da cafeteria e, depois de nos despedirmos rapidamente de Regina e Victoria, saímos para o frio de novembro. Caminhando pela calçada, seguimos descendo o quarteirão.

— Há uma padaria a algumas quadras daqui — Archer disse enquanto caminhávamos. — Podemos ver se eles têm brownies lá. Não que a Rosie precise de açúcar, claro.

Ensaiei um sorriso — apesar de continuar me sentindo miserável por causa da discussão e das palavras que havia trocado com meus pais pela manhã —, mas fiquei calada. Havia perturbação demais na minha cabeça para que eu conseguisse manter uma conversa.

Caminhamos em silêncio por alguns minutos antes de Archer voltar a falar.

— Então... — ele disse.

— Então... — Ergui as sobrancelhas ao olhar para ele.

— Vai me contar o que está te incomodando?

Ele me observava com uma expressão cautelosa, estreitando os olhos. Eu não podia afirmar com certeza que havia preocupação nos olhos dele, mas parecia haver interesse.

— Ah, não... não há nada me incomodando — respondi, sem convicção. — Está tudo bem comigo.

— Você é uma péssima mentirosa — ele comentou sem rodeios. — E eu não sou idiota. Alguma coisa está corroendo você por dentro.

— Bom, acho... é, é só que... — Deixei escapar um breve gemido e perdi a vontade de continuar me esquivando. — São os meus pais.

— Os seus pais. — Archer fez um aceno com a cabeça. — Certo. E qual é o problema com os seus pais?

— Eles... partiram numa viagem de negócios — comecei, cautelosa. — Para Miami. E não será a primeira vez que eles ficam fora por semanas, então não é mesmo nada demais. Estou acostumada. Mas hoje eu meio que me descontrolei e gritei com eles por serem pais detestáveis, porque a minha mãe surtou quando soube que eu tinha um emprego. Ela está convencida de que tenho uma vida tão perfeita e cheia de dinheiro que não preciso mexer um músculo para trabalhar. Ela não me conhece. Nenhum dos dois me conhece.

Quando terminei de falar, senti minha garganta totalmente seca.

— Que bom.

— Quê? — Olhei confusa para Archer.

— Que bom — ele repetiu. — Fico feliz que você tenha dito aos seus pais o que eles mereciam ouvir. Não tem nada a ver com você. Há muitas pessoas que se importam com você. Às vezes os pais simplesmente não mostram se importar, não mostram tanto quanto deveriam.

Era verdade. Taylor, Brie e Chelsea se importavam comigo. Eu sentia que até mesmo Regina se importava comigo.

As palavras de Archer me tocaram. Ele foi um tanto enérgico, taxativo, mas a intenção foi clara.

— Está tentando fazer com que eu me sinta melhor, Archer Morales? — perguntei com malícia na voz.

Archer abriu a boca para responder, mas foi interrompido pela irmã:

— Ei, vamos mais rápido, por favor? Eu ainda não vi nenhum brownie! — Rosie reclamou bem alto.

✲ ✲ ✲

Depois de uma parada rápida na padaria que Archer havia mencionado, e de darmos a Rosie apenas um brownie em vez dos sete que ela tinha exigido, nós agora caminhávamos por um dos muitos trechos do Central Park. Achei que seria boa ideia deixar que Rosie queimasse um pouco de energia antes de voltarmos à Mama Rosa. Regina e Victoria ficariam felizes se Rosie estivesse cansada o suficiente para tirar uma soneca quando retornássemos.

— Tenho uma ideia — eu disse a Archer enquanto passeávamos.

— Nossa, que novidade.

— Não seja rude.

— Está bem, está bem. — Ele olhou para mim e esperou, enquanto enganchava um dedo na parte de trás do casaco de Rosie para evitar que ela saísse andando à nossa frente. — E que ideia é essa?

— Quero levar vocês a um lugar.

Archer reagiu a isso com uma expressão desconfiada.

— Onde? Não vamos comer mais besteiras, né?

— Nada disso — garanti. — Só me acompanhe.

Ele me seguiu quando retomei a caminhada e tomei uma direção diferente, e, ao olhar para trás, vi que Archer estava conduzindo Rosie com as mãos nos ombros dela. Levou alguns minutos para que descobrissem o destino que eu tinha em mente. Nós estávamos quase chegando quando Archer percebeu tudo.

— Ah, não. Não. Não vam...

— O zoológico! — Rosie berrou de alegria.

— O zoológico?! — Archer ralhou, irritado comigo. — Por que quer ir ao zoológico?

— O zoológico é divertido! — protestei. — O zoológico do Central Park é um clássico! Veja só a empolgação da Rosie!

— Mas ela se empolga com qualquer coisa! Ela se empolga com macarrão e queijo no jantar.

— Tá. Vamos fazer isso por mim então — eu disse conduzindo os dois na direção da entrada. — O zoológico me faz lembrar dos momentos mais felizes que passei com a minha família. Ou será que você prefere voltar para continuar com a contabilidade?

Esse argumento pareceu convencê-lo bem rápido. Comprei três tíquetes e acabamos correndo atrás de Rosie quando ela passou pelos portões da entrada e disparou à nossa frente.

— Aonde a gente vai primeiro? — ela nos perguntou, animadíssima, quando finalmente conseguimos alcançá-la.

— Você escolhe — respondi. — Eu e o Archer vamos seguir você.

Rosie me olhou como se o Natal tivesse chegado mais cedo.

— Pinguins! — ela disse imediatamente.

— Pinguins? Sério? — Archer reclamou. — É isso mesmo que você quer, Rosie? Pinguins são barulhentos e cheiram a...

— É o que ela quer, pinguins — falei em voz alta, encobrindo a de Archer e olhando para ele com ar de desaprovação. — Vamos lá, então.

Com gritinhos agudos de felicidade, Rosie agarrou a minha mão e a de Archer e começou a nos puxar. O espaço dos pinguins estava vazio quando finalmente chegamos lá, exceto por uma mãe de aparência cansada e seus três meninos pequenos. Rosie imediatamente correu até o vidro que separava a área dos pinguins das arquibancadas de concreto onde os visitantes se sentavam e apontou para cada um dos pinguins.

Archer e eu nos sentamos na primeira fileira das arquibancadas observando a menina, que não parava de tagarelar sozinha de tão empolgada que estava. Archer se curvou em seu assento, bufando exageradamente.

— Ei, por que você não relaxa? — eu disse, dando-lhe um cutucão com o cotovelo. — E daí que você não gosta de pinguins? Grande coisa. Mas ver aquilo não compensa, não faz valer a pena?

Os olhos de Archer se fixaram em Rosie, enquanto eu apontava para ela; a garota não parava de rir desde o instante em que chegamos ao viveiro dos pinguins. Isso me fez sorrir. E Archer estava sorrindo também, embora se esforçasse ao máximo para esconder isso.

Em determinado momento, Rosie correu até mim e se agarrou aos meus joelhos com um enorme sorriso.

— Os pinguins não são legais?! Veja como eles balançam pra lá e pra cá! São os meus bichinhos favoritos!

— São os meus favoritos também — respondi, sorrindo. — E você sabe o que dizem sobre os pinguins, não é? É uma coisa bem legal.

— Não, não sei... O que é? — Rosie perguntou com uma expressão confusa.

— É, Hadley — Archer disse com um sorrisinho de canto de boca. — O que dizem sobre os pinguins?

— Bem, um pinguim pode passar anos procurando a pedra perfeita nas praias para dar à fêmea quando gosta realmente dela. É mais ou menos como quando duas pessoas se amam e querem se casar e a garota recebe um anel do seu amado. Entendeu? Então a garota pinguim guarda a pedra e eles passam o resto da vida juntos. Só os dois.

Eu sempre adorei esse fato. Os pinguins estavam entre os poucos animais no mundo que praticavam a monogamia. Nos dias atuais, numa época como a nossa, eu sabia que muitas pessoas poderiam aprender com os pinguins algumas coisas sobre relacionamento.

— *Uau!* — Rosie parecia impressionada. — Eu gosto de pedras. Tomara que eu encontre o meu pinguim um dia.

Espero que eu também encontre, pensei.

— Me diga uma coisa, Hadley — Archer falou quando saímos do viveiro dos pinguins e fomos ao dos répteis. — Você já encontrou o seu pinguim?

Ele falou em tom de provocação, usando a minha própria história para tentar me deixar embaraçada. E conseguiu, pois senti meu rosto ficar vermelho.

— Não. Tenho só dezesseis anos — respondi evitando olhá-lo nos olhos. — Tenho muito tempo pela frente.

— Todo o tempo do mundo — Archer concordou.

— E *você*? — perguntei. — Já encontrou o seu pinguim?

— Não — ele respondeu com firmeza. — Não sei se tenho um.

Eu me recusei a acreditar nisso. Todos tinham o seu próprio pinguim, até mesmo o Archer. Se ele pudesse abrir os olhos um pouco mais, talvez — *quem sabe* — ele descobrisse o seu pinguim bem diante dele.

FAZENDO COMPRAS NO FERIADO: FALTAM 13 DIAS

EU ESTAVA NA COZINHA DA MAMA ROSA AO LADO DE ARCHER, de prontidão, esperando pelas ordens de Victoria. Ela olhava com atenção, por sobre os óculos, para uma lista de compras que havia rabiscado num pedaço de papel amarelo quilométrico e usava a caneta em sua mão para fazer correções. A carranca no semblante dela não era nada fora do comum, mas, mesmo assim, me deixava nervosa.

Na verdade, eu ainda não tinha trabalhado sob as ordens de Victoria. Quando eu chegava para cumprir os meus turnos, ela geralmente já havia dado o seu trabalho por encerrado e ia tomar conta de Rosie em algum lugar.

— Vovó, estamos esperando parados aqui faz dez minutos — Archer disse. — Será que a gente tem alguma chance de sair daqui ainda este ano?

Victoria se virou para Archer e o fuzilou com o olhar.

— Controle essa língua, moleque. Vocês vão sair quando eu disser para saírem.

Archer inclinou a cabeça para trás e bufou baixinho, revirando os olhos. Mordi o lábio para disfarçar o sorriso. Sempre tive a impressão de que as garotas tendiam a ser mais dramáticas, mas, por causa de Archer, essa minha opinião estava mudando totalmente.

— E pare de fazer careta pelas minhas costas.

A mulher obviamente havia visto tudo. Tivemos que esperar mais alguns minutos antes que Victoria finalmente dobrasse a lista de compras e a entregasse a Archer, junto com um envelope que, na certa, continha dinheiro.

— Quero que vocês dois vão ao D'Agostino e comprem tudo o que está nessa lista — Victoria disse. — Exatamente o que está aí, nem mais nem menos, e nada de substituições em hipótese nenhuma. Será que fui clara o bastante?

Archer bateu continência para ela numa saudação militar perfeita.

— Senhora, sim, senhora!

Com uma velocidade surpreendente para uma pessoa da sua idade, Victoria agarrou uma colher de madeira que estava na bancada e bateu com ela nos nós dos dedos de Archer.

— Não se atreva a desrespeitar a sua avó, garoto.

Tive que tapar a boca com a mão e me virar para o outro lado para não cair na gargalhada.

— Agora, deem o fora daqui logo — Victoria disse brandindo a colher de pau na nossa direção. — Quero vocês de volta em três horas, no máximo.

— Pode deixar, senhora Incitti — respondi, então agarrei o braço de Archer e o puxei para fora da cozinha.

Archer pegou algumas sacolas de compras dos ganchos atrás da porta dos fundos e nós atravessamos o corredor que dava para a rua da cafeteria.

— É assim que vocês costumam fazer os preparativos para os feriados? — perguntei.

— Com a minha avó mandando em todo mundo, você quer dizer? Hadley, isso acontece todo santo dia. Minha avó é a matriarca da família. Ela tem setenta e nove anos, mas juro que o que a manteve viva todos esses anos foi o café expresso e o puro ódio.

Enquanto caminhávamos até o D'Agostino, Archer comentava sobre algumas das refeições que seriam preparadas para o jantar de Ação de Graças. Quando ele começou a descrever as sobremesas que a sua mãe e as suas tias faziam, o simples pensamento de pôr as mãos num pouco de cannoli ou de tiramisú fez minha boca se encher d'água. Quanto mais ele falava, mais desapontada eu me sentia. Eu não tinha nada a esperar desse feriado a não ser comer quentinhas sozinha no meu apartamento.

Levamos quase meia hora para chegar ao D'Agostino. Era um supermercado bastante grande, mas tinha aquele clima acolhedor de um negócio tocado por uma família por gerações — mais ou menos como a Mama Rosa.

Archer pegou o pedaço de papel amarelo que Victoria tinha dado a ele, dobrou-o, cortou-o em duas partes — dividindo a lista — e me entregou uma das partes.

— Aqui está. Vamos dividir e conquistar. Pegue o seu próprio carrinho de compras e a gente se encontra em meia hora na área dos caixas.

— Senhor, sim, senhor! — Sorri e tentei o meu melhor para imitar a saudação militar dele.

Eu ainda estava sorrindo quando peguei um carrinho e me dirigi à seção de laticínios. Os primeiros itens na minha lista eram cerca de nove tipos diferentes de queijo.

Por qual motivo Victoria iria precisar de tanto queijo, eu não fazia ideia, mas as ordens dela mais cedo tinham sido bem específicas. De jeito nenhum eu me arriscaria a ser alvo da fúria dela se não conseguisse levar algum dos itens pedidos.

Passear pelos corredores, conferir e tirar coisas das prateleiras, escolher frutas e vegetais era uma tarefa maquinal, e eu pensava em Archer enquanto fazia isso. Nós só tínhamos mais treze dias pela frente e eu sentia que finalmente começava a compreendê-lo. Nossas conversas de ontem ficaram pessoais, mais do que jamais haviam sido. O que disse ao Archer sobre os meus pais eu jamais tinha dito a ninguém, nem à Taylor. Minha estranha dinâmica familiar era algo que mantive em segredo por muito tempo, mas por alguma razão eu sabia que podia compartilhar essa parte da minha vida com ele.

E era um alívio perceber que Archer estava me mostrando relances de seu mundo particular e dos pensamentos que sempre pareciam fervilhar em sua mente. Ele estava longe de ser um livro aberto, mas eu tinha a sensação de que ele confiava em mim — ou pelo menos começava a confiar.

Talvez Archer necessitasse disso desde o início. De alguém que lhe dissesse olá, que lhe mostrasse consideração, apreço e fizesse isso de maneira constante. Que fizesse coisas simples para lhe mostrar que ele era importante. Pequenas coisas podiam fazer a diferença.

— Com licença. Precisa de alguma ajuda com as compras?

Primeiro, escutei uma voz que pareceu vir literalmente do nada e, quando olhei para trás, me deparei com um homem muito alto e elegante, próximo demais de mim, a ponto de me constranger. Ele usava um terno cinza perfeitamente engomado e seu cabelo loiro estava penteado para trás de uma maneira que parecia um tanto fora de moda. Calculei que ele estivesse na faixa dos trinta anos, mas o modo como se comportava sugeria que ele era mais velho que isso.

— Me desculpa, Hadley — o homem disse num perfeito sotaque britânico. — Eu não tive a intenção de te assustar.

Ele sorriu para mim com a cabeça inclinada para o lado e quando olhei bem para os olhos dele — um de cor muito azul, o outro preto como piche —, percebi que não se tratava de um homem comum. O pouco tempo que passei com a Morte me deu a capacidade de reconhecer essa característica em uma pessoa. Um calafrio percorreu minha espinha quando me perguntei como diabos ele sabia o meu nome.

— Ah, não, eu… — Minha voz soou vacilante, como se eu tivesse levado um soco no estômago. — Eu… estou bem. Tudo bem. — O homem ergueu as sobrancelhas, e havia um brilho perturbador em seus olhos divergentes. — Sério mesmo, pode deixar.

Antes que eu tivesse tempo de contestar, ele se aproximou mais, estendeu a mão e pegou uma lata grande de corações de alcachofra.

— Quatro latas, é isso? — ele disse.

O estranho só podia ter lido a lista de compras que estava sobre um pacote de macarrão no carrinho, porque eu tinha certeza de que não havia falado de nenhum dos itens que eu precisava reunir. O homem tirou das prateleiras quatro latas de corações de alcachofra e as entregou a mim apoiando a mão na lateral do meu carrinho.

— Aí estão. Não foi tão difícil assim, foi, Hadley?

Eu estava a ponto de perguntar a esse homem como ele sabia tanto sobre mim, mas me contive quando ouvi a voz de Archer:

— Aí está você, Hadley. Procurei por você em toda parte.

A expressão estampada no meu rosto — de pânico, muito provavelmente — enquanto eu olhava para o estranho diante de mim pareceu colocar Archer imediatamente em alerta. Ele segurou o seu carrinho com mais força, quando percebeu o homem parado bem perto de mim, e se aproximou com as costas muito eretas.

O estranho não se moveu e ainda se virou, sorrindo para Archer, quando ele parou diante de nós.

— Ei, olá! — o homem disse com sua voz sinistramente suave.

— Olá — Archer respondeu. Ele largou o seu carrinho e se posicionou ao meu lado, forçando o homem a dar um passo para trás e passando um braço ao redor da minha cintura.

Era um gesto possessivo que sugeria que entre nós dois havia algo mais do que simplesmente amizade — mas eu tive a impressão de que foi justamente essa a intenção de Archer. O olhar no rosto dele confirmou isso.

— Eu só estava dando uma mãozinha para a Hadley — o homem alegou. — Ela não conseguia alcançar a prateleira mais alta, pobrezinha.

— É mesmo? — Archer disse. — Que gentil da sua parte.

O homem voltou a sorrir, mas dessa vez seus olhos estavam semicerrados.

— Ah, eu sempre procuro ser gentil. — O modo como ele pronunciou a última palavra não tinha nada de gentileza.

Abri a boca na tentativa de interferir, ou pelo menos de inventar uma desculpa qualquer para Archer e eu escaparmos dessa situação; mas Archer apertou meu quadril com força num sinal claro que dizia: "Deixa que eu cuido disso".

— Não vemos mais esse tipo de atitude nos dias de hoje — Archer comentou.

— Não, suponho que não — concordou o estranho. — Mas esse é um mundo pequeno, acredito que ainda nos veremos novamente.

Ele começou a se afastar e piscou para mim dando mais um daqueles seus sorrisos, e então se virou e saiu andando tranquilamente pelo corredor.

Quando o estranho sumiu de vista, Archer tirou o braço da minha cintura e deu um passo para trás. Suspirei, aliviada, e me encostei nas prateleiras com uma mão na altura do peito.

— Quem era? — Archer perguntou. Ele não tirava os olhos do final do corredor como se esperasse que o homem aparecesse novamente.

— Eu... não tenho a menor ideia — balbuciei. — Mas o sujeito era realmente... *esquisito.*

— Eu não gostei do modo como ele olhava para você — Archer disse finalmente voltando o olhar para mim. — Como se você fosse algo para comer.

Eu não havia prestado atenção à expressão daquele homem; prestei mais atenção nos olhos dele, que pareciam enxergar através de mim. Comecei a recear que esse indivíduo fosse uma daquelas "coisas" sobre as quais a Morte tinha me advertido na ocasião em que assinei o contrato. As "coisas" que não gostavam de ver a ordem do mundo ser perturbada — e eu sem dúvida a havia perturbado quando voltei no tempo para tentar salvar a vida de Archer.

E ainda que Archer não soubesse a verdade sobre os segredos inacreditáveis que eu carregava comigo, ele sabia o suficiente para reparar que havia algo de errado com aquele homem.

— Bem, ele se foi agora, Archer.

— Vamos embora — ele disse, estendendo a mão para o seu carrinho. — Acho que já temos tudo que viemos comprar, e eu não quero ficar mais tempo aqui e correr o risco de dar de cara com aquele sujeito de novo.

Eu concordei com todo o meu coração.

Demorou cerca de quinze minutos para passarmos pela fila do caixa e colocarmos tudo dentro das sacolas de compras, e levamos quase uma hora para carregarmos tudo até a Mama Rosa. Archer se negou veementemente a pegar um táxi, que ele achava "caro demais"; eu insisti muito em pagar por um táxi, mas de nada adiantou. Assim, quando chegamos enfim à Mama Rosa, os meus braços estavam doloridos pelo esforço de carregar pacotes pesados por vários quarteirões.

— Que bom. Vocês voltaram antes do que eu imaginava — Victoria disse, enquanto eu e Archer descarregávamos as sacolas de compras sobre a bancada da cozinha na cafeteria. — Agora desempacotem tudo.

Reprimi um gemido enquanto massageava o meu antebraço encostada à bancada.

— Tudo bem, a gente faz isso, mas precisamos beber alguma coisa quente antes — Archer retrucou. — Lá fora está um frio de rachar.

— Tá bom, tá bom. — Victoria começou a remexer nas sacolas de compras. — Mas vá rápido com isso, garoto.

Olhei agradecida para Archer antes que ele deixasse a cozinha e então fui ajudar Victoria a organizar as mercadorias espalhadas pela bancada. Archer voltou alguns minutos depois com dois cafés com leite de avelã. Peguei o meu e comecei a bebê-lo avidamente, deliciada de alívio enquanto a bebida quente começava a me aquecer.

Eu continuava agitada por causa do encontro com aquele homem no D'Agostino, portanto não era lá muito sensato ingerir uma enorme quantidade de cafeína; mas aquilo pouco me importava. Eu não queria pensar no significado da presença dele na minha vida, não agora, na companhia de Archer. Teria que adiar meu momento de surtar para uma outra ocasião.

Quando o enorme esforço para desempacotar as compras finalmente terminou, eu tinha um motivo concreto e claro para nunca mais voltar a trabalhar com Victoria Incitti. A mulher faria até o sargento mais implacável parecer uma menininha chorona. Provavelmente, foi com ela que Archer aprendeu a ser tão mandão. De certa maneira, eu até me senti aliviada quando meu turno terminou e chegou a hora de ir embora; eu poderia ir para casa, onde não haveria ninguém para gritar comigo.

Vesti meu casaco e estava começando a levantar minha bolsa para colocá-la sobre o ombro quando Archer se voltou para mim e disse:

— Ah, a propósito. Você está convidada para o jantar de Ação de Graças.

Ele disse isso de maneira tão casual — como se estivesse falando do tempo ou coisa parecida — que fiquei parada ali, olhando para ele com cara de tonta.

— Quê?

— Você me ouviu — Archer falou enquanto fechava a porta da geladeira, aparentemente sem perceber meu espanto. — Está convidada para o jantar de Ação de Graças. Eu ia te avisar mais cedo, mas acabei esquecendo.

Fiquei completamente desnorteada.

— Estou? Desde quando?

— Desde agora mesmo — Archer respondeu. Por um momento, fiquei na dúvida se ele falava sério ou não. — Sei que você não tem nenhum outro plano. Então é a nossa convidada para o jantar de Ação de Graças. Mas se recusar, será despedida.

Eu simplesmente não consegui evitar que um grande sorriso se estampasse no meu rosto.

JANTAR DE AÇÃO DE GRAÇAS À MODA DOS INCITTI: FALTAM 12 DIAS

DESPERTEI TOTALMENTE PARA O QUE PARECIA SER O AMANHECER do Dia de Ação de Graças. No instante em que abri os olhos, soube que não seria capaz de voltar a dormir; eu estava extremamente inquieta, já pensando no jantar de que participaria mais tarde naquele dia. Pulei para fora da cama e fui para a cozinha preparar um bule de café (usando os grãos que eu havia comprado na Mama Rosa) e esquentar alguns waffles. Com o café da manhã em mãos, eu me acomodei diante da TV e tive que me contentar com os desenhos animados matinais enquanto esperava a tarde chegar. Pelo menos essa era uma opção melhor do que me aborrecer pensando naquele homem de dar calafrios que havia aparecido no D'Agostino ontem à tarde. Eu não queria que esse tipo de pensamento me perturbasse num dia tão especial. Sabia que aquele homem estava ligado à Morte *de alguma maneira*, mas me recusei a ruminar essa questão por enquanto. Tendo em vista a minha demonstração excessiva de preocupação, eu imaginava que ele voltaria no devido tempo. E então eu teria um motivo melhor para surtar.

Por volta de duas horas da tarde, saí do sofá e fui direto para o chuveiro. Fiquei pelo menos meia hora de pé debaixo da água quente antes de dar o banho por encerrado e me enrolar numa toalha, só para passar outra meia hora dentro do closet. Eu não era uma dessas garotas que passavam séculos diante do espelho toda manhã antes de sair. Mas agora as coisas eram um pouco diferentes com a possibilidade de conhecer toda a família do Archer.

No final das contas, precisei de mais quarenta e cinco minutos até, enfim, decidir que estava pronta para sair; vestindo jeans, uma linda blusa marrom e botas. A essa altura, já eram três e meia, e não seria possível pegar o trem e chegar à Mama Rosa a tempo. Um táxi seria impossível, devido à Parada do Dia de Ação de Graças. Portanto, eu não tinha saída a não ser esperar o trem e torcer para que a família do Archer pudesse relevar o meu atraso.

Lá fora, na tarde fria, desejei a Hanson, o porteiro, um feliz dia de Ação de Graças e então desci o quarteirão até a entrada do metrô mais próximo.

Sentada na cadeira próxima à janela do vagão, passei a viagem inteira torcendo as bordas do meu casaco. Eu nunca havia participado de uma reunião de família desse tipo — infelizmente para mim — e não tinha ideia do que esperar. Os pais da minha mãe haviam falecido quando eu ainda era pequena, e ela era filha única. A maioria dos parentes do meu pai estava no sul do Tennessee; eles não eram fãs de Nova York, por isso, reunir a família era raro.

— Vamos lá, Hadley — murmurei para mim mesma ao chegar ao café e me dirigir à porta da frente. — Você consegue.

As cortinas das janelas da frente do estabelecimento haviam sido abaixadas completamente e por isso eu não pude enxergar o lado de dentro antes de levantar a mão e bater com os nós dos dedos na porta.

Escutei alguém mexendo nas fechaduras. Quando a porta se abriu, eu me vi diante de um menino que tinha feições semelhantes aos integrantes da família Incitti, com olhos castanhos e cabelos negros. Pelo brilho nos olhos dele e o sorriso malicioso que brincava em seus lábios, tive a impressão de que o garoto adorava uma travessura.

— Ei, olá! — ele disse, erguendo as sobrancelhas. — Você deve ser a Hadley. Eu sou o Carlo DiRosario. Prazer em conhecê-lo.

Nós nos cumprimentamos com um aperto de mãos.

— E aí, os rumores são verdadeiros? Você está mesmo namorando o meu primo? Eu não achei que ele fo...

— Carlo! O que você está fazendo?

Carlo foi empurrado para o lado no instante seguinte por Archer, que ficou parado na entrada olhando feio para nós dois.

— Ei, primão! — Carlo disse com entusiasmo. — Eu só estava dizendo olá para a Hadley aqui. Você não me disse que ela era a sua...

— Cala a boca, Carlo.

Archer me puxou para dentro do café e bateu a porta atrás de mim, então a trancou novamente.

A cafeteria estava cheia como eu jamais havia visto antes — nem mesmo nos dias de maior movimento. Muitas pessoas estavam em torno de uma grande fileira de mesas colocadas juntas no meio do salão; essas pessoas conversavam em voz alta, quase sempre em italiano, enquanto preparavam pratos e talheres e enchiam taças de vinho.

Vi também um ajuntamento de crianças que corriam de um lado para outro, gritando e rindo, brincando de pega-pega.

Essa era a família toda do Archer?

Parado, balançando o corpo para frente e para trás, Carlo me observou, enquanto eu olhava o ambiente a minha volta com um grande sorriso pretencioso no rosto. Ele disse algo animadamente a Archer em italiano, e Archer reagiu de imediato dando-lhe um tapa na testa.

— Por que não faz um favor a todos nós e cala essa boca, hein? — Archer ralhou com expressão zangada.

No momento em que eu ia avisar a Archer que iria até os fundos para guardar as minhas coisas, um grito potente me surpreendeu:

— Carlo!

Uma mulher pequena de cabelos negros presos atrás da cabeça num coque apertado marchou em nossa direção com as mãos nos quadris e os olhos estreitos.

Um olhar apreensivo surgiu no rosto de Carlo, que rapidamente ergueu as mãos num gesto de rendição e deu um passo para trás.

— Mãe, não, eu só estav...

— Não minta para mim, Carlo. Pare de provocar o seu primo — a mulher advertiu.

— E você, Archer, não seja rude! — Regina disse aparecendo de súbito.

Os dois garotos ficaram vermelhos e começaram a balbuciar pedidos de desculpa.

— Hadley! — Regina abriu um largo sorriso quando finalmente percebeu a minha presença e se aproximou para me dar um abraço apertado. — É tão bom que você tenha vindo!

— Obrigada por me convidar — eu disse sorrindo também. Se eu não tivesse sido convidada, ou melhor, se Archer não tivesse ordenado que eu viesse, eu teria passado este dia sozinha, fechada no meu apartamento.

— Essa é a Hadley? — a outra mulher disse, surpresa, antes de me dar um abraço também apertado. — É ótimo finalmente conhecer você! Ouvi tantas coisas boas a seu respeito.

Enquanto eu gaguejava palavras de agradecimento, a mulher me segurou pelos ombros e me examinou de perto.

— *Dio mio*, você é linda — ela comentou sorrindo mais uma vez. — Posso ver por que o Archer gosta tanto da sua companhia.

— *Zia* — Archer reclamou baixinho dirigindo à mulher um olhar de censura. — Tenha dó.

— Ora… obrigada! — agradeci sentindo meu rosto ruborizar.

— Eu sou a Karin, tia do Archer — a mulher disse, ignorando o seu sobrinho. — E você já conheceu o meu filho Carlo.

— Pessoal! — Carlo gritou agitando as mãos no ar. — Esta é a Hadley!

O silêncio nos envolveu, vários pares de olhos castanhos se fixaram em mim, e, de repente, todos gritaram "Hadley!", em seguida, fui atacada por tantos abraços e beijos que achei que fosse sufocar. Depois de apertada e beijada umas cem vezes, finalmente fui apresentada a toda a família de Archer reunida ali.

Victoria e seu finado marido Cesario tiveram quatro filhos — Karin, Sofia, Regina e Vittorio, que, por sua vez, tiveram mais quatorze filhos. Karin e seu marido Art DiRosario tinham oito: os gêmeos Stefan e Augustine, que eram os mais velhos de todos os netos e cursavam faculdade; Carlo, aluno do nono ano do ensino fundamental; Lauren, que tinha catorze anos; Maria, Georgiana, Joseph e Gina, todos com idades entre três e oito anos.

Sofia e seu marido Ben Orsini tinham três filhos: Mia, aluna do sétimo ano do ensino fundamental; Stephanie, que tinha nove anos; e William, que só muito recentemente havia aprendido a andar.

Regina tinha dois filhos: Archer e Rosie.

E o último dos Incitti, Vittorio, era casado com a bela Anna, os dois tinham um adorável bebê de três meses de idade chamado Isaac.

— Hadley! Olá, Hadley! — Rosie saiu saltitando da cozinha, enquanto eu pendurava o meu casaco e minha bolsa nos ganchos do quarto dos fundos, e a menina foi seguida por um grupo de crianças cujos nomes eu tinha acabado de ouvir, mas ainda não conseguia identificar quem era quem. — Vamos brincar de sardinha?

— É! Vamos brincar de sardinha? — uma garotinha com cachos negros perguntou agarrando-se à minha perna. — Sardinha é tão divertido!

Eu não fazia a menor ideia do que era o jogo de sardinha, então tentei ganhar tempo.

— Mas não está quase na hora do jantar? — argumentei.

A garotinha agora agarrava o meu braço, projetando os lábios para frente e fazendo um bico de indignação.

— Ah, não, vamos lá! Por favor!

— É, por favor!

De repente, eu me vi esmagada por abraços e gritos de súplicas para que eu brincasse de sardinha.

— Não vai dar, pessoal, o jantar já vai ser servido! — tentei resistir em meio a explosões de risos.

— Mas dá tempo de jogar sardinha! — disse em voz alta um dos meninos, provavelmente Joseph.

— Está bem, agora chega! — Uma garota de cabelos muito escuros e trançados saiu de dentro da cozinha a passos largos com uma mão no quadril; ela parecia ser uma versão mais jovem de Karin, tia de Archer. — Deixem a Hadley em paz. É hora de lavar as mãos para ir jantar.

As palavras dela geraram protestos imediatamente:

— Ah, não, sério mesmo?

— Ah, só um pouquinho!

— Mas são sardinhas!

— Já chega! — A garota ordenou, apontando um dedo na direção do banheiro. — Vamos já lavar as mãos para jantar. Já.

O grupo de crianças marchou obedientemente na direção do banheiro, resmungando e lamentando baixinho.

Foi uma cena tão linda que eu não consegui resistir:

— Mas eu prometo que vou jogar sardinha com vocês mais tarde! — eu disse a eles e recebi risadinhas deliciadas em resposta.

— Peço desculpa por isso — disse a garota com um sorriso encabulado aproximando-se de mim. — Às vezes eles ficam um pouco fora de controle.

— Ah, não foi nada — respondi. — Eu não me importo.

— Eu sou Lauren — a garota disse me estendendo a mão para um cumprimento. — A gente se conheceu alguns minutos atrás... sabe, eu estava entre aquele monte de gente que encheu você de abraços...

— Ah! Sei — respondi. — Prazer em conhecer você... de novo!

Lauren sorriu exibindo os seus dentes muito brancos.

— Sabe... no começo, eu imaginava que você fosse tipo uma Blair Waldorf da vida. É bom ver que você não é.

— Hã... — Fiquei atordoada sem saber o que dizer.

— Archer me contou que a sua família é rica — ela explicou. — Eu imaginei: "Se ela mora em Nova York e tem dinheiro..." — Ela fez uma pausa esperando que eu deduzisse o resto. — Entendeu? Como a personagem Blair Waldorf.

— Desculpa por desapontar você...

— Não, isso não é uma coisa ruim. — Lauren deu de ombros. — Se você não fosse legal, Archer não iria querer a sua companhia. Não sei se você já percebeu, mas o meu primo é meio eremita. As poucas pessoas com quem ele gosta de se relacionar normalmente são muito importantes para ele.

Eu quis acreditar que Lauren dizia a verdade, que eu era importante para o Archer, ou que pelo menos eu estava perto de me tornar importante.

— Quer ajudar a levar a comida? — Lauren perguntou sacudindo o polegar sobre o ombro para indicar as geladeiras e as bancadas com pilhas enormes de travessas e pratos de porcelana. Regina, Karin e Victoria já haviam começado a levar algumas coisas para a mesa.

— Claro — eu disse. — Eu adoraria.

Nos últimos anos, eu havia passado meus dias de Ação de Graças na mesa de jantar do apartamento de Taylor ou sozinha, comendo algo que havia encomendado em algum restaurante. Portanto, eu jamais tive o que todos chamam de jantar de Ação de Graças tradicional, com o calor e a comunhão de toda a família reunida em torno da mesa.

Seria pouco dizer que eu estava surpresa com todos os tipos de comida distribuídos ao longo das mesas. Eu estava absolutamente embasbacada.

Havia pratos e mais pratos de peru assado e suculento, presunto caramelizado, salada de batata, bolinhos amanteigados, embutidos, legumes ao vapor, molho de amoras e os mais variados pratos italianos clássicos. Eu queria experimentar todos.

— Atenção, gente! — Victoria disse em voz alta o suficiente para superar o barulho das conversas e risadas. — Vamos nos sentar. É hora de comer.

Todos imediatamente escolheram um lugar para se sentar.

Eu consegui uma cadeira vazia próxima da travessa de presuntos; eu estava de olho nela, ansiosa para pegar algumas fatias. Archer acabou se sentando numa cadeira à minha direita, e Carlo sentou-se à minha esquerda.

— Vamos todos dar graças — Victoria disse.

Mordi o interior da minha bochecha, determinada a não corar enquanto Archer tocava levemente a minha mão, olhando para todos os lados menos para mim. Eles deram graças em italiano, então eu nem me dei ao trabalho de tentar entender; apenas fiz silenciosamente uma rápida prece de agradecimento.

— E, então, o que estão esperando? — Victoria disse quando a oração se encerrou. — Ataquem.

Archer soltou rapidamente a minha mão e eu tratei de empilhar algumas fatias de presunto no meu prato, grata pela distração.

A mesa mergulhou numa conversação mais amena quando todos começaram a comer. Regina e suas irmãs se entregaram a uma conversa sobre os seus filhos e suas travessuras, sem se preocupar com o fato de que as crianças estavam sentadas perto delas. Vittorio e seus cunhados estavam engajados em uma animada conversa sobre pôquer. As crianças mais novas, sentadas na extremidade da mesa, pareciam só rir o tempo todo.

— E aí, Hadley? — Sofia se inclinou sobre a mesa na minha direção, no instante em que eu acabava de devorar o restante do purê de batatas no meu prato. — Fale um pouco sobre você para a gente.

Um calor familiar começou a subir pelo meu rosto quando percebi que alguns pares de olhos se voltavam para mim.

— Hã… — Mordi meu lábio, embaraçada por ter sido subitamente transformada no centro das atenções. — Eu não sei bem o que dizer.

— Qualquer coisa — Sofia falou. — Estou interessada em saber como você e Archer se conheceram.

— Bem, a gente…

— A gente fez inglês juntos durante um semestre — Archer me interrompeu rapidamente enquanto cortava pedaços de peru para Rosie. — E é isso.

— Fascinante — Vittorio comentou entrando na conversa. — Mas que negócio é esse rolando entre vocês dois?

Senti uma pontada no estômago. Eu já devia saber que mais cedo ou mais tarde isso acabaria acontecendo.

— Eu não… — Hesitei, nervosa, e então respirei fundo e recomecei: — Não temos negócio nenhum.

Claro que existia um *negócio* na verdade, mas eu tinha absoluta certeza de que Vittorio não sabia nada sobre o contrato que eu havia assinado com a Morte.

Vittorio não pareceu convencido.

— Então tá — ele disse por fim.

— Não estamos namorando, se é o que vocês querem saber — Archer disse sem rodeios. — Somos apenas amigos.

Senti meu coração se acelerar por um instante, porque essa foi a primeira vez que Archer se referiu a nós dois como "amigos".

— Isso — acrescentei rapidamente. — Apenas amigos.

— Espera aí. Vocês não estão namorando? — Carlo invadiu a conversa com entusiasmo. — Isso significa que você está no mercado, Hadley? Eu sempre tive um fraco por morenas.

Engasguei com uma lufada de ar e, com o rosto afogueado, olhei para Carlo com horror. O que ele queria, me envergonhar diante de todos?

— Carlo! — metade da mesa gritou em protesto. — Seja respeitoso!

O braço de Archer se moveu tão rápido para atingir Carlo na cabeça que eu nem mesmo vi a ação; só pude ver Carlo fazendo uma careta de dor e esfregando a cabeça. Dessa vez, eu me afundei tanto na minha cadeira que quase desapareci debaixo da mesa.

— Rapazes! — A voz penetrante de Victoria atravessou a mesa. — Melhor tomarem cuidado com essa língua. Seus primos e irmãos estão aqui com a gente. Deem um bom exemplo. Como punição, vão para a cozinha vocês dois e comecem a lavar a louça.

— Ah, não, *eu também?* Eu...

— Vamos com isso! — Victoria vociferou. — Façam o que eu mandei. Não desobedeçam aos mais velhos.

Archer fuzilou Carlo com o olhar antes de se afastar da mesa e se levantar pegando os pratos vazios. Carlo fez o mesmo, rindo baixinho enquanto carregava taças de vinho para a cozinha.

— Peço desculpa pelo comportamento do meu filho, Hadley — Karin disse, visivelmente irritada. — Ele praticamente só abre a boca para dizer bobagem.

Durante dez minutos, Archer e Carlo marcharam para lá e para cá, da mesa para a cozinha e da cozinha para a mesa, levando toda a louça. Quando a última leva de garfos, facas e copos finalmente desapareceu, uma das crianças mais novas disse timidamente:

— Já é hora da sobremesa?

Houve uma salva de palmas quando foi mencionada a palavra "sobremesa", que aparentemente era o ponto alto de todo jantar com os Incitti. Além disso, descobri que açúcar ajudava a animar qualquer reunião.

Levou cerca de cinco minutos para que todas as sobremesas fossem trazidas da cozinha. Os pratos e travessas mal eram colocados nas mesas e já sofriam ataque implacável de mãos tentando agarrar qualquer sobremesa que pudessem alcançar. Tive que disputar espaço com algumas das crianças mais novas para conseguir pegar um punhado de cookies italianos e um cannoli de chocolate. Rapidamente me isolei num canto, enquanto as sobremesas continuavam a ser devoradas, pois tive um certo receio de sofrer algum dano físico se, sem querer, ficasse no caminho de alguém. Quando eu finalmente mordi um pedaço do cannoli, tive vontade de suspirar.

Archer não estava brincando quando falou das sobremesas da sua família. Cheguei à inevitável conclusão de que Deus havia presenteado a família Incitti com o dom de fazer doces com perfeição. Devorei o cannoli em cerca de cinco segundos e liquidei dois dos meus cookies antes de avistar Archer reclinando-se no sofá diante do velho piano vertical no canto da cafeteria.

Suspirei quando reparei na expressão séria estampada em seu rosto. Em que ele estaria pensando agora para parecer tão triste? Mais importante ainda: Por que ele vivia fazendo isso — por que vivia se retirando e se isolando num canto? Fui até o sofá onde Archer estava e me sentei ao seu lado.

Ficamos sentados em silêncio por alguns minutos, terminando de comer nossos cookies e apreciando a cena de agradável caos ao nosso redor. Parecia haver um suprimento interminável de risadas e piadas por toda parte, assim como havia acontecido durante o jantar. Acho que jamais me senti assim antes em toda a minha vida. E não queria que terminasse, pois eu não sabia se teria a chance de sentir isso novamente.

— Obrigada — eu disse a Archer, olhando de relance para ele. — Obrigada por me convidar. Estou achando tudo isso maravilhoso.

— Gostaria de poder dizer que foi a minha mãe que me obrigou a convidar você, mas eu estaria mentindo. — Archer olhava para os seus sapatos enquanto falava. — Estou feliz que você tenha vindo.

Por um momento, eu não soube o que dizer. Cheguei a suspeitar que Regina dissera a Archer para me convidar, porque eu havia contado a ela sobre a ridícula agenda de trabalho dos meus pais e que não era incomum para mim passar um ou outro feriado sozinha. Contudo foi Archer quem quis me convidar.

E isso me deixava muito, muito feliz.

— Tenho certeza de que eles gostaram de você — Archer comentou, quase rindo enquanto observava seus parentes, que continuavam amontoados sobre os doces que ainda restavam.

— Bem, eu gostei deles — disse. — Eles são demais.

— É, eles são. Mas também me deixam maluco às vezes — Archer brincou, comendo rapidamente o que havia sobrado do seu cookie e batendo as mãos na sua calça jeans.

Eu ia responder a isso, mas meu celular tocou. Como era Dia de Ação de Graças, eu deveria esperar que isso acontecesse em algum momento — uma ligação dos meus pais. Mesmo assim, não deixava de ser uma surpresa ver que a chamada era da minha mãe.

— Alô? — atendi, levantando-me e me afastando para algum lugar que me oferecesse alguma privacidade. Tentei ignorar o fato de que Archer me seguia com o olhar, mas subitamente me senti constrangida.

— Feliz Ação de Graças, Hadley — minha mãe disse com a voz um pouco mais afetuosa que o habitual.

— Feliz Ação de Graças — respondi. — Como vão as coisas com você e o papai?

Obviamente, nós duas preferimos ignorar o fato de que as coisas não correram muito bem na última vez em que nos encontramos. Mas pelo menos ela ligou. Ela me falou um pouco a respeito do andamento do caso de que estavam cuidando, que resolveriam, em um dia ou dois, e então passou a ligação para o meu pai.

— O som parece alto aí onde você está — meu pai disse, depois de me desejar um feliz Dia de Ação de Graças. — Ainda está no jantar na casa da sua chefe?

— Estou, sim. — Eu havia mandado uma mensagem para os dois para lhes contar sobre a minha mudança de planos. — Regina tem uma família grande e a sobremesa acabou de ser trazida... então as crianças estão bem empolgadas.

— Que ótimo, filha. Você está se divertindo?

— Demais — respondi sem pensar. — Eu estava um pouco nervosa no início, com a expectativa de conhecer todos, mas eles... eles são incríveis. Eu até desejei ter feito dois anos de italiano em vez de espanhol! Mas sim, estou passando momentos muito bons aqui.

Meu pai não conseguiu esconder a animação na sua voz quando falou:

— Isso é muito bom, filha.

Desliguei o telefone depois de um minuto ou dois de conversa e voltei ao sofá perto do piano, onde Archer ainda estava sentado.

— Me desculpa por isso — disse a ele. — Eram os meus pais. Ligaram para me desejar feliz Dia de Ação de Graças.

Quando falou, Archer parecia estar muito concentrado em algo, mexendo no botão da manga da sua camisa. Ele estava sempre brincando com uma coisa ou outra quando se sentia incomodado.

— Você e os seus pais... sei que outro dia conversamos um pouco sobre eles. Tenho o palpite de que você não passa muito tempo com a sua família. Acertei?

— Sim — respondi. — Meus pais estão sempre ocupados, e os poucos primos e tias que tenho moram em outro estado. Não nos reunimos com muita frequência.

— Então... você está quase sempre sozinha, não é? — Archer perguntou finalmente olhando nos meus olhos.

— Quase sempre — eu disse, cada vez mais confusa diante das perguntas que ele me fazia. — Quero dizer, eu tenho Taylor, Brie e Chelsea... e o resto do pessoal, sabe, mas... é isso, sim. Na maior parte do tempo fico sozinha.

Dizer essas palavras em voz alta e perceber que isso era verdade fez com que eu me sentisse extremamente solitária.

Havia uma diferença entre ser solitária e ser sozinha. Acho que eu não me importava em ser sozinha porque estava acostumada a isso. Eu só não tinha percebido quão solitária eu realmente me sentia até ser recebida de braços abertos pela família de Archer e ser tratada como se fosse um dos membros dessa família. Eu não sabia que uma pessoa podia perder algo que nunca teve na vida.

— Não precisa ficar tão preocupada — Archer disse, me cutucando com seu ombro. — Eles gostam de você, então não há saída, vão grudar em você. Se, de agora em diante, você não aparecer em todo tipo de comemoração, vão querer a minha cabeça.

Caí na gargalhada, muito contente por ter ouvido isso de Archer.

— Archer, vai ser um prazer participar de todas as ocasiões comemorativas com sua família! Eu não aguento mais comer quentinhas na frente da televisão.

145

Archer pareceu espantado por um instante, então começou a rir, chamando a atenção de suas tias Sofia e Karin, que lançaram olhares curiosos na direção dele.

De repente, ouviu-se um estrondo vindo da cozinha, como o som de vidro se espatifando.

Levantei-me de imediato e corri o mais rápido que pude para a cozinha, com Archer logo atrás de mim. Escorreguei ao contornar o balcão da frente, passei pela porta da cozinha e então parei, tão subitamente que quase perdi o equilíbrio.

Levei as mãos à boca.

Pude sentir Archer congelar quando ele parou ao meu lado, com a respiração acelerada.

— Mamãe?

Regina estava no chão, toda curvada e com as costas coladas ao armário, espalhados ao redor dela viam-se cacos do que parecia ser uma tigela de vidro. Ela tremia da cabeça aos pés e seu rosto estava mortalmente pálido.

Ela parecia... bem, ela parecia ter acabado de ver a Morte em pessoa.

Regina olhou para cima ao ouvir a voz de Archer e um gemido profundo e doloroso brotou dos seus lábios quando ela tentou lutar para se aprumar.

— Archer, graças a Deus, é o Chris, algo... algo... É... V-você precisa...

Foi nesse momento que desmoronaram os muros que Archer tinha passado anos construindo em torno de si para manter as pessoas afastadas. A emoção estava estampada no semblante dele como um raio de luz ofuscante. Ele parecia atormentado. Confuso. Ferido. Zangado.

Durante esses poucos segundos, vi o garoto que tentava agir como se nada o afetasse — apenas porque precisava ser forte para a sua família, porque sentia que dependiam dele para manter todos unidos —, pensando pouco em si mesmo e ignorando as suas próprias necessidades. Vi tudo o que sempre havia suspeitado com relação a ele e muito mais.

De súbito, num piscar de olhos, o muro foi reerguido e nada restou além de um garoto cujos pensamentos estavam todos voltados para a mãe.

— Mãe, está tudo bem, você tem que me ouvir, tudo bem — Archer dizia aproximando-se de Regina. — Tudo bem, mamãe, eu estou aqui, eu...

Porém já não era mais possível consolar Regina. Com os braços em torno de Archer, ela soluçava no ombro dele; e eu continuava ouvindo Regina dizer o nome de Chris várias e várias vezes, numa voz de cortar o coração.

— O que está acontecendo aqui? Acho que ouvi um baru... Ah, meu Deus! — Visivelmente abalada, Victoria parou na entrada da cozinha avaliando a situação. Ela pareceu perceber de imediato o que estava acontecendo. Logo depois, Vittorio apareceu, seguido de perto por Sofia e Karin.

— De novo não — Vittorio murmurou. Ele foi até Archer, posicionou-se ao lado dele e colocou uma mão no rosto de Regina. — Ela continua tomando o medicamento, não é?

— Claro que sim — Victoria retrucou bruscamente. — Todos os dias.

Victoria estava apenas exibindo o seu mau humor habitual, mas eu tinha certeza, pela expressão dura em seu rosto, que ver sua filha numa situação como essa era doloroso demais para ela.

— Juro que ela não tem um flashback como esse há anos — Karin comentou parecendo confusa.

Flashback? Eu não entendi exatamente o significado disso, mas bastava somar dois mais dois. Regina estava revivendo a noite em que Chris havia morrido, mas ninguém além dela era capaz de rever a cena. Anos haviam se passado desde o assassinato de Chris, mas era óbvio que Regina jamais tinha se recuperado disso. E vê-la nessa situação me fazia duvidar de que ela se recuperasse um dia.

— Leve-a para cima, Vito — Sofia pediu, e parecia estar chorando. — As crianças não precisam ver isso.

Vittorio a ergueu nos braços e se dirigiu à porta dos fundos. O modo como a cabeça dela pendeu sobre o ombro do irmão me fez achar que ela havia desmaiado. Victoria, Karin e Sofia imediatamente os apressaram.

Comecei a segui-las por impulso, para ver por mim mesma se Regina ficaria bem, mas Archer agarrou o meu braço antes que eu fosse muito longe.

— Fique aqui — ele disse em voz baixa.

— Archer, eu...

— Por favor.

Eu quis ignorá-lo e subir as escadas com os outros, apesar do que ele disse, mas me controlei e resolvi ficar quieta. Tudo em Archer gritava que ele estava sofrendo; ele não poderia negar isso nem se quisesse. Eu não queria piorar as coisas.

— Tudo bem — eu disse suavemente. — Tudo bem, eu só...

Archer pareceu compreender, mesmo que eu não tivesse certeza do que eu estava tentando dizer. Fez um breve aceno com a cabeça, depois saiu da cozinha e foi se juntar aos adultos no andar de cima. Eu o observei enquanto ele se retirava, sentindo-me ainda mais desesperançada do que estava instantes atrás.

— Hadley? O que está acontecendo?

Eu me virei e vi Lauren e Carlo na entrada da cozinha, os dois com uma expressão preocupada nos rostos. Eu me perguntei se eles entendiam a gravidade do que havia acontecido naquela noite fatídica anos atrás e o que isso tinha causado à sua tia.

— Eu... não sei — respondi. — Ela está...

— Ela vai ficar bem — Lauren disse com um gesto de cabeça tentando convencer a si mesma. — *Zia* Regina vai ficar bem. Ela é forte.

Lauren veio até mim para me dar um abraço; eu não esperava isso, mas abri meus braços para abraçá-la também. Quando nos afastamos, Carlo pôs a mão no meu ombro e o apertou em um gesto de consolo, sorrindo para mim. Depois se virou e saiu da cozinha. Lauren e eu ficamos na cozinha durante tensos e silenciosos momentos, sem saber o que dizer. O que aconteceria agora?

Eu sabia o que queria fazer — subir as escadas para tentar ajudar Regina. Não era de admirar que Archer fosse tão protetor com sua mãe. Eu mal conseguia compreender como Archer havia suportado carregar nos ombros, por tanto tempo, o fardo de proteger a sua família.

— É melhor a gente sair daqui — Lauren disse olhando rapidamente para mim. — Vamos brincar com as crianças ou fazer qualquer outra coisa. Ficar por aqui não vai ajudar.

Levei alguns segundos para abandonar meus devaneios e retornar ao presente.

— As crianças — eu disse. — Claro. Tem razão. Provavelmente é o melhor a se fazer.

Lauren fez que sim com a cabeça e nós saímos da cozinha juntas, passamos pelo balcão da frente e fomos nos reunir ao restante da família. As crianças mais novas não pareceram perceber que havia algo de errado. Elas corriam de um lado para outro, gritando e rindo, sem dúvida cheias de energia depois de todo o açúcar que consumiram durante a sobremesa.

Os companheiros de Karin, Sofia e Vittorio — Art, Ben e Anna — estavam isolados num canto perto da lareira, conversando rápida e silenciosamente bem próximos um do outro, a essa altura conscientes do que estava acontecendo. Eu me sentei em uma das cadeiras acolchoadas perto do sofá, enquanto Lauren e Mia — a filha de Sofia — tentavam evitar que os mais jovens voltassem à mesa para lamber os pratos de sobremesa.

Ouvi o som de passos se aproximando, ecoando na madeira dura do assoalho. Olhei para cima e vi Art DiRosario em pé diante de mim com uma expressão preocupada no rosto.

— Suponho que você não sabia sobre a Regina — ele disse de maneira objetiva, sem rodeios.

— Não, não sabia. — Balancei a cabeça. — Quero dizer, eu sabia o que havia acontecido com o Chris e tudo o mais. Archer me contou. Mas não me contou nada sobre... sobre isso. A Regina sempre... ela sempre...

Tive dificuldade para encontrar as palavras certas, mas Art pareceu entender o que eu queria dizer. Ele se empoleirou na beirada do sofá perto de mim e suspirou.

— É, a Regina sempre sofre assim por causa do TEPT dela — ele informou.

— TEPT? — repeti, franzindo as sobrancelhas.

— Transtorno de estresse pós-traumático — Art explicou. — Isso pode provocar flashbacks muito desagradáveis.

Eu me lembrei imediatamente das minhas aulas de psicologia do ano passado. Meu professor, o Sr. Hathaway, contou-nos que os soldados em missão no estrangeiro que retornavam para casa frequentemente experimentavam estresse pós-traumático — e essa não era uma condição nada agradável. Se uma pessoa tiver seu marido assassinado, esse fato certamente perseguirá essa pessoa por um longo tempo.

— Os flashbacks da Regina são frequentes? — perguntei a Art.

Ele franziu a testa, pensativo, antes de responder:

— Na verdade, já não são mais tão frequentes. Costumava ser bem pior logo depois do que aconteceu com Chris. Para piorar, na época ela estava grávida da Rosie. Mesmo as coisas mais insignificantes a transtornavam; por exemplo, ver as roupas que eram dele ou sentir o cheiro da colônia dele. Eu não tenho ideia do que teria causado essa recaída agora.

Eu me compadeci mais ainda de Regina. Não era justo que alguém de coração tão bom como Regina Morales tivesse que lidar com um problema desses. Na verdade, *nenhuma* pessoa deveria ter que passar por tamanho sofrimento.

— Tem alguma coisa que possamos fazer para ajudar? — perguntei a Art. — Karin disse que ela está tomando alguma medicação, mas não há nada mais que se possa fazer?

Art abriu um sorriso, um sorriso severo.

— Não podemos fazer muito para ajudar, Hadley, quando ela se recusa a receber orientação psicológica.

— Mas por que se recusa? — respondi, confusa. — Não há nada de errado em consultar-se com um terapeuta. Aposto que isso ajudaria se ela tentasse.

— Acredite em mim, já tentamos convencê-la mais de uma vez, mas ela sempre finge que não está escutando. Ela simplesmente acha que é o bastante estampar um sorriso no rosto e agir como se nada estivesse acontecendo. E o Archer segue pelo mesmo caminho.

— Quê? — eu disse, espantada. — O Archer segue pelo mesmo caminho? Como assim?

Art respirou fundo e balançou a cabeça.

— O Archer não herdou da mãe somente a aparência. Ele é dez vezes mais teimoso que ela. Ele gosta de fingir que seus próprios problemas não existem.

— E aposto que ele também nem pensa em se submeter à terapia — eu disse mesmo já sabendo a resposta.

— Acho que o Archer preferiria que lhe arrancassem os olhos a ter que se consultar com um psicanalista.

Ele ficou em silêncio por um momento.

— Mas existe um porém aqui — ele recomeçou. — Parece que a sua companhia tem feito bem ao Archer. Ficamos muito surpresos quando a Regina nos avisou que uma amiga dele viria jantar com a gente.

— Isso é mesmo tão raro assim? — indaguei. Eles certamente já haviam visto Archer com algum amigo antes.

— É, é bem raro — Art respondeu sem hesitar. — O Archer não gosta de ter proximidade com as pessoas. Na minha opinião, ele é assim porque tem medo de que algo de ruim aconteça com quem se aproxima dele, como aconteceu com o Chris.

Muita coisa começava a fazer sentido essa noite. Não era nenhuma surpresa que Archer afastasse as pessoas. Era impossível para mim imaginar a solidão dele. Ele negaria isso com firmeza, mas isso não faria anos de isolamento desaparecerem. Uma pessoa não podia simplesmente se isolar do resto do mundo por medo de sofrer.

— Espero que isso não mude a sua opinião sobre eles. — Art me observou de uma maneira cautelosa. — O Archer e a Regina, quero dizer.

— Não, de jeito nenhum. — Talvez minha voz tenha soado mais severa do que eu pretendia, mas isso fortaleceu minha resposta e encerrou a questão. — Há dias em que Regina é como uma mãe para mim, e o Archer é um grande amigo.

Art sorriu, satisfeito com a firmeza das minhas palavras.

— Ouvir isso me deixa feliz. Fique por perto, tá?

— Não pretendo ir a lugar nenhum tão cedo — garanti a ele.

Ele ficou de pé e me deu uma tapinha amigável no ombro.

— De qualquer maneira, é bom ouvir esse garoto rir de novo — Art comentou antes de se afastar e se juntar ao seu cunhado.

VOCÊ NÃO COMPREENDE

CONSEGUIMOS ENTRETER AS CRIANÇAS BRINCANDO DE PEGA--pega e de esconde-esconde por mais de uma hora e, quando os pais delas voltaram para o andar de baixo para levá-las para casa, quase todas já estavam bastante sonolentas. Ajudei da melhor maneira que pude, juntando as crianças para vestir os casacos nelas. Seria um exagero dizer que foi um doloroso adeus, mas eu me senti um pouco triste por ter que me despedir de toda a família de Archer. Eu não sabia ao certo se voltaria a vê-los, e esse pensamento me deprimia. Literalmente *tudo* dependia do que iria acontecer nos próximos doze dias.

    Eu não queria ir para casa sem ter, pelo menos, alguma indicação, por menor que fosse, de que Regina estava bem. Então, buscando algum pretexto para não ir embora, fui até a cozinha para começar a lavar a louça. Ignorando o fato de que as lava-louças estavam funcionando perfeitamente, esvaziei uma das pias, enchi-a com água quente e sabão e me pus a lavar a louça. Enquanto eu realizava essa tarefa, minha mente continuava voltando àquela cena que eu jamais esqueceria em toda a minha vida, não importava quanto tempo eu vivesse.

Por mais que eu tentasse, não conseguia compreender o que havia acontecido. Um pouco de psicologia aprendida nas aulas do ensino médio não fazia de mim uma especialista em saúde mental. Eu sabia que transtornos psicológicos costumavam ser desagradáveis. Mas Regina havia se transportado para outro lugar completamente diferente — um lugar sombrio e assustador que só ela conhecia. Esse lugar existia na própria mente de Regina e, quando foi acessado, tornou-se realidade para ela. Archer também estava presente na noite em que ocorreu a tragédia. Será que o acontecimento teve sobre ele o mesmo efeito que teve sobre a sua mãe? Essa pergunta era inevitável. Afinal, Archer acabou testemunhando tudo — acabou vendo coisas que nenhuma criança de onze anos deveria ver jamais.

Por causa dessa noite, Archer tinha passado muito tempo mantendo todas as pessoas que não fossem da sua família afastadas dele — e ainda assim eu suspeitava que ele nunca havia sido inteiramente honesto com seus parentes a respeito dos seus sentimentos. Por que ele seria, quando claramente achava que sua família era mais importante que ele próprio? Archer não queria que nada acontecesse com sua família, não queria que acontecesse com eles o que havia acontecido com o Chris; então ele os tornou prioridade e se colocou em segundo plano. Para mim, esse tipo de sacrifício era impressionante, mas eu também sabia que, provavelmente, tinha um custo bem alto para Archer.

— O que você ainda está fazendo aqui?

Gritei de susto quando a voz de Archer soou de repente atrás de mim e girei o corpo imediatamente, espalhando água e sabão por toda parte.

— *Archer!* — eu disse, arfante, apoiando-me na bancada atrás de mim, o coração quase saindo pela boca. — Alguém precisa colocar um sino em você ou coisa parecida. Você não faz barulho quando anda?

Olhando tudo a sua volta, Archer me ignorou e se encostou no batente da porta.

— Por que você ainda está aqui? — ele repetiu. — Escutei quando todos foram embora já faz um tempinho.

— Ah, pois é — respondi, embaraçada. Mordi o lábio e me virei de novo para os pratos e copos sujos, amontoados sobre a bancada ao lado da pia. — Bom, eu só queria... Você sabe, eu queria ajudar com a louça, porque é muita coisa e... hum...

Archer olhou para mim com uma expressão apagada, enquanto eu tentava pensar em uma desculpa convincente para não ter ido embora ainda. O cabelo dele estava uma bagunça, como se ele tivesse repetidamente esfregado a cabeça com as mãos, e seus olhos estavam avermelhados. Não sei se Archer havia chorado, mas ele obviamente não estava bem. Era doloroso vê-lo assim.

— Nós temos máquinas de lavar louça, Hadley.

— Sim, eu sei — respondi rápido. — Eu ia colocar tudo na lava-louças, mas antes eu, hã... Eu queria ter certeza de que nenhum pedaço de comida ficaria grudado nos pratos.

Archer ergueu uma sobrancelha, seus lábios pressionados em uma linha fina. Ele não estava engolindo a minha história, sem dúvida nenhuma.

— Tá, tudo bem. Eu ainda não fui embora porque quero saber notícias da Regina. E queria saber de você também. Fiquei preocupada.

— Hadley, eu agradeço por sua preocupação, mas minha mãe e eu estamos bem.

Eu não acreditei nem por um segundo que isso fosse verdade. E acho que Archer sabia que eu não acreditava. Cruzei os braços num gesto de desafio e o encarei com impaciência. Ele também me encarou.

— Archer, eu não sou tão estúpida quanto você pensa. Sei que você definitivamente *não* está bem.

— Sabe o que eu não consigo entender? — Archer disse em voz alta, me ignorando enquanto apanhava um punhado de talheres e os jogava na pia. — Eu não entendo por que você *ainda* está agindo como se se importasse com o que acontece aqui. Essa não é a sua família e a gente não está namorando. Se eu estou bem ou não, de que isso importaria para você?

— Sei que a sua família não é a minha família — retruquei, magoada com a insinuação. — É claro que eu sei. Eu só...

— Ah, Hadley, sem essa. — Archer balançou a cabeça com ar cético. — Você mal me conhece. Não precisa agir como se eu fosse importante para você.

Com esse comentário, a minha paciência chegou ao fim e eu decidi dizer coisas que estavam atravessadas na minha garganta já há algum tempo. Como ele podia pensar que eu não me importava com nada do que ele pensasse, sentisse ou fizesse?

— Alguma vez já passou por sua cabeça que eu *me importo* com você? — eu disse, tentando conter a onda de emoção que se intensificava na boca do meu estômago. — Entendo que talvez você não esteja acostumado a isso, a ter um amigo, mas se você acha que eu estou fingindo, que estou fingindo me importar com você e com a sua família, então talvez você precise do bom e velho choque de realidade, porque é óbvio que você não está olhando ao seu redor.

Archer ficou em silêncio enquanto eu falava. Eu podia ver a tensão em seus ombros e na pressão excessiva de suas mãos agarrando-se à bancada atrás dele. Ele se recusava a me olhar nos olhos e continuava mirando a porta da cozinha, como se estivesse pensando na possibilidade de fugir. Mas isso não foi suficiente para me fazer desistir de dizer o que eu disse em seguida.

— Não cabe a você decidir quem pode ou não se importar com você, ou se preocupar com você, ou se certificar de que você está bem. A vida não funciona dessa maneira. Eu sei que não entendo tudo o que aconteceu com você e com a sua família. E talvez jamais consiga entender. Mas eu não preciso entender para me importar.

Respirei bem fundo, me sentindo um tanto instável e zonza, e então finalmente Archer tirou os olhos do chão e ergueu a cabeça. Ele olhou para mim com uma expressão que eu não consegui definir — como se estivesse me vendo pela primeira vez.

— Archer, eu não estou mentindo quando digo que você é meu amigo — continuei, me incentivando a não parar agora. — E você pode odiar esse fato o quanto quiser, pode dizer o que for, mas eu não vou embora. Na próxima vez, antes de sair fazendo suposições sobre o que eu sinto, tente pelo menos falar comigo, tá bom?

Eu sempre desejei dizer essas palavras, mas não havia percebido isso até que elas finalmente saíram da minha boca. Archer, porém, continuava calado. Ele se aproximou de mim, e meu coração disparou no instante em que ele mordeu o lábio, com um olhar decidido nos olhos.

— Eu... Eu realmente... — Engoli em seco, me atrapalhando com as palavras. — Eu realmente sou uma boa ouvinte, basta que você me dê uma chance.

— Você não vai mesmo deixar isso para lá, não é? — Archer perguntou em voz baixa. Ele parecia resignado, mas nem por isso parecia insatisfeito. Talvez ele não quisesse que eu me afastasse dele.

— Não, não vou — respondi com firmeza. — A essa altura, você já devia saber que sou bem teimosa.

Archer abriu a boca com a clara intenção de dizer algo, mas nenhuma palavra saiu de lá. Ficamos parados no meio da cozinha por um longo momento, os dois calados. Eu me perguntei se havia algo mais que eu pudesse dizer que reforçasse minha argumentação. Desde o início, eu sabia que Archer era teimoso, cabeça-dura e que na sua vida não havia espaço para mudança. Mas seria esperar demais que ele finalmente concordasse em ser meu amigo?

— Acho... melhor ir andando então — eu disse vacilante. Estendi a mão para puxar o tampão da pia e peguei um pano de prato para enxugar as mãos. — Devo estar aqui amanhã às seis, mas...

— Espera.

Eu estava colocando minha jaqueta quando me virei novamente para lançar a Archer um olhar interrogativo.

— Que foi? — perguntei.

Ele se aproximou, perto demais, agarrou a minha jaqueta e me encostou gentilmente na parede.

— O que está fazendo? — dei um gritinho, confusa. Ele estava tão perto de mim! Muito, muito perto. Eu estava com as costas coladas à parede, e ele, com uma mão de cada lado da minha cabeça, inclinava- -se para mim mais e mais. Meus pensamentos estavam a mil por hora. Eu só percebi que Archer estava prestes a me beijar quando os seus lábios ficaram apenas a alguns centímetros dos meus. Ele ainda estava indeciso, aguardando a minha reação; não sabia se eu o afastaria ou se diminuiria a distância entre nós.

E, por algum motivo insano que eu não compreendi inteiramente, desejei que essa distância desaparecesse.

— Archer... — Respirei fundo, tentando diminuir o ritmo da minha respiração. — O que está fazendo?

Ele recuou o suficiente para que nossos olhares se encontrassem. Archer deixou escapar um leve suspiro, mordendo o lábio mais uma vez — e eu tive a súbita e incontrolável necessidade de morder eu mesma o lábio dele.

— Não sei — ele admitiu, praticamente sussurrando.

Nenhum de nós dois sabia o que fazer em seguida. Simplesmente ficamos ali, num momento todo nosso. Era como se todas as coisas horríveis que haviam ocorrido mais cedo tivessem desaparecido e o resto do mundo se partisse em pequenos pedaços e desmoronasse.

Mais uma vez, tomei fôlego, tentando me convencer a dizer as palavras "acho melhor ir para casa". Afinal, o que estávamos fazendo? Eu realmente estava a ponto de beijar o Archer?

— Antes que você abra a boca para dizer que é uma má ideia... — Archer disse e encostou os dedos no meu pescoço. — Não faça isso.

Então, mergulhei os dedos no cabelo dele e o puxei para mim. E quando finalmente, *finalmente* íamos nos beijar, escutei um "aham" mal-humorado.

Archer e eu nos separamos tão rápido que bati minha testa contra a dele. Para o meu horror, Victoria estava de pé na porta, bem ao nosso lado, e não parecia nem um pouco satisfeita.

— Quando terminar por aqui, trate de trancar tudo, garoto — ela disse a Archer. — Eu vou dormir. — E desapareceu escada acima sem nem ao menos olhar para mim uma segunda vez.

Depois que ela se afastou o suficiente para não poder mais nos ouvir, Archer se virou para mim.

— Hadley, a gente... — ele começou.

Mas eu estava envergonhada demais e tudo o que queria era ir embora bem rápido.

— Não, tenho mesmo que voltar para casa agora, Archer. Você tinha razão, está ficando tarde. A gente se vê amanhã!

Saí pela porta dos fundos o mais rápido que pude, tentando não tropeçar nos meus próprios pés e cair de cara no chão.

E Archer não me seguiu.

QUEBRA DE CONTRATO:
FALTAM 11 DIAS

ÀS CINCO E MEIA DA MANHÃ SEGUINTE, QUANDO SAÍ DO MEU apartamento, eu mal conseguia manter os olhos abertos. Tinha a sensação de que não havia dormido mais do que uns dois minutos antes de ser acordada pelo despertador. Era Black Friday, e a Mama Rosa precisava de ajuda extra para dar conta da grande quantidade de pessoas que, entre uma compra e outra, certamente passariam na cafeteria para um café, massas e doces.

Dessa vez, resolvi pegar um táxi para chegar à cafeteria. Não tinha certeza se seria capaz de chegar aos vagões do metrô sem cair na escadaria e desmaiar.

Eu ainda não tinha conseguido processar completamente tudo o que havia acontecido na última noite. Como se já não fosse difícil o suficiente entender o flashback inesperado de Regina, eu tinha que quase beijar o Archer Morales?

Senti meu rosto se incendiar ao me lembrar do olhar intenso e quente de Archer quando ele me encostou na parede e inclinou a cabeça na minha direção, chegando tão perto de mim que quase pude sentir seus lábios nos meus. Não teria sido o meu primeiro beijo, mas, sem dúvida, teria sido um beijo inesquecível — disso eu tinha certeza.

Mas o que havia levado Archer a querer me beijar? Eu não tinha percebido nele nenhum sinal que indicasse essa intenção. Qualquer que fosse o motivo, eu precisava me concentrar. Hoje eu não podia permitir que o "incidente do quase-beijo" me distraísse — não se eu quisesse manter o foco enquanto preparasse café e servisse comida.

Havia luzes na cozinha quando entrei. Tirei o casaco e o cachecol e os pendurei num gancho da porta dos fundos antes de caminhar cautelosamente até a cozinha.

Victoria estava diante de um dos fornos retirando dele uma travessa fresca de rolinhos de canela. Ela olhou para mim e me cumprimentou com um aceno de cabeça quando entrei. Também fiz um aceno discreto para ela. Seria difícil olhar Victoria nos olhos novamente, quanto mais falar com ela. Como poderia, depois de ter sido flagrada pela mulher enquanto quase beijava o neto dela?

Archer estava na pia da cozinha limpando algumas cafeteiras com água e sabão. Ele me olhou de relance e fez um breve aceno. Parei diante dele, com a boca aberta, querendo dizer algo; mas Victoria se antecipou a mim.

— Hadley, pode começar limpando as mesas, se não se importar, e depois venha me ajudar com a massa.

— Eu... Eu já... — Balancei a cabeça. — Claro, pode deixar comigo.

Sem perder tempo, tratei de limpar os tampos das mesas e, em seguida, fui ajudar Victoria a montar o sortimento de massas.

A essa altura, Archer já havia limpado o moedor e a máquina de café expresso e armazenado leite e chantilly numa pequena geladeira. Ele agora estava contando o dinheiro trocado na gaveta da máquina registradora.

— Archer, vá abrir — Victoria disse, surgindo de dentro da cozinha. — São seis horas.

Archer fez um aceno afirmativo e foi até a porta da frente.

Quando fui avisada de que o movimento na Black Friday ia ser intenso, eu não acreditei muito. E daí se haveria um pouco mais de trabalho num determinado dia? A Mama Rosa era uma cafeteria, não uma loja de departamento. Eu tinha certeza de que todos estavam exagerando.

Infelizmente, eu estava enganada. Muito enganada.

Às oito horas, meus pés estavam doendo e meus braços tinham marcas vermelhas de tanto carregar bandejas cheias de sanduíches, bebidas e massas. Pelo visto, Mama Rosa era um lugar bastante popular; muitas pessoas escolhiam a cafeteria como o local para parar e ter uma refeição antes de voltar às compras. O estabelecimento ficou cheio desde a abertura até o momento de fechar, com uma pequena pausa no fim da tarde.

Trabalhar como garçonete era equivalente a malhar, era melhor do que qualquer aula de ginástica que eu já tenha feito, e o trabalho em ritmo acelerado era também uma boa distração. Quase não havia tempo para nada, nem mesmo para pensar nos acontecimentos do jantar de Ação de Graças. E, exceto por uma ocasião em que quase derrubei um cappuccino em mim mesma, tudo correu bem, na medida do possível — o que já era mais do que eu poderia esperar. Victoria, Archer e eu não precisamos de nenhuma ajuda extra, o que foi um verdadeiro milagre. Até o fim, esperei que Regina aparecesse para acompanhar a movimentação, mas ela não fez isso, para o meu grande pesar.

Deixei escapar um resmungo de cansaço enquanto virava para o outro lado a placa de neon "aberto" pendurada na porta e a trancava. Já passava de sete da noite.

— Me lembrem de jamais seguir carreira no ramo varejista ou na indústria de alimentos.

Victoria riu com sarcasmo enquanto contava os ganhos do dia na registradora.

— Você diz isso agora, garota. Mas espera só para ver. Nos dias de hoje, você pega o que pode.

Victoria deixou claro que teríamos que varrer cada centímetro da cafeteria, deixar a cozinha impecavelmente limpa e embrulhar e deixar separadas as massas que restaram para o entregador que passaria pela manhã do dia seguinte. Quando terminou de distribuir as tarefas, ela se retirou, provavelmente para o andar de cima.

Peguei a bacia atrás do balcão e comecei a recolher copos, tigelas e pratos sujos deixados na mesa. Quando já havia esvaziado quase metade das mesas, olhei ao redor e vi Archer encostado no balcão, comendo um sanduíche. Fiz uma careta.

— Você não vem trabalhar? — perguntei.

Com a comida na boca, Archer grunhiu em resposta algo como: "Vou assim que terminar aqui".

— Poxa, valeu.

Ele deu de ombros e saiu rápido em direção à cozinha sem dizer mais nada.

Então liguei o velho rádio portátil sobre o balcão perto da máquina registradora, sintonizado em alguma estação de música clássica, e terminei de tirar a louça das mesas. Depois de desinfetar os tampos das mesas e reposicionar as cadeiras, embrulhei com cuidado cada doce e cada massa em filme plástico, conforme as instruções de Victoria, e deixei esses itens separados de forma ordenada dentro de uma caixa para o entregador.

Fiz uma pausa para preparar uma xícara de chá — eu precisava de toda a cafeína que estivesse ao meu alcance —, depois peguei uma vassoura e uma pá de lixo e comecei a varrer o lugar.

Depois de terminar de varrer, eu estava indo à cozinha para pegar o esfregão e o balde quando reparei que o rádio não estava mais tocando nenhuma música.

De súbito, o lugar havia sido tomado por um silêncio... estranho. Havia algo de errado. Fui atingida por uma inesperada lufada de ar frio que me fez estremecer e cruzar os braços na frente do corpo.

Durante a tarde inteira, a lareira havia ficado acesa, a lenha crepitando para ajudar a combater a temperatura fria e proporcionando calor e um agradável aroma de castanhas; agora, porém, o lugar parecia frio como uma geleira.

Fui até a lareira e apanhei um atiçador, imaginando que conseguiria aumentar o calor no ambiente se mudasse a lenha de lugar. Agachei-me diante da lareira e comecei a movimentar algumas toras de madeira.

— Olá mais uma vez, Hadley.

Eu me virei para trás imediatamente, num movimento de giro tão rápido que tive que esticar o braço e me segurar na cadeira mais próxima para não perder o equilíbrio e cair.

O homem do supermercado estava tranquilamente refestelado no sofá. Com as pernas cruzadas e os braços dobrados atrás da cabeça, ele olhava para mim com um sorriso preguiçoso.

— O-o que vo... vo... — gaguejei com voz esganiçada. — Quem é você? O que está fazendo aqui?

O sorriso do homem se alargou, embora parecesse que ele estava mostrando os dentes, e não sorrindo. Senti calafrios percorrerem todo o meu corpo.

— Você parece tão assustada, não há necessidade disso — o homem disse em seu refinado sotaque britânico. — Garanto que não estou aqui para lhe causar problemas... pelo menos não ainda, é claro.

— Como... —.Olhei para a porta da frente. Ela continuava bem trancada. — Acabei de fechar as portas. Como conseguiu entrar?

Se ele tivesse entrado pelos fundos, Archer certamente o teria visto. A menos que Archer tivesse subido com a sua avó deixando-me aqui para fazer todo o trabalho. Quando me ocorreu que eu poderia estar sozinha com esse homem, quem quer que ele fosse, as palmas da minha mão ficaram úmidas e meu estômago se revolveu.

O homem agitou.os dedos para mim, ainda sorrindo.

— Eu tenho meus truques.

Quando ele moveu a mão, vi os símbolos negros grotescamente gravados em forma de cruz, saindo por fora das mangas de seu terno e cobrindo-lhe todos os dedos. Eram símbolos assustadoramente semelhantes aos que tinham aparecido no meu próprio antebraço, a não ser pelo fato de que não formavam nenhum número.

— Você trabalha com a Morte.

Nenhuma outra explicação fazia sentido.

Ele balançou os ombros descontraidamente, num movimento gracioso.

— Bem, eu não diria que trabalho com a Morte, mas é claro que conheço o meu velho camarada. Eu e ele temos um passado, sabe?

Havia algo de estranho no sorriso que torceu os seus lábios quando ele disse o nome de Morte, o que não era nada reconfortante. Fosse quem fosse esse homem, eu tive a sensação de que ele não estava do lado da Morte.

— Acho que seria melhor você ir embora.

— Mas por quê? — O homem agora estava fazendo bico. — Acabei de chegar. Pensei que a gente pudesse ter uma conversinha.

— Desculpa — respondi. Minhas mãos começaram a tremer. Tive receio de acabar desmaiando se continuasse mais tempo perto desse homem. — Não estou interessada.

— Ora, não será tão desagradável assim, cara menina, prometo. Vai ser rápido e indolor. — Ele deu uma tapinha no assento do sofá ao lado dele. — Sente-se aqui.

Senti minhas veias gelarem quando ele disse "rápido e indolor".

— Prefiro ficar onde estou, obrigada — consegui dizer.

— Que seja. Espero que me perdoe por não ter explicado antes o que me traz aqui — ele disse, como se estivesse se preparando para o que seria uma longa conversa. — Acontece que eu fiquei muito empolgado por finalmente ter a chance de falar com você antes. E agora que tenho a oportunidade de vê-la bem de perto, preciso dizer que... — O homem coçou o queixo com sua grande mão, inclinando a cabeça para o lado enquanto seus olhos me sondavam de alto a baixo. Segurei o atiçador mais perto do meu peito. — Eu não estou nada impressionado. Você é bem comum, não? Não consigo imaginar o que a Morte viu em você.

— Bem, então... — comentei com a voz trêmula. — Talvez seja melhor você resolver essa questão com a Morte. Ou talvez seja melhor que você... vá embora.

O homem riu alto e de uma maneira jovial. Olhei na direção da cozinha, querendo desesperadamente que Archer estivesse lá, que ele tivesse escutado por acaso uma parte da conversa e viesse investigar. Esse cara não tentaria começar uma briga comigo se Archer estivesse ali... tentaria?

— Mas por que eu faria isso? — ele disse. — Por que eu iria embora agora? Eu nem mesmo mencionei o motivo que me trouxe até aqui. Na verdade, eu nem me apresentei ainda.

— Então diga o que tem a dizer e dê o fora daqui.

— Minha nossa. Você não é muito amável, Hadley. Alguém deveria ensinar boas maneiras a você. — O homem se levantou e eu imediatamente dei um passo para trás quando o vi agigantar-se diante de mim com sua altura alarmante. — Em primeiro lugar, meu nome é Havoc. E, felizmente para você, estou disposto a relevar a sua rudeza, já que estou aqui para ajudá-la.

— Hã... S-sinto muito, mas não acredito em você — gaguejei.

— Claro que não acredita. — Havoc fez um ruído, estalando a língua, e balançou a cabeça. — Você entendeu tudo errado. Isso que você está fazendo, sabe? Isso não está certo.

Ele sabia sobre Archer. De alguma maneira, ele sabia.

— Mas eu não estou fazendo nad...

— Não tente bancar a idiota comigo. — A voz de Havoc mudou abruptamente tornando-se mais profunda e muito mais rude. — Você sabe exatamente do que estou falando.

Engoli em seco, outro arrepio passou pelo meu corpo.

— Bem, e daí? — retruquei.

— Escute com atenção, Hadley. — O homem se aproximou mais de mim, as minhas costas tocaram o console da lareira quando tentei me afastar. — Saiba que venho observando você desde o início, cada movimento seu, para descobrir o que a motiva. Esse é o meu trabalho.

— Por quê? Por que está fazendo isso? — perguntei.

— Na verdade, é bem simples. Preciso que você deixe o Archer Morales em paz — Havoc respondeu sem rodeios. — Preciso que você permita que ele dê fim à própria vida.

Eu podia jurar que, nesse momento, meu coração parou de bater.

— Quê?

— Você me ouviu, Hadley. — Havoc agarrou o console atrás de mim, cercando-me com os seus braços, um de cada lado do meu corpo. E então se inclinou na minha direção. — Você está jogando um jogo perigoso, garota. Está se intrometendo com coisas que não podem jamais ter interferência. Mudar o destino de uma pessoa, evitar que ela morra... Isso é muito sério. Um mero ser humano não deveria nem mesmo se preocupar com questões assim.

— Archer não morreu simplesmente — discordei, invadida por uma súbita onda de coragem. — Ele se matou.

— É exatamente isso que estou dizendo — Havoc respondeu com tranquilidade.

Tentei falar novamente, mas minha garganta pareceu se fechar e eu tive dificuldade até para respirar.

— Você não pode perturbar a ordem das coisas — Havoc continuou abaixando o tom de voz. — Existe uma ordem no universo e, portanto, há consequências para cada ação que você faz. Para cada segundo que Archer Morales continuar vivo, quando deveria estar morto, haverá consequências. E eu duvido muito que você esteja preparada para lidar com elas.

Quis gritar, quis berrar com todas as minhas forças para esse homem, dizer a ele que não existia absolutamente nenhum motivo para que uma pessoa desejasse dar fim à própria vida, porém eu não consegui reunir forças para dizer qualquer coisa.

— Pessoas cometem suicídio — Havoc disse bruscamente. — Tem sido assim desde o início dos tempos, e assim sempre será.

— Não aqui — consegui dizer, desengasgando. — E nem agora. Pessoas... pessoas importam. O Archer importa. Você não pode me fazer acreditar que isso não seja verdade.

Havoc me fitou por um momento, a cabeça inclinada para o lado, e então começou a rir. Riu, riu muito, e parecia que nunca mais iria parar.

— Hadley, você já terminou aí?

Um soluço brotou da minha garganta no instante em que ouvi a voz de Archer soar da cozinha; mas Havoc tapou minha boca com uma mão antes que eu tivesse a chance de gritar em resposta.

— Sim, só me dê uns minutinhos — ele respondeu alto, com uma voz perturbadoramente semelhante à minha. — Estou quase acabando.

Sem tirar a mão da minha boca, Havoc se inclinou para mais perto ainda de mim, até quase roçar o nariz no meu rosto.

— Pense em mim como um colecionador de dívidas, Hadley — Havoc sussurrou. — Cada morte é uma dívida que tem que ser paga para que se restaure o equilíbrio que você quebrou. E eu não posso acreditar que você queira ser o pagamento pela dívida do Archer. Você quer?

E então ele se foi.

O atiçador de fogo escorregou da minha mão e caiu no chão, fazendo barulho. Consegui chegar ao sofá antes que as minhas pernas cedessem. Eu tremia da cabeça aos pés e lágrimas queimavam dolorosamente meus olhos, mas não caíam.

Se esse homem — *Havoc* — estivesse dizendo a verdade, talvez então a minha tentativa de ajudar o Archer acabasse surtindo efeito contrário e colocando-o em perigo. Já assisti filmes de ficção científica o suficiente para saber que sempre ocorria algo de ruim com as pessoas que tentavam subverter a ordem natural dos acontecimentos. Esse pensamento havia passado pela minha cabeça quando encontrei a Morte pela primeira vez, quando assinei o contrato, mas eu estava concentrada demais em salvar o Archer para me preocupar com as consequências que teria que enfrentar se alterasse o passado. E agora eu me dava conta de que provavelmente havia um preço imenso a pagar.

Em que encrenca eu havia metido o Archer? E toda a sua família? E a mim mesma?

Ouvi passos cada vez mais próximos, então a voz de Archer:

— Hadley, tudo bem? Ouvi algo cair, então pensei que... Espera. O que você está fazendo?

Levantei a cabeça, que estava entre os meus braços, e vi Archer agachado diante de mim com uma expressão nos olhos que eu nunca havia visto antes.

— Desculpe-me — murmurei, esfregando o rosto. — Só parei um pouco para descansar. Só mais alguns minutos e termino o trabalho.

Levantei-me e passei por Archer, esbarrando nele de leve. Fui até a cozinha para pegar um esfregão, como pretendia fazer antes de receber aquela visita bizarra. Archer percebeu que eu não estava disposta a falar sobre o que sentia no momento e me deu espaço; e, pela primeira vez, isso me deixou feliz.

DILEMAS NA MADRUGADA:
FALTAM 10 DIAS

EU NÃO CONSEGUI DORMIR DEPOIS DO MEU CONFRONTO COM Havoc. Tinha medo de fechar os olhos e me deparar com o sorriso perturbador dele atrás das minhas pálpebras. Para a minha grande sorte, eu não estava escalada para trabalhar no sábado depois da Black Friday, porque eu temia correr o risco de cair no sono enquanto anotasse pedidos ou preparasse um cappuccino.

Depois de passar uma noite inteira olhando para o teto, sem conseguir pensar em mais nada a não ser no meu encontro com Havoc, Archer e o pouco tempo que me restava para que o meu contrato acabasse — um pouco mais de uma semana — e massageando os números gravados na pele do meu pulso, saí da cama e caminhei até a cozinha. Passava um pouco das sete da manhã e o sol lentamente se erguia sobre o topo dos prédios lançando uma luz rósea sobre as janelas ao longo da rua.

Estava fazendo café quando ouvi a porta da frente se abrindo e ruídos na sala de estar.

— Hadley, está aí?

Minha mãe apareceu na entrada da cozinha, seguida por meu pai. Eles pareciam exaustos e desgastados devido à viagem, mas os dois sorriram quando me viram.

— Mamãe! Papai!

Era um tanto fora do normal eu correr até os dois e abraçá-los de uma só vez, mas eu estava feliz em vê-los. Depois de passar tanto tempo com a família Incitti, não via a hora de ficar com a minha própria família.

— O que está fazendo acordada tão cedo? — minha mãe perguntou, retirando o casaco e colocando-o no encosto de uma cadeira da sala de jantar. — Você trabalha hoje?

Ela disse isso com muita tranquilidade e eu imaginei que, durante a sua viagem de negócios, ela havia aproveitado o tempo para pensar bem na questão do meu trabalho e finalmente tinha aceitado a minha escolha.

— Não — respondi, balançando a cabeça numa negativa. — Só não consegui dormir.

— Bem, vou pegar um pouco desse café — meu pai disse pegando uma xícara no armário. — Juro que estou farto desses voos noturnos.

Tirei alguns ovos da geladeira e comecei a prepará-los, enquanto a minha mãe pegava um pouco de bacon no congelador para fritar. Em poucos minutos, tínhamos um café da manhã simples, que então levamos até a mesa de jantar.

— Como foi a viagem? — perguntei enquanto remexia os meus ovos.

— Pavorosa. — Minha mãe suspirou longamente e bebeu um gole de café. — Eu sempre disse que o Clinton precisa ser cuidadoso quando faz publicidade por telefone para os potenciais clientes. Dessa vez, ele encontrou um verdadeiro vencedor.

Eu não consegui entender totalmente o que meus pais estavam falando quando eles descreveram os acontecimentos da viagem, mas a expectativa dos dois era que o caso tivesse um desfecho positivo e fosse resolvido em breve.

— E como foi o seu Dia de Ação de Graças? — minha mãe perguntou.

— Foi legal — respondi, tentando não entrar em muitos detalhes a respeito do assunto. — Fiquei feliz por ter sido convidada pro jantar. O Archer disse que, de agora em diante, todos me esperam nos jantares de comemoração e não vão aceitar um não como resposta.

Meu pai sorriu enquanto devorava o resto do seu bacon.

— Eles parecem ser gente boa, filha.

— E são mesmo.

E, por esse motivo, seria muito difícil seguir em frente na minha tarefa se Havoc decidisse cumprir sua promessa de interferir. Eu queria salvar o Archer — mais do que qualquer outra coisa —, mas não à custa do sofrimento de outras pessoas.

Meus pais resolveram ir para o quarto, a fim de tomar um banho e descansar um pouco. Eles quase nunca faziam isso. Era sábado e seus escritórios estavam fechados, mas, mesmo assim, os dois costumavam sair para realizar tarefas ou se encontrarem com clientes. Eu nem me lembrava da última vez que eles haviam passado um sábado em casa.

Lavei a louça do café, fui até o quarto buscar meu dever de casa e o trouxe para a sala de estar. Coloquei todo o material na mesa de centro e me acomodei no sofá pegando o controle remoto da TV. Eu precisava fazer alguma coisa para manter a minha mente ocupada, contanto que não fosse pensar insistentemente no que Havoc poderia ou não fazer. Ou me preocupar com o Archer o tempo todo. Para piorar, uma vozinha no meu cérebro me torturava constantemente para que eu entrasse em contato com o Archer, enviando talvez uma ou duas mensagens a ele, mas ele não era do tipo que gostava de conversa ao celular. Ele foi muito monossilábico nas poucas vezes em que me enviou mensagem.

Eu ainda estava no sofá, concentrada no meu trabalho sobre o parlamentarismo, quando meus pais saíram do quarto. A aparência deles estava bem melhor depois de algumas horas de descanso.

— Já comeu alguma coisa? — minha mãe perguntou da cozinha enquanto despejava café frio numa xícara.

— Ainda não — respondi. — Hum... na verdade, fiz uns waffles na hora do almoço.

— Você e esses seus waffles. — Meu pai riu, sentando-se no sofá ao meu lado.

Fiquei feliz com o comentário bem-humorado dele a respeito da minha obsessão. Isso mostrava que ele havia percebido essa minha particularidade.

— Por que não liga para a Taylor ou para uma das meninas? — minha mãe perguntou sentando-se na cadeira reclinável perto das janelas. — Para celebrarem o final do feriado de Ação de Graças.

— É, talvez eu faça isso — falei.

O engraçado era que eu não estava com muita vontade de sair do apartamento. Sim, em parte porque eu continuava um pouco assustada com os eventos de ontem; mas, principalmente, porque não passava bons momentos com meus pais fazia um longo tempo. E como agora eu estava envolvida numa dança apavorante com Morte, Havoc e Archer, achei uma boa ideia aproveitar a companhia dos meus pais. Talvez eu não tivesse outra chance para fazer isso.

Passei o resto do dia com minha mãe e meu pai no apartamento, um dia relaxante e gostoso. Sem dúvida, era um acontecimento bastante incomum, e até um pouco estranho; mas, ao mesmo tempo, era uma ótima experiência. Pedimos comida chinesa para jantar, de um restaurante que ficava a poucos quarteirões de distância, e depois de assistirmos a uma maratona de antigos seriados de comédia, eles decidiram ir mais cedo para a cama.

Eu estava exausta — pois não havia dormido na noite anterior —, mas ainda não tinha certeza se estava pronta para fechar os olhos. Meus pais estavam apenas a alguns metros de distância, em seu próprio quarto, no final do corredor, e era reconfortante saber que eles estavam tão perto, que eu não estava sozinha. Contudo nem isso afastava de mim o medo de que Havoc conseguisse, de alguma maneira, passar pela porta trancada do meu quarto.

* * *

Permaneci deitada na cama, bem desperta, até uma e meia da manhã. Não suportava olhar nem mais um segundo para o teto do meu quarto. Saí do quarto, fui para a cozinha e, silenciosamente, procurei dentro dos armários alguns saquinhos de chá para preparar uma xícara. Quando estava enchendo uma caneca com água, vislumbrei, com o canto dos olhos, uma sombra na sala de jantar. Esperei ansiosamente que a sombra se mexesse, que fizesse um ruído ou coisa parecida, mas não consegui perceber nenhum movimento.

Talvez por ter brigado com uma criatura obviamente sobrenatural com um desejo de vingança contra mim, ou talvez porque a insônia tivesse me dado coragem, eu imediatamente marchei até o interruptor sem me preocupar nem por um segundo com a minha segurança. Se fosse Havoc novamente, seria melhor vê-lo de uma vez que temer que ele estivesse espreitando em meio às sombras.

Quando os meus olhos se ajustaram à luz, minha primeira reação foi de choque; mas, no final das contas, me senti aliviada por ver que a *Morte* estava sentado à mesa da sala de jantar. Suas mãos estavam entrelaçadas à frente do seu corpo e ele sorriu com satisfação quando olhei embasbacada para ele. Aos poucos, a minha respiração começou a voltar ao normal.

— Olá, Hadley, bom dia.

— Há quanto tempo você está sentado aí?

— Ah, não muito.

— Tudo bem, isso não é *nem um pouco assustador*, mesmo. — Senti um tremor. Ainda que me deparar com a Morte fosse melhor que dar de cara com Havoc, eu não gostava muito da ideia de ser espionada por ele.

A Morte deu de ombros.

— Você podia dizer alguma coisa, não é? — provoquei, pegando uma cadeira da mesa e sentando-me nela.

— Alguém aqui tem perguntas a fazer, mas não acho que seja eu.

Examinei a Morte com atenção, estreitando os olhos. Ele não parecia tão perturbador como na primeira noite em que o conheci, ou na igreja. Continuava exibindo sua palidez fora do comum, com aquela aparência de esqueleto e um sorriso que não combinava com ele. Mas, dessa vez, algo estava diferente. Provavelmente porque Havoc havia tomado o lugar da Morte como a coisa mais horripilante que eu já tinha visto.

— O que você está fazendo aqui? — perguntei, arqueando os dedos em torno da caneca vazia. — Eu não pedi para você vir.

A Morte franziu os lábios, tamborilando com os dedos no tampo da mesa. Parecia incomodado com algo.

— Tenho que admitir que isso *é* incomum para mim.

— O quê? Aparecer quando bem entende no apartamento das pessoas no meio da noite ou ficar sentado na escuridão?

— Não, isso eu faço o tempo todo.

Eu me curvei na cadeira e suspirei.

— Está tentando ser engraçado?

— Não mesmo — a Morte respondeu.

Pelo que eu sabia, a Morte não apareceria assim do nada. Bem, exceto quando estava oferecendo contratos às pessoas ou discutindo com elas em igrejas. Mas ele, definitivamente, não aparecia quando eu tinha dúvidas ou precisava de ajuda. Precisava haver algum motivo para que ele aparecesse aqui, mas ele estava se esquivando da questão. E eu sabia tão bem quanto ele que a questão era Havoc.

— Você sabia que ele viria? — perguntei indo direto ao ponto e sem desviar o olhar da Morte.

A Morte compreendeu minha pergunta sem que eu precisasse dar mais explicações.

— Eu sempre espero que ele não cause problema, mas... sim. Mas, para falar a verdade, eu *avisei* você.

— Ah, claro — respondi rindo com deboche. — Você deve achar mesmo que me dizer "há criaturas que talvez não fiquem felizes se você perturbar a ordem natural das coisas" é o suficiente. Você não poderia ter sido menos específico do que isso.

— Eu disse a verdade. E garanto que Havoc certamente não está feliz com a sua tentativa de mudar as coisas.

— É, isso eu mesma já percebi, obrigada — retruquei. — Então tudo o que ele disse é verdade? Ele é um tipo de cobrador de dívidas que vai me matar se o Archer não morrer como estava determinado? Ou seja, vai ser uma vida pela outra ou coisa parecida? Porque foi isso que me pareceu, foi o que eu entendi. E não vou mentir, estou morrendo de medo!

A Morte pareceu incomodado por um momento.

— É, acho que você está certa.

— Então o que você veio fazer aqui? Veio apenas para me dizer que não pode me ajudar?

— Não dessa vez. — A Morte balançou a cabeça ainda tamborilando sobre o tampo com os dedos.

Essa resposta me deixou desconcertada.

— Como é?

— Escuta — ele disse, ignorando minha irritação com um aceno.
— Quero apenas conversar.

— Da última vez que me disse isso, você acabou me oferecendo um contrato. Não quero de jeito nenhum assinar na linha pontilhada de novo.

A Morte se inclinou para a frente, apoiando os cotovelos na mesa, com uma expressão muito séria no rosto. O sorrisinho de deboche era a marca registrada dele; era estranho olhar para o seu rosto e não ver o sorriso.

— Havoc é... complicado. Ele prospera com a desgraça e a dor dos outros e fará o que puder para se certificar de que as coisas continuem assim. "Assim caminha o mundo", acho que ele disse uma vez. Ele é o próprio agente do caos, está disposto a subverter o mundo e causar todo tipo de desordem para que a escuridão que existe nesse mundo não desapareça. Ele quer manter esse estado de coisas. Dessa maneira, o *bem* nunca tem uma chance de lutar.

— Por que não me disse isso antes? — ralhei, sentindo uma pontada no estômago ao ouvir essa nova informação. Coisas como *escuridão* e *bem contra o mal* estavam muito além da minha compreensão. Não pareciam reais, soavam mais como Hollywood; porém, desde que isso começou, o impossível se tornava regra para mim dia após dia.

— Eu não queria que você chamasse a atenção do Havoc, é claro — a Morte disse como se isso fosse óbvio. — Achei que fosse assustar você. Mas agora que ele apareceu...

— E pode colocar tudo a perder — concluí a frase para ele.

— Mas você sabia que seria assim desde o início.

— É, mas isso não torna as coisas mais fáceis.

— E existe alguma coisa fácil na vida?

Suspirei, aborrecida, e me curvei para a frente na cadeira, pousando a testa na mesa. Eu queria que tudo isso acabasse. De repente, me senti muito, muito cansada, e nada pareceu ser mais convidativo do que a minha cama. Principalmente muito mais convidativo do que ficar acordada ouvindo a Morte falar em enigmas e charadas.

— Mais alguma coisa que você queira compartilhar com a classe? — perguntei miseravelmente. — Talvez uma ou duas dicas que ajudem a lidar com esse cara?

Quando a Morte começou a falar, algo no tom da sua voz fez com que eu me endireitasse na cadeira. Cautela. Um pouco de culpa, talvez.

— Há coisas sobre o mundo que você não entende, Hadley. Coisas ruins acontecem lá fora, mas coisas ruins acontecem aqui também — ele disse batendo de leve com um dedo em sua testa.

— O que quer dizer com isso? — indaguei.

— Que Havoc... — O rosto da Morte estava inexpressivo demais, como se ele estivesse tentando se controlar. — Nem sempre está por aí para que seus olhos o vejam. Você vai acabar descobrindo que ele está principalmente... dentro da sua cabeça.

— Mas o que isso significa? — Meu coração se acelerou. — Que eu estou ficando louca?

A Morte balançou a cabeça levemente, mas não respondeu, e isso foi o suficiente para me lançar em uma espiral de pânico. E se Havoc me fizesse enlouquecer? E se ele fizesse o Archer enlouquecer? Enlouquecer a ponto de fazer algo realmente horrível como ferir a si mesmo?

— Ele vai levar o Archer a fazer algo ruim, não é? — Começaram a passar pela minha cabeça possibilidades trágicas de todo tipo. — Ele vai atacar a família dele, não vai? — Minha voz agora soava histérica. — Ele vai...

A Morte ergueu uma mão interrompendo minha série incessante de perguntas.

— Vou dar um conselho a você, Hadley. Antes de começar a hiperventilar, procure se manter calma.

Olhei para ele, esperançosa, querendo mais conselhos. A Morte me fitou com o mesmo semblante inexpressivo.

— É isso? "Procure se manter calma"? Pode me explicar como vou conseguir fazer isso?

Levando em conta os acontecimentos da última semana, eu não era muito boa nisso.

A Morte suspirou, entrelaçando as mãos sobre o tampo da mesa.

— Eu não tenho todas as respostas, Hadley.

— Será que poderia parar de dizer isso? — retruquei. — Tem que haver *alguma coisa* que você possa fazer para me ajudar! Você é a Morte, não é? Você tem o poder de viajar através do tempo! *Por favor*! Só me diga como posso deter Havoc!

— Sinto muito, garota.

Para não acordar os meus pais, que estavam dormindo no final do corredor, eu tive que reprimir um grito de frustração quando a Morte se foi com um sorriso tenso no rosto e fazendo um breve aceno importuno com a mão. Inclinei o corpo para trás na cadeira e comecei a esfregar meu rosto tentando lutar contra uma onda de choro que ameaçava me fazer mergulhar mais fundo ainda no meu desespero.

CONFISSÕES: FALTAM 8 DIAS

EU ESTAVA ANSIOSA PARA VOLTAR À ESCOLA DEPOIS DO FERIADO de Ação de Graças. Queria entrar de novo na minha rotina normal de aulas, o dever de casa me ajudaria a afastar a sensação de temor que insistia em me acompanhar e que parecia ter feito morada na boca do meu estômago. Peguei o metrô bem cedo, ansiosa para sair do apartamento, e fui uma das primeiras a chegar na escola. Pensei em terminar alguns detalhes que havia deixado para trás no trabalho de ciências políticas, mas, em vez disso, fiquei perambulando ao acaso pelos corredores.

Eu não tinha visto nenhum sinal de Havoc desde o nosso último encontro na sexta à noite. Mas, só porque eu não podia vê-lo, não significava que ele não estivesse por perto. Ele, provavelmente, estava à espreita, esperando nas sombras pela oportunidade perfeita para atacar. Não saber *de que maneira* ele iria causar dano a minha vida trazia confusão e pavor ao mesmo tempo. Desde o princípio, eu tinha preocupações em relação a esse assunto, mas agora os medos haviam aumentado dez vezes! Não tinha mais dúvida de que o *conselho* da Morte não serviria para nada.

O mais estranho era que, pensando bem, as coisas estavam melhorando em todas as outras áreas da minha vida. Eu havia passado um dia inteiro e inédito com meus pais, e isso sem ter que fazer algo radical para chamar a atenção. Archer já não fugia mais de mim o tempo todo. E agora chegou o momento de fazer as pazes com uma última pessoa e uma confissão que já deveria ter sido feita há um bom tempo.

Depois de passar dias tentando ignorar todo e qualquer pensamento a esse respeito, eu estava farta de negar esse sentimento. Acabaria explodindo se não confessasse, e rápido. Eu tinha que fazer isso. Precisava desabafar. Além do mais, isso me faria esquecer um pouco da obsessão com Havoc.

Encontrei Taylor diante do armário dela, alguns minutos antes do primeiro sinal do dia.

— Eu gosto do Archer.

Taylor estava lutando para enfiar um caderno na mochila enquanto fechava a porta do seu armário e mal olhou para mim.

— Desculpa, Hadley, o que disse?

Bufei de irritação, fechando os olhos com força. Não queria repetir tudo de novo, mas, por outro lado, eu merecia passar por esse constrangimento, pois vinha sendo uma péssima amiga ultimamente. Era o primeiro dia de volta às aulas depois do feriado de Ação de Graças e eu já havia mantido esse segredo escondido por tempo demais. Estava incerta se já tinha passado tanto tempo sem revelar um segredo meu à Taylor. Já havia sido bem difícil manter *todos* os segredos que eu tinha trancados a sete chaves, Taylor merecia a minha honestidade.

— Você tinha razão, Taylor. Sobre o Archer. Eu gosto dele. Sinto... *alguma coisa* por ele. Só não sei com certeza o que é.

Era a mais completa verdade. As coisas que eu sentia pelo Archer... Elas eram reais e não iriam desaparecer. Só precisavam ser definidas ainda.

Taylor levantou a cabeça tão rápido que temi que ela quebrasse o pescoço, então começou a rir.

— Eu sabia... ah, *como* eu sabia! Você está a fim do Archer Morales!

— Taylor, silêncio! — retruquei fazendo com a mão um gesto para que ela falasse baixo. — A escola inteira não precisa saber disso.

Taylor me olhou com uma expressão de piedade, balançando a cabeça.

— Amiga, tenho absoluta certeza de que a escola inteira já sabe. Você não escondeu isso tão bem quanto imagina.

— Bom, meus parabéns então — eu disse. — Você estava certa o tempo todo.

— Eu estou sempre certa — ela respondeu, convencida. — Pelo menos quando se trata de garotos.

— É, é verdade. — Nisso eu tinha que concordar com ela.

— Pois é. Mas me diga, qual é o lance entre vocês dois?

— Lance?

Taylor bufou com impaciência, me fitando como se me dissesse: "Você é mesmo tão estúpida assim ou está só fingindo?"

— Hadley! Quero saber se vocês estão namorando ou o quê. Vocês ficam praticamente o dia inteiro juntos. Você trabalha na cafeteria da família dele!

— A gente *não* está namorando — respondi com firmeza.

Eu estava tentando convencer Taylor, mas a verdade é que eu mesma não estava convencida de coisa alguma. Além da ocasião em que quase nos beijamos, não tive nenhum outro sinal de que Archer estava interessado em mim. Ele definitivamente não tinha me pedido em namoro. Na verdade, em mais de uma oportunidade ele disse muito claramente que éramos apenas amigos.

— Tá, como se eu fosse acreditar numa coisa dessas — Taylor zombou. — Está escondendo algo, com certeza. Desembucha.

— A gente quase se beijou na noite de Ação de Graças — contei e me senti aliviada por finalmente poder me abrir com alguém a respeito disso.

— *Como é?* E esperou até *agora* para me contar?

— Mas não aconteceu nada demais!

— Como assim "nada demais"? Ele beijou você!

— *Quase* me beijou — corrigi e senti o meu rosto acalorado só de pensar nisso.

— "Quase"? E por que não beijou? — Taylor perguntou, agora agarrando o meu antebraço, praticamente me sacudindo para obter informações.

Respirei fundo, mordiscando o meu lábio.

— A... avó dele chegou e pegou a gente no pulo.

Ela caiu na gargalhada ao ouvir isso.

— Ah, não. Só pode ser piada, não é?

— Antes fosse.

Eu queria tanto que aquele beijo acontecesse! Taylor nem fazia ideia. Eu ainda estava tentando aceitar a coisa toda.

— E o que mais? Não vão repetir a dose? — ela continuou sondando com as sobrancelhas erguidas.

— Não sei — admiti. Cada parte de mim queria que o momento se repetisse. — A gente nem mesmo conversou a respeito do assunto. Não posso pensar nisso agora, não até que ele toque no assunto.

Taylor ficou séria. Ela olhou para mim por um momento, a cabeça inclinada para o lado, as sobrancelhas franzidas, e então falou:

— Claro que pode. Você gosta dele.

— Eu sei — murmurei. — É que... as coisas estão diferentes entre a gente.

— Mas não tão diferentes a ponto de não poderem admitir os sentimentos de um pelo outro, não é? — Taylor sugeriu.

— Não tenho certeza sobre isso, para ser sincera — respondi. No entanto, eu sabia que isso não havia acabado. Archer não era estúpido. Mais cedo ou mais tarde, ele acabaria descobrindo o que eu sentia por ele. Mas o que ele sentia ou não por mim teria que ficar em segundo plano agora; no momento, eu tinha coisas mais importantes com que me preocupar a respeito do Archer.

Respirei fundo. A segunda parte da minha confissão a Taylor era um pedido de desculpa.

— Ei... vou andando agora, vou para a classe. Mas, antes, quero pedir desculpas. Por ter sido uma porcaria de amiga ultimamente e por ter abandonado você e as garotas. Prometo que isso não vai ser para sempre.

Pelo menos, era o que eu esperava.

Taylor não disse mais nada a respeito do Archer, mas, pelo olhar dela, pude perceber que essa nossa conversa não tinha acabado de jeito nenhum.

— Melhor que não seja mesmo. Ok, você está perdoada — ela disse me dando um soquinho brincalhão no ombro. — Mas se você tiver que desaparecer por causa de um cara, pelo menos tenha certeza de que esse cara gosta de você, está bem? Porque, se não gostar, ele é claramente um idiota.

— Vou fazer o possível — respondi, rindo.

Caminhei até a aula de química de cabeça baixa, pensando no que Taylor tinha dito. Comecei a me preparar mentalmente para ter a mesma conversa com Chelsea durante a aula. Taylor provavelmente estava certa, e toda a escola já devia saber que havia algo entre mim e Archer; mas Chelsea e Brie precisariam ouvir de mim essa revelação. E ainda que eu não gostasse de admitir que estava errada, tinha que reconhecer que me sentia bem por voltar a falar com as minhas amigas.

✻ ✻ ✻

Eu não vi Archer até o último sinal e fiquei um pouco preocupada; talvez ele estivesse me evitando por ter descoberto que andei fofocando sobre os meus sentimentos por toda a escola. Por outro lado, precisei deixar o almoço de lado para me sentar na biblioteca e trabalhar em mais uma dissertação sobre *O Grande Gatsby* para a minha aula de inglês. Negligenciar alguns dos deveres de casa que eu deveria ter feito durante o feriado de Ação de Graças não tinha sido uma boa ideia.

Saí da sala de cerâmica e fui até o lugar onde ficava o armário de Archer, no segundo andar, esperando encontrá-lo ali. Fiquei na ponta dos pés, espiando por cima da multidão na escadaria, e enfim o avistei.

— Ei, Archer!

Ele olhou para cima quando chamei seu nome, e lá estava aquele sorriso pequeno, quase imperceptível no rosto dele. Então, mesmo que ele soubesse que eu estava a fim dele, pelo menos ele não parecia ter pirado por causa disso.

— Ei, Hadley. Não se esqueça do seu turno aman…

Mas suas palavras se perderam. Sem aviso, perdi o equilíbrio e caí para trás na escadaria. Foi como se alguém arrancasse o chão debaixo de mim, ainda que eu tivesse certeza de que estava com os dois pés firmemente apoiados no último degrau da escadaria. Meu corpo ganhou impulso demais e eu não fui capaz de estender os braços para tentar me agarrar ao corrimão a fim de evitar a queda.

Ouvi minha cabeça bater contra os degraus, um após o outro, e esse som estava ecoando em meus ouvidos. Quando finalmente aterrissei no final da escadaria, tive medo de abrir os olhos e ver o teto girando.

— *Hadley!*

De alguma maneira, consegui reconhecer essa voz — a voz do Archer — em meio ao ruído de estalo e crepitação nos meus ouvidos, então senti que mãos grandes e quentes me viravam gentilmente.

— Hadley, você está bem?

Abri os olhos cuidadosamente e vi Archer flutuando acima de mim.

— Ei — falei. — Eu caí.

— É, eu sei. Eu vi.

Tentei me erguer um pouco para ficar sentada, mas foi impossível porque tudo ao meu redor girava e balançava. Aos poucos, Archer foi ganhando definição na minha frente; os olhos dele estavam arregalados e uma expressão de choque tomou seu rosto. Uma mão dele estava encostada na minha bochecha e a outra na minha cintura. Toda essa proximidade tornou ainda mais difícil recobrar o raciocínio. Fiz o melhor que pude para me erguer mais uma vez.

— Ei, não faça isso! Espera só um segundo. — Archer pôs a mão no meu ombro para evitar que eu tentasse me levantar. — Apenas fique parada. Você bateu feio a cabeça.

— É, estou percebendo isso — eu disse, fechando os olhos com força.

Fiquei imóvel na base da escadaria por vários minutos e não abri os olhos até que minha respiração se normalizasse. Contudo, ter Archer tão perto de mim tornou isso um desafio. Ele ainda me tocava, e isso era reconfortante. Seguro. Mas também um tanto estimulante.

— Acha que quebrou alguma coisa? — Archer perguntou, olhando para mim de cima a baixo. — Consegue se mover?

Mexi os dedos das mãos e dos pés.

— Por enquanto, tudo certo.

— Certo. Quer tentar ficar de pé?

— Quero. Me dê só um segundo.

Segurei-me com força no braço dele e me suspendi devagar até ficar de pé. Tropecei um pouco, mas, por fim, consegui me manter de pé.

— Tem certeza de que está bem? — Archer disse apertando minha mão.

— Sim, estou — respondi. — Mas desde quando você tem duas cabeças?

Ele suspirou pesadamente, parecendo derrotado.

— Desde sempre. — Archer pegou a minha bolsa e a colocou no seu ombro. — Vamos.

— Espera. Aonde vamos? — eu disse, enquanto Archer passava um braço pela minha cintura e, gentilmente, começava a me conduzir pelo corredor.

— Vou levar você até a administração. A enfermeira já deve ter ido embora, mas acho que a gente pode conseguir gelo ou coisa parecida. Já apareceu um hematoma do tamanho de um ovo na sua cabeça.

Estendi a mão e, hesitante, passei os dedos na minha testa, fiz uma careta de dor quando encontrei o hematoma mencionado por Archer.

— Ai!

Quando chegamos ao escritório da administração, a recepcionista estava encerrando o seu expediente. As luzes estavam quase todas apagadas e a funcionária já havia apanhado a sua bolsa e mexia em algumas chaves num chaveiro. Ela se virou para nós quando entramos.

— Com licença — Archer disse sem hesitar. — Ela acabou de cair da escadaria e bateu a cabeça com muita força. Onde poderíamos conseguir gelo para ela? Eu só espero que ela não tenha sofrido uma concussão.

"Eu também espero", pensei. A possibilidade de uma concussão me assustava. Minha cabeça começava a latejar dolorosamente e a minha visão estava um pouco escurecida.

A recepcionista passou por uma porta na parte de trás do escritório e eu a ouvi abrindo e fechando gavetas, então o som de gelo sendo manipulado e despejado numa bolsa. Ela apareceu instantes depois e entregou a bolsa de gelo para mim.

— Precisa de mais alguma coisa?

— Não — respondi. — Mas valeu, você é um doce.

Archer rapidamente me conduziu para fora do escritório e caiu na risada assim que nos distanciamos o suficiente da mulher.

— Vou chamar um táxi para você — ele avisou, ainda com o meu sorriso favorito nos lábios. — Vai ser melhor se você não for de ônibus, por causa dos solavancos.

— Tá bom. Obrigada por isso.

Para pegar um táxi, tivemos que caminhar um quarteirão, para nos distanciarmos da confusão de ônibus e pais que ainda esperavam para apanhar seus filhos na escola. Não demorou muito para que Archer conseguisse um táxi para mim.

— Vai ficar bem mesmo? Tem certeza? — Archer perguntou, segurando a porta do táxi para mim. — Vai ser uma manhã sofrida pra você.

— Sei disso, obrigada. — Acomodei-me com cuidado no assento. — Vou ficar bem.

— Hadley, meu turno da tarde começa daqui a pouco, mas posso telefonar para avisar que não irei e levar você ao pronto-socorro só p...

— Espera aí — eu disse rapidamente, interrompendo-o no meio da sentença. — Ninguém aqui precisa de pronto-socorro. Eu *estou bem*.

Archer não pareceu convencido e estava prestes a protestar novamente; mas eu voltei a falar antes que ele se manifestasse:

— Falando sério, Archer. Agradeço a sua preocupação, mas estou bem. Não precisa faltar ao trabalho por minha causa.

— Não seria nada de mais — Archer disse com desdém. — Minha mãe pode muito bem sobreviver uma tarde sem mim.

— Se não te conhecesse bem, eu diria que você está preocupado comigo, Archer Morales — comentei, e foi difícil evitar o tom de voz presunçoso.

Uma coloração rosada pontilhou o rosto dele e, em um segundo, sua expressão passou de preocupada a incomodada.

— Acontece que eu vi você mergulhar em queda livre escada abaixo. Claro que eu quero ter certeza de que você está bem.

— É justo — reconheci. Foi um erro me sentir empolgada porque Archer demonstrou preocupação para comigo? — Mas eu estou bem mesmo. Prometo que vou te ligar se precisar de você.

— Certo. — Archer continuou segurando a porta, esperando que eu colocasse o cinto. — Me avisa se preferir não ir trabalhar amanhã.

— Quanto a isso, não se preocupe — respondi. — Eu estarei lá.

Eu não deixaria uma droga de dor de cabeça e algumas escoriações me impedirem de trabalhar, mesmo porque eu realmente gostava do que fazia.

— Mesmo?

— Mesmo.

— Ei, vocês dois vão continuar falando aí ou vão fechar a porta para que eu possa dirigir?

— Opa, desculpe — Archer disse ao taxista, mas não parecia nem um pouco constrangido.

Ele fechou a porta e recuou para a calçada, e o táxi partiu e se misturou ao tráfego. Olhei para fora da janela a tempo de ver Archer acenar com a mão e sair andando pela rua.

Eu me inclinei para trás no assento, ainda segurando a bolsa de gelo sobre o hematoma. Minha cabeça não parou de girar durante o percurso de vários quarteirões e lentamente comecei a juntar os pedaços do que havia acabado de acontecer. Apesar da dor de cabeça, uma coisa estava clara.

Eu não havia desabado da escadaria por ter perdido o equilíbrio e escorregado. Meus pés estavam bem firmes no chão e eu segurava o gradil. Ninguém havia me atingido. Não... alguma outra coisa aconteceu. Foi como se eu tivesse sido atirada escada abaixo por alguma coisa que não estava lá.

Não era possível saber com certeza, mas a sensação de pontada na boca do meu estômago me fez pensar que Havoc tinha algo a ver com tudo isso. Eu admitiria se fosse uma desastrada, claro; mas eu jamais havia perdido o equilíbrio daquela maneira.

Eu estava ansiosa para sair do táxi e me refugiar na segurança do meu apartamento, onde eu teria tranquilidade para avaliar o que poderiam significar as minhas suspeitas e suas possíveis consequências. Paguei a viagem quando o motorista estacionou na rua do meu edifício, e, felizmente, Hanson, o porteiro, estava lá para me ajudar.

— Vejam só que batida feia essa — Hanson disse enquanto me ajudava a caminhar até a entrada do prédio. — Você está se sentindo bem?

— Já estive melhor — admiti. — Nada que uma soneca e um comprimido não resolvam. — E eu esperava que isso bastasse.

Atravessei o saguão, entrei no elevador e subi até o sétimo andar. Equilibrei o saco de gelo na minha testa enquanto remexia dentro da minha bolsa em busca das minhas chaves, peguei-as e então destranquei a porta do apartamento 7E.

Minha bolsa foi ao chão, seguida pelo saco de gelo derretido, quando entrei e vi as palavras rabiscadas numa elegante caligrafia em caneta marca-texto preta nas janelas da sala de estar.

O tempo voa, o ponteiro gira.

Você me verá antes do que imagina.

A propósito, gostou do tombo na escada?

Na próxima, você não será a única a se machucar.

REVELAÇÕES:
FALTAM 7 DIAS

REGINA ESTAVA LIMPANDO A PARTE DA FRENTE DO BALCÃO com um pano quando eu abri a porta da Mama Rosa na terça-feira à tarde trazendo comigo um pouco da neve do lado de fora.

— Hadley. — Regina enrubesceu quando olhou para mim. — Olá!

— Oi! — respondi, livrando-me do meu casaco. — Me desculpa se me atrasei um pouco. O tempo está mesmo uma droga, e...

Alguma coisa na expressão de Regina me fez calar a boca imediatamente.

Ela olhava fixamente para o balcão, enquanto o esfregava com mais força que o necessário. Os ombros dela estavam um pouco curvados.

— Hã... tem alguma coisa errada? — perguntei, hesitante.

— Não — ela respondeu rápido, levantando a cabeça. — Não, está tudo bem. Acho que eu deveria ter telefonado para você mais cedo. Não era realmente necessário que você viesse. Está meio devagar essa tarde.

Olhei a minha volta. "Meio devagar" era eufemismo. O lugar estava vazio como um cemitério.

— Tudo bem. Eu... então não me coloque na folha de pagamento dessa noite, ok?

— Não se preocupe, Hadley. Você pode ir para casa — Regina disse, ensaiando um sorriso. — O Archer está fora, cuidando de algumas coisas, mas deve voltar logo. Ele pode ajudar até fecharmos. Não será um problema se você for embora.

A questão era que eu não queria ir embora. Não queria ir para casa, para o meu apartamento vazio, onde uma assombração havia escrito palavras marcantes na janela com caneta marca-texto preta, palavras que eu ainda vejo diante de mim, depois de passar horas limpando-as. A última coisa que eu queria era ficar sozinha.

— Isso não é nenhum problema para mim, Regina — respondi com sinceridade. — Eu gostaria de ficar. Gostaria mesmo.

Ela hesitou por alguns instantes, mas enfim cedeu, riu timidamente e então fez um gesto com a mão na direção da cozinha.

— Já que insiste, fique à vontade.

Pendurei minha jaqueta e minha bolsa num gancho no quarto dos fundos, vesti um avental e me juntei a Regina no balcão. Ela agora se encontrava agachada diante da vitrine de doces e bolos retirando alguns muffins e colocando-os numa caixa.

Essa era a primeira vez que eu via Regina desde o feriado de Ação de Graças. Eu não havia cumprido nenhum turno desde a Black Friday. Eu queria perguntar se estava tudo bem com ela depois do que aconteceu na noite do jantar de Ação de Graças, porém a síndrome de estresse pós-traumático era, obviamente, um assunto tabu. Ainda era difícil para mim compreender como Regina se sentia sendo obrigada a viver com o medo de ser surpreendida por um flashback a qualquer momento.

— Hadley...

Parei de limpar a caixa registradora e olhei para Regina quando ela se levantou, colocando a caixa com doces sobre o balcão.

— Sim? — perguntei.

Regina respirou fundo, puxando o cabelo para trás.

— Veja, eu... não quero que você pense... que eu sou sempre daquele jeito. Me refiro ao que você viu na noite de Ação de Graças. Porque não sou. É complicado. Eu...

Eu a interrompi antes que ela pudesse prosseguir:

— O Archer já me contou o que aconteceu. Está tudo bem.

Quis dizer que compreendia a situação, mas a quem eu estava enganando? Eu não fazia ideia do que significava enfrentar o que Regina e a sua família tiveram que enfrentar. Esse tipo de dor e de sofrimento... Eu não gostaria jamais de saber como era se sentir assim.

— Ele fez isso? — Regina pareceu surpresa. — O Archer contou a você?

— Sim, contou — respondi fazendo que sim com a cabeça.

Dei a ela alguns instantes para se recuperar do choque. Quando se refez, Regina suspirou e cruzou os braços de maneira rígida na altura do peito.

— Suponho que isso tornará as coisas... um pouco mais fáceis então.

— Regina, não se desculpe por nada, por favor — eu disse antes que pudesse evitar. — Não há porque se desculpar.

Ela tentou um sorriso, que foi prejudicado pelos seus olhos encharcados de lágrimas.

— Juro que não somos tão desajustados quanto parecemos ser.

— Vocês não são desajustados, Regina. — Fiquei um pouco triste ao perceber que ela achava que sua família era desajustada. Na verdade, a família dela era linda. — Às vezes, infortúnios simplesmente... simplesmente acontecem. E não há o que possamos fazer para evitar. Mas não é culpa sua. Por favor, não pense nem por um segundo que é.

— Infortúnio... — Regina repetiu com uma risada amarga. — Acho que é a palavra exata para esse caso.

— Regina, você tem uma família linda e é a melhor mãe que eu já conheci. A Rosie adora você, e sei que Archer também, embora não demonstre. Ele precisa de você. Os dois precisam de você. E se o seu marido estivesse aqui, sei que ele diria a mesma coisa, que você é uma mulher forte, capaz de fazer qualquer coisa.

Eu acreditava nisso que havia acabado de dizer, mas que direito eu tinha de dizer tais palavras?

— Me desculpa — murmurei depois de alguns instantes. — Desculpa, eu não devia ter fa...

— Tudo bem, Hadley. De verdade. Obrigada por ter me dito isso.

— Eu é que devia agradecer, não você. Você me recebeu, me acolheu como se eu fosse uma de vocês. Me ofereceu um emprego, me aceitou nos jantares da sua família e... bem, acho que você já entendeu.

Regina apertou meu ombro com carinho e sorriu. Sorriu com vontade. Pude constatar porque Chris Morales havia se apaixonado por ela. Ela era linda, por dentro e por fora.

— Não precisa me agradecer, Hadley — ela me disse. — Você deu vida nova ao meu filho em vários sentidos. É natural que você seja parte da nossa família.

— Como... O que quer dizer com isso? — perguntei, fixando o olhar nos meus sapatos.

Regina pensou um pouco, considerou o que iria me responder. E então falou, lenta e ponderadamente:

— Depois que Chris foi assassinado, foi duro para todos nós. Mas o Archer... para ele foi especialmente duro. Ele considerava Chris como seu pai. E depois... O Archer meio que se fechou. Parou de fazer todas as coisas de que gostava. Parou de falar, parou de rir. Havia dias em que ele simplesmente ficava na cama sem fazer nada e só olhava para a parede, numa espécie de transe, porque não queria lidar com nada. Como se não bastasse, ele ainda teve que enfrentar problemas na escola. Implicaram com ele, bateram nele, disseram que ele acabaria virando um assassino como o pai... Isso partiu o meu coração de uma maneira que você nem pode imaginar. Ver o meu bebê sofrendo e não ser capaz de fazer nada para ajudá-lo... acabou comigo.

Regina fez uma pausa para respirar fundo, mordiscando o lábio.

— Foi por isso que Archer repetiu um ano na escola — ela continuou correndo os dedos pelo cabelo. Eu já havia visto Archer fazer o mesmo gesto. — Ele vai estar com dezenove anos quando se formar. Ele não queria ir à escola para não ter que suportar o que as pessoas diziam a ele, o que faziam com ele. E como eu podia permitir que ele fosse depois de tudo o que aconteceu? — Os olhos dela estavam cheios de uma dor que só uma mãe podia sentir por seu filho, e isso fez meu peito se contrair com a minha própria dor. — Hadley, você fez o Archer sorrir. E depois de passar anos sem ver o meu garoto sorrir, é claro que vou querer que a razão do sorriso dele fique por perto.

Era mesmo impossível imaginar como os últimos anos deviam ter sido horríveis para Archer. Quantas vezes ele não teve que aturar todo o lixo, toda a sujeira atirada nele por gente como Ty Ritter, que o havia confrontado na semana passada?

— Foi por isso que você me ofereceu um emprego, não foi? — eu disse. — Por causa do Archer. Sei que não foi por causa das minhas extraordinárias qualidades de barista.

Regina pareceu ligeiramente embaraçada.

— Eu não quis dar uma de casamenteira e juntar vocês dois, se é isso que está pensando. O Archer só precisa de um amigo. E você é amiga dele, Hadley.

— Uma amiga — repeti. Foi difícil reprimir um sorriso. — Isso eu posso ser.

— Que bom — Regina disse, abrindo um dos seus lindos sorrisos. — Fico feliz.

A atmosfera parecia mais leve agora. Menos sufocante.

Eu estava aliviada por ter sido capaz de falar com Regina a respeito do assunto. Isso me fazia enxergar muitas coisas sob uma nova perspectiva.

Uma lufada de ar frio soprou cafeteria adentro quando a porta se abriu e um sujeito que parecia estar quase congelando entrou. Recebi o pagamento dele e lhe dei o troco, enquanto Regina fazia rapidamente para o cliente um café mocha com caramelo. Ele foi embora bem mais feliz do que estava quando chegou.

Regina e eu começamos a conversar sobre assuntos relacionados ao nosso dia a dia. Levando em conta o tema sobre o qual falávamos momentos antes, era um alívio falar sobre algo consideravelmente mais ameno.

— Ah, pode acreditar, sou terrível em geometria. Juro — eu disse, enquanto Regina ria alto. — Se o Archer não tivesse me ajudado, eu teria sido um fracasso completo na prova!

— Mas ele disse isso mesmo? — Regina quis saber. — "Ver você massacrar a matemática me dá urticária"?

— Sim, disse! Não estou brincando! Ele...

O telefone antigo ao lado da caixa registradora começou a tocar antes que eu terminasse de falar.

Regina levou um instante para se recompor e então atendeu polidamente.

— Cafeteria Mama Rosa. Como posso ajudar?

Houve um momento de silêncio enquanto a pessoa no outro lado da linha falava.

— Sim, é ela.

Um medo genuíno me apertou como um torno quando o rosto de Regina começou a perder a cor até ficar branco como uma folha de papel. Ela sugava o ar com os dentes cerrados, quase como uma pessoa que está morrendo dando seu último suspiro.

— E eles estão bem? Posso falar com o Archer? — A voz dela parecia vazia, morta. — Fica na... não, vou chegar aí o mais rápido possível. Você ligou para a Karin DiRosario? Bem, tente de novo até conseguir entrar em contato com alguém! Certo. Está bem. Até logo.

Ela colocou lentamente o fone no aparelho e se apoiou na bancada atrás dela.

Tive medo de saber o que havia acontecido, porque era impossível que fosse alguma coisa boa.

— Regina? — Tomei a mão dela e a apertei. — Tudo bem?

Ela balançou a cabeça numa negativa. Ela demorou um pouco para dizer algo. O silêncio se espalhou com uma intensidade quase sufocante.

— Houve... A-Aconteceu um... acidente — ela respondeu devagar, a voz falha. — O Archer e o Carlo... foi um... estavam em um ônibus, e-e o ônibus... bateu.

ACIDENTES

CERTAMENTE EU NÃO ESCUTEI BEM O QUE REGINA DISSE. NÃO podia ser. O que ela tinha acabado de dizer não podia ser verdade.

— Você está... não. Não, isso não pode ser, não está certo — falei.

Durante o meu encontro com Havoc, ele deixou bastante claro que havia algo de ruim pairando sobre nós. Foi bastante direto em seu aviso: "Na próxima, você não será a única a se machucar". Se essa tiver sido a "próxima", se ele fez isso...

— Hadley, temos que ir. — Regina apertou meus ombros, trazendo-me de volta à dolorosa realidade. — Agora.

Tirei o avental com um puxão e saí correndo como louca, atravessei a cozinha e fui até o quarto dos fundos para pegar os nossos casacos. Enquanto isso, Regina fez uma rápida ligação para Victoria, que estava com Rosie na casa de Karin.

— Eles estão no Bellevue — Regina me disse quando eu lhe passei o seu casaco. — Não fica muito longe daqui.

— Se formos de metrô, vamos perder tempo demais — eu disse, dirigindo-me à porta. — Precisamos pegar um táxi.

Regina virou a placa para "fechado" e trancou a porta, e eu fui até o meio-fio para chamar um táxi. Entrei no primeiro táxi que parou, e Regina veio logo depois de mim. Observei-a atentamente durante o trajeto até o Bellevue, preocupada com a possibilidade de que ela tivesse um surto como o que teve na noite de Ação de Graças. Mas isso não aconteceu. Ela ficou olhando para a frente com uma expressão vazia, as mãos entrelaçadas no colo.

Parecia que uma eternidade havia se passado quando o táxi finalmente estacionou na entrada do setor de emergência do Bellevue. Paguei a corrida antes que Regina pudesse se opor, e então nós duas saímos apressadamente do carro, avançamos, abrindo caminho pela calçada, e entramos correndo no hospital.

— Com licença? — Regina foi direto para o balcão de informações, desviando-se dos grupos de pessoas que circulavam ao redor, e eu a seguia logo atrás. — Com licença!

A mulher vestida com uniforme verde sentada atrás do balcão tirou os olhos do computador e levantou a cabeça.

— Pois não?

— Archer Morales e Carlo DiRosario acabaram de ser trazidos para cá. Preciso saber em que quarto eles estão.

A mulher franziu as sobrancelhas.

— Vocês são da família?

Dei um passo para trás quando uma expressão de raiva surgiu no rosto de Regina, algo tão destoante em seu belo e suave semblante. Ela bateu as duas mãos com força no balcão e se inclinou para mais perto da mulher, abaixando a voz.

— Escuta aqui, moça. Estamos falando do meu filho e do meu sobrinho. Se sabe o que é bom para você, é melhor me dizer agora mesmo onde eles estão.

Visivelmente pálida, a mulher se inclinou para trás em sua cadeira, fez que sim com a cabeça e começou a digitar no seu computador.

Tive vontade de aplaudir. *Mostra para ela, Regina!*

— Vai encontrar o Carlo DiRosario indo direto por aquelas portas — a mulher disse, apontando com o dedo as portas a nossa direita. — Terceira porta à esquerda. Mas não vejo nenhum Archer Morales aqui.

— Quê?! — Regina e eu exclamamos ao mesmo tempo.

— Sinto muito, mas se ele não está no sistema, ele não foi trazido para cá — a mulher nos explicou.

Não ficamos por perto para ouvir o que mais ela tinha a dizer.

Atravessei as portas giratórias à nossa direita, com Regina ao meu lado, e corremos pelo corredor cheio de enfermeiras e médicos, que iam e vinham. Parei abruptamente do lado de fora do quarto indicado pela enfermeira e, sem pensar duas vezes, afastei as cortinas de privacidade.

Carlo estava apoiado em uma pilha de travesseiros. Numerosos cortes superficiais decoravam o seu rosto e contusões feias já começavam a se formar ao longo dos seus antebraços e do seu pescoço; mas ele estava vivo e respirando. Parecia bastante surpreso por ver nós duas ao pé da sua cama.

— Onde é a festa? — ele disse, com um sorriso forçado.

— Carlo, graças a Deus você está bem. — Regina se lançou sobre ele e o abraçou, apertando-o forte. — Eu estava tão preocupada.

O rosto de Carlo se empalideceu e ele cerrou os olhos com força enquanto dava tapinhas desajeitados nas costas de Regina.

— Eu estou bem, *zia*, mas… hum… você está me sufocando.

— Ah! — Regina se afastou rapidamente, esfregando as lágrimas que rolavam por seu rosto. — Desculpa.

Carlo olhou para Regina e depois para mim, seu sorriso retornou, dessa vez mais largo.

— É bom ver você novamente, Hadley.

— Eu não vou mentir, Carlo, é muito bom ver você também — admiti, me aproximando da cama para apertar a mão dele gentilmente. — Como se sente?

— Bem. — Ele deixou escapar um suspiro dramático, recostando-se novamente em seus travesseiros. — Tudo dói quando faço algum movimento, mas, fora isso, eu me sinto ótimo.

— *Caro*, o que aconteceu? — Regina se sentou na beirada da cama e segurou a mão de Carlo. — Juro que quase tive um ataque cardíaco quando recebi aquele telefonema.

— Não faço ideia, *zia* — Carlo respondeu, depois de pensar por um momento. Uma expressão de dor surgiu novamente em seu rosto quando ele relembrou o que havia acabado de acontecer. — Lá estava eu sentado no meu lugar, com meus fones de ouvido, e então houve um barulho estridente, e o ônibus começou a se inclinar, e...

Ele não conseguiu terminar a frase.

— Sua mãe vai chegar logo, querido — Regina disse a Carlo, apertando a mão dele. — Sinto muito mesmo.

— Eu sei, *zia*, eu só...

— Onde está o Archer?

Não tive a intenção de interromper Carlo, mas eu quis fazer essa pergunta no instante em que entrei no quarto. Eu não costumava fazer drama, mas sabia que não seria capaz de pensar de maneira adequada sem antes ver o Archer com meus próprios olhos. Testemunhar que ele estava vivo, e respirando, e que continuaria respirando. E então eu me certificaria de que ele continuasse respirando.

— Sei lá — Carlo respondeu. Eu não gostava do modo como ele sorria para mim. Como se ele soubesse de algo que eu não sabia. — Ele deve estar por aqui em algum lugar. Ele estava aqui quando me trouxeram. Por que não vão procurá-lo?

Tive a impressão de que Regina iria protestar quando abriu a boca, mas Carlo piscou discretamente para ela, que se deteve de repente.

— Vá na frente, Hadley — ela disse, olhando para Carlo com curiosidade. — Vou ficar com o Carlo até a Karin chegar, daí vou me juntar a você. Não vai demorar. Quero encontrar um médico e descobrir o que está acontecendo.

Ela não precisou pedir duas vezes. Eu me virei e saí do quarto, ansiosa para encontrar Archer o quanto antes. Foi quase impossível perceber algum sinal dele com o grande número de médicos e enfermeiras pelo corredor, assim como de carrinhos cheios de equipamentos médicos e camas ao longo das paredes. Segui pelo corredor tomando o máximo de cuidado para não esbarrar em ninguém por acidente, e virei à esquerda.

Quando eu o vi de pé no meio do corredor — com o celular próximo da orelha, falando rápido e em voz baixa —, uma enorme onda de alívio me invadiu. O medo ainda irradiava em mim, da cabeça aos pés; mas Archer estava ali, vivo, e, subitamente, isso pareceu ser a única coisa que importava.

— Archer?

Ele olhou ao redor quando escutou seu nome, uma expressão confusa se estampou em seu rosto.

— Hadley? O que está fazendo aqui?

Um soluço brotou dos meus lábios quando ele disse o meu nome. Me lancei sobre ele antes de realmente me dar conta do que estava fazendo. Ele bufou, surpreso, quando passei os braços em torno dele, e o seu celular caiu no chão quando ele me segurou para evitar que caíssemos.

— *Ei!* — ele ralhou quando enrosquei meus dedos no cabelo dele, inspirando o seu cheiro familiar. — O que está fazendo?

Comecei a tagarelar:

— Pensei que alguma coisa terrível tivesse acontecido com você, pensei que...

— Hadley, pare. *Pare.*

Ele retirou gentilmente os meus braços do seu pescoço e me fez recuar um pouco, segurando os meus ombros com firmeza.

— Eu estou bem, pode acreditar. Não aconteceu nada comigo. Eu nem estava no ônibus. Estava esperando pelo Carlo no ponto de ônibus.

Deixei escapar outro suspiro, abaixando os ombros, com uma mão no peito. Isso parecia bom demais para ser verdade.

— Graças a Deus — murmurei. — Juro, eu não seria capaz de suportar se...

— Você não seria capaz de suportar se... o quê? — Archer disse, ansioso, clareando a garganta.

Afrouxei a pressão intensa com que os meus dedos agarravam o casaco dele e dei um passo para trás.

— Eu não suportaria... não suportaria se não pudesse mais... discutir geometria com você de novo — concluí toscamente, embora nós dois soubéssemos que a verdadeira resposta ia muito além disso.

De maneira geral, não havíamos passado tanto tempo juntos. Ainda tinha muitas coisas que não sabíamos um sobre o outro. Eu não queria que essa oportunidade escapasse de nós.

Archer olhou para mim, e eu vi uma expressão conflituosa em seu rosto. Então, ele avançou sem aviso, segurou o meu rosto entre as mãos e me beijou.

Meu espanto foi tão grande que eu simplesmente fiquei parada, imóvel por vários segundos, até começar a reagir. Meus dedos agarraram o casaco dele com força — não sei ao certo se para afastá-lo ou para trazê-lo para mim. Eu podia sentir o coração dele batendo desenfreadamente no peito e as minhas pernas começaram a tremer, mas nenhum de nós se afastou. Nós nos beijávamos como se ambos estivéssemos desesperados, disputando algo que não podíamos alcançar. Não foi perfeito, mas éramos nós dois de coração aberto. Eu não quis que isso acabasse.

Eu não tinha percebido que o Archer havia me encostado na parede mais próxima até que precisei me escorar nela quando ele se afastou, com os braços pendendo nas laterais do seu corpo.

Ficamos nos encarando por um longo momento; a tensão entre nós era palpável.

— Me... me desculpa — ele disse, enfim, sem fôlego. — Eu não...

— Pare — eu disse. — Não faça isso.

Era inegável que o beijo havia complicado mil vezes a nossa situação, mas eu não me arrependia.

— Eu não deveria ter... — Tenso, e um tanto arfante, Archer se afastou de mim.

— Archer, preste atenção. — Agarrei o seu cotovelo e o virei para que ficasse de frente para mim. — Eu também beijei você, não foi?

Por alguns segundos, Archer olhou fixamente para a minha mão que segurava o seu braço; então soltou-se gentilmente e se agachou para pegar seu celular do chão.

— Vou voltar para o quarto do Carlo — ele avisou, sem me olhar nos olhos enquanto falava. — Se você está aqui, imagino que a minha mãe também esteja?

— Sim, ela está...

— Está ficando tarde. Você não precisa ficar aqui. Acho que você devia voltar para sua casa agora.

Eu nem tive a chance de dizer nada em resposta, pois, antes que eu fizesse isso, Archer saiu andando pelo corredor, na direção do quarto de Carlo. E ele não olhou para trás nem uma única vez.

ESCLARECENDO AS COISAS: FALTAM 6 DIAS

NA MANHÃ SEGUINTE, ACORDEI UMA HORA ANTES DO HORÁRIO programado para o meu despertador tocar, depois de ter apenas duas horas de um sono irregular durante a noite. Levantei-me, caminhei pelo corredor, passei pela sala e entrei na cozinha. Não fiquei surpresa ao ver duas xícaras vazias de café na pia, junto com o jornal da manhã aberto na cadeira da minha mãe, na mesa da sala de jantar. Eu havia escutado meus pais chegarem na noite passada, mas estava cansada demais para sair da cama e recebê-los. Cheguei a sorrir quando vi um post-it na geladeira com um recado escrito pela minha mãe: "Tenha um dia maravilhoso!". Ao lado dessa mensagem, havia um rosto sorridente, meio torto, que eu sabia que era do meu pai. Eles continuavam ocupados como sempre, mas eu não podia dizer que não estavam tentando.

Peguei um bule de café fresco antes de me sentar à mesa de jantar diante do jornal. Quase cuspi fora o café que tinha na boca quando vi o pequeno artigo escondido no final da seção de atualidades, um artigo que mal continha cinquenta palavras. Na primeira linha se lia:

James St. Pierre, 36, condenado por homicídio em primeiro grau, está apelando da sua sentença.

O pai biológico de Archer, o homem que matou Chris Morales cerca de seis anos antes, estava recorrendo da sua sentença. Eu estava longe de ser uma especialista em como o governo dos Estados Unidos funcionava, mas até eu sabia que isso não poderia ser uma coisa boa.

Pela centésima vez desde que tinha ido para a cama na noite passada, rememorei os eventos de ontem, repassando a conversa que tive com Regina na Mama Rosa e os acontecimentos no hospital com Carlo e Archer. E nem uma vez pareceu que Archer ou sua mãe haviam recebido notícias graves, como o fato de que o ex-marido de Regina, um assassino condenado, estava tentando se safar da prisão.

Porque talvez eles não soubessem.

Respirei fundo. Ao contrário do que minha mãe havia escrito no bilhete, o dia de hoje não seria maravilhoso.

☆ ☆ ☆

Uma hora depois, quando cheguei à escola, havia alguns madrugadores perambulando pelos corredores. Fui até o meu armário e retirei dele os textos de que precisaria usar durante o dia, junto com o trabalho de casa que restava. Faltava ainda mais de meia hora para a primeira aula. Pelo menos, eu poderia dar uma olhada no meu trabalho de química ou rever minhas anotações a respeito de ciências políticas para a prova surpresa que eu sabia que aconteceria. Essa era a única vantagem de viajar de volta no tempo. Eu podia me preparar para as provas surpresas que já tinha feito.

Eu me escondi na biblioteca, revisei o meu trabalho de casa e fui a primeira a chegar à sala de aula. Era difícil manter o foco quando tudo o que eu queria saber era se Archer já havia visto o artigo no jornal. E, se não tivesse visto, se eu teria que ser a pessoa que contaria a ele.

Embora bastante preocupada com meus próprios problemas, prestei a máxima atenção à aula de ciências políticas durante o quarto período. A aula do Sr. Monroe foi, de certa maneira, interessante, mas havia algo um pouco mais urgente me incomodando. Quando o sinal tocou para o intervalo do almoço, eu não corri para a porta como normalmente fazia. Em vez disso, arrumei minhas coisas sem pressa, com cuidado, e então me aproximei devagar do Sr. Monroe, que estava sentado em sua mesa. Ele sabia perfeitamente bem que eu não tinha muito interesse na matéria que ele ensinava, mas eu acreditava que o meu aproveitamento durante as suas aulas havia melhorado.

— Com licença, senhor Monroe?

Ele estava corrigindo uma prova com uma caneta vermelha e levantou a cabeça para olhar para mim. Pareceu surpreso ao me ver de pé diante da sua mesa.

— Senhorita Jamison — ele disse com voz enérgica. — Posso ajudá-la em alguma coisa?

— Na verdade, sim. Tenho uma dúvida a respeito de uma questão e imaginei que o senhor poderia me ajudar.

O Sr. Monroe ergueu as sobrancelhas parecendo ainda mais confuso. Eu quase nunca fazia perguntas em sua aula; na verdade, era bem possível que eu jamais tenha feito alguma pergunta.

— Claro — ele respondeu, recuperando-se da surpresa. — Será um prazer ajudá-la em tudo o que estiver ao meu alcance.

Decidi ir direto ao ponto, sem rodeios:

— Quais são as chances de alguém que entra com recurso após seu julgamento?

— Bem, depende — o Sr. Monroe respondeu com cautela, tirando seus óculos e colocando-os na mesa. — As circunstâncias do julgamento são levadas em conta, e também a gravidade do crime. Contudo todos têm direito de apelar da sua sentença. Se uma pessoa vai ou não poder apelar depende inteiramente das novas evidências que foram encontradas para que um novo julgamento seja assegurado. Além disso, a dupla penalização surge como possibilidade depois da sua sentença tal como está. Isso responde a sua pergunta?

Precisei de alguns instantes para compreender o que o Sr. Monroe tinha dito. Eu não conhecia os detalhes exatos do julgamento de St. Pierre, mas com certeza não seriam grandes as chances de um sujeito condenado por homicídio em primeiro grau. O Sr. Monroe havia explicado que todas as pessoas tinham direito a apelar de suas sentenças;

mas por que St. Pierre havia esperado seis anos para fazer isso? O que havia surgido de tão importante a respeito do caso?

Imediatamente pensei em Havoc. Será que ele poderia estar por trás disso também? Desde que nós dois conversamos na Mama Rosa, tudo passou a dar errado. Eu começava a acreditar que já não se tratava apenas de coincidência.

— Sim — eu disse, finalmente lembrando-me de dar uma resposta ao meu professor. — Isso responde a minha pergunta. Obrigada.

✧ ✧ ✧

Eu me aproximei da Mama Rosa com cautela, ansiosa por saber o que me aguardava do outro lado da porta. Eu estava satisfeita porque cumpriria mais um turno antes da minha folga do dia seguinte; sem esse pretexto, não sei se conseguiria reunir coragem suficiente para vir à cafeteria. Archer conseguiu me evitar na escola — se é que ele havia estado na escola. Talvez por causa do nosso beijo, talvez porque ele já tenha tomado conhecimento daquela historinha no jornal. De qualquer modo, ele poderia precisar de alguém para conversar. *Eu* era esse alguém.

As cortinas das janelas da frente estavam afastadas, a placa de "aberto" estava acesa e piscando, e tudo parecia estar funcionando normalmente. No momento, o balcão da frente estava vazio, e havia apenas uns poucos clientes sentados nas mesas e no sofá diante da lareira.

Contornei o balcão e fui para a cozinha, com a intenção de pendurar as minhas coisas nos fundos. Archer estava diante da pia de tamanho industrial, lavando a louça, mas não ergueu a cabeça quando entrei.

Fiz um ruído alto, limpando a garganta, para anunciar a minha presença, pois não queria assustá-lo, e falei:

— Ei, Archer!

Por alguma razão, eu só conseguia pensar em como ele tinha me beijado no corredor daquele hospital. Mas isso não chegava nem perto de estar entre as coisas mais importantes a resolver agora. Provavelmente, Archer já havia se esquecido do beijo; e eu não podia negar que talvez fosse melhor assim. Ele tinha preocupações mais sérias do que isso em sua vida.

Archer virou a cabeça na minha direção quando falei; e a menos que fosse ilusão de ótica, vi o rosto dele um pouco mais corado do que o normal. Ele colocou na pia uma tigela que estava esfregando e pegou um pano de prato, virando-se para mim.

— Oi — ele disse, a voz estranhamente baixa. — Está... está tudo bem lá fora?

— Sim — respondi, tirando o meu casaco e pendurando-o junto com minha bolsa num gancho na porta dos fundos. — Não há nenhuma fila, pelo menos.

— Certo. Ótimo. Você pode me ajudar com a louça então? — ele disse, mais como uma pergunta do que como um comando.

Apanhei um avental limpo e o vesti, arregacei as mangas da minha camisa e fui para a pia. Trabalhamos em agradável silêncio por alguns minutos — ele esfregava e tirava a sujeira da louça e eu as lavava e as colocava na máquina de lavar louça.

— Como está o Carlos? — perguntei, tentando puxar conversa.

— Bem — Archer respondeu rápido, enquanto limpava mais uma tigela. — Ele teve uma concussão leve, por isso o mantiveram em observação por mais uma noite, só para garantir. Ele foi liberado essa manhã.

Fiquei um pouco mais aliviada ao ouvir isso.

— Que bom. Fico feliz.

Archer murmurou um resmungo evasivo e me passou um prato.

— Hum... E você? Como está?

Archer soltou o prato que segurava dentro da pia e a louça fez barulho ao bater no fundo da pia. Ele se virou para mim com uma expressão muito séria no rosto.

— Hadley, você sabe, não sabe?

Essa súbita explosão me surpreendeu.

— O quê? — eu disse.

— Você sabe — ele repetiu energicamente. — Não sabe? Você sabe sobre a apelação. Claro que sabe. Como ficou sabendo?

Deixei escapar um suspiro de derrota, peguei o prato que ele havia derrubado na pia e o limpei eu mesma.

— Havia um artigo sobre esse assunto no jornal essa manhã.

— Quê?

— E quando percebi que você não tinha ido à escola hoje, imaginei que você estivesse aqui, com a sua família.

Era bastante evidente que tanto Archer quanto Regina não estavam vivendo o melhor momento das suas vidas. Eu gostaria de dizer a ele que tudo acabaria bem, que as chances de aceitarem a apelação de St. Pierre eram pequenas; mas isso não significaria nada para Archer. Eu só sabia o que o Sr. Monroe tinha brevemente me explicado. Meu pai era um dos maiores advogados de defesa da cidade, mas eu não sabia quase nada a respeito de leis.

— Você... será que você poderia ficar um pouco no balcão da frente, atendendo ou... enfim — Archer pediu sem encarar meu olhar de preocupação, retornando à pilha de pratos sujos. — Tenho certeza de que você já conhece os procedimentos a essa altura.

— Tudo bem — respondi. — Posso fazer isso.

Eu o deixei na cozinha, que era exatamente onde eu queria ficar. Nós não precisávamos conversar; não precisávamos nem mesmo prestar atenção um no outro. Eu só queria que ele soubesse que eu estava lá. Ele nem sempre tinha que estar sozinho — principalmente agora. Depois de passar as duas últimas semanas com ele, ficava cada vez mais fácil ver quando ele necessitava de espaço.

O movimento aumentou perto das cinco da tarde, quando as pessoas começavam a voltar do trabalho para casa, e Archer foi obrigado a se juntar a mim na parte da frente. Mas ele não dizia uma palavra. Eu anotava os pedidos e dava o troco, enquanto Archer trabalhava com calma e eficiência, fazendo bebidas e aquecendo sanduíches e sopas para os clientes.

Faltavam cinco minutos para fecharmos e eu já havia iniciado a rotina de encerramento das atividades quando a porta se abriu e alguém entrou, trazendo consigo uma súbita rajada de vento e neve.

Eu estava limpando uma mesa quando olhei para cima.

— Boa noite — comecei a dizer. — Alguém irá...

Minha voz morreu no ar quando o homem que tinha acabado de entrar tirou o cachecol do pescoço sacudindo a neve do seu elegante cabelo meio grisalho.

— Senhor Van Auken?

O sócio do meu pai olhou na minha direção ao ouvir seu nome e abriu um sorriso surpreso.

— Hadley? Uau! Olhe só para você! Há quanto tempo não nos vemos!

— Hum...

Eu não sabia bem o que dizer. Eu havia visto Rick Van Auken apenas umas poucas vezes desde que ele havia se tornado parceiro de negócios do meu pai, quando eu tinha treze anos. Foi uma surpresa para mim que ele se lembrasse de que Kenneth Jamison tinha uma filha. Até onde eu sabia a seu respeito, ele tinha mais dinheiro do que o rei Midas. Mama Rosa ficava em Manhattan, porém numa região consideravelmente menos chique do que a que o sr. Van Auken costumava frequentar. O que ele estaria fazendo por essas bandas? Eu não tinha a menor ideia.

— Você trabalha aqui? — Sr. Van Auken perguntou, aproximando-se de mim.

— Ah, aham. Pois é — respondi desajeitadamente.

— Ótimo, ótimo. — Ele esfregou as mãos enluvadas. — Por acaso a Regina Morales está aqui?

Isso me surpreendeu ainda mais que ver o Sr. Van Auken entrando em um lugar como a Mama Rosa. Como ele conhecia Regina? Pessoas como o Sr. Van Auken e Regina Morales viviam em mundos que jamais se tocavam, a não ser que o universo conspirasse para que isso acontecesse.

— Acho que está, sim — respondi, hesitante. Na verdade, eu não sabia com certeza. Eu não a via desde a noite anterior. — Espere só um instante, está bem? Ei, Archer? Archer!

— Estou na cozinha! — ele gritou em resposta.

— Será que poderia vir até aqui um segundo?

Archer não demorou a aparecer e franziu as sobrancelhas quando viu o sr. Van Auken.

— A sua mãe está aqui? — perguntei a ele, tensa.

— Quem quer saber? — ele disse secamente.

Ele não parecia muito feliz por ver alguém na cafeteria quase no horário de fechar, ainda por cima, perguntando a respeito da sua mãe.

— Rick Van Auken. — O Sr. Van Auken avançou a passos largos com a mão estendida. — Você provavelmente não se lembra de mim, mas eu costumava trabalhar para a promotoria. Eu processei o seu pai.

Meu espanto ao ouvir isso me deixou paralisada e de boca aberta, tão aberta que poderia até engolir algumas moscas. Rick Van Auken, o sócio do meu pai, havia processado o pai de Archer por homicídio em primeiro grau.

— Ouvi falar do pedido de apelação — o Sr. Van Auken continuou. — Sei que é um pouco incomum fazer esse tipo de acompanhamento, mas eu me lembro desse caso. Não foi... fácil. Eu gostaria de conversar com a sua mãe sobre a possibilidade de representar vocês, se for preciso.

Archer respirou fundo. Abriu a boca como se fosse falar, mas acabou simplesmente bufando, meio contrariado. Então ele apontou com um gesto a direção da cozinha para o Sr. Van Auken, que pareceu compreender que Archer não estava em condições de falar. O advogado então contornou o balcão, seguindo Archer para a cozinha e depois para o apartamento.

Despenquei no sofá, sentindo-me completamente enjoada. Fechei os olhos, desejando que apenas por um segundo os pensamentos parassem de fervilhar na minha mente. Levei um susto quando Archer afundou no sofá ao meu lado, minutos depois, de cara amarrada e parecendo tão mal-humorado como sempre. Eu me perguntei quanto tempo estive sentada ali.

Achei melhor não perguntar a ele se "estava tudo bem". Em vez disso, me contentei em perguntar como estava Regina.

— Surpresa — ele respondeu com ar sério, inclinando-se para a frente, a fim de apoiar seus cotovelos nos joelhos, as mãos entrelaçadas embaixo do queixo. — Bem. Não sei. Tenho certeza de que todos esquecemos que o Van Auken estava à frente do caso. Mas acho que ela está aliviada por vê-lo — Archer prosseguiu. — Pelo menos temos alguém para nos esclarecer tudo. Ele até disse que cuidaria do caso sem cobrar nada. Talvez ele só possa dispor de um tempo limitado ou coisa assim, mas vale a pena.

— Então isso é bom — comentei sem entusiasmo. — Bom.

Archer olhou para mim com uma expressão intrigada.

— Você está com cara de quem vai vomitar.

— Não, não, eu estou bem. — Balancei a cabeça. — Estou bem.

— É, mas não parece que você está bem. O que está incomodando você?

— Rick Van Auken é sócio do meu pai. Eles são proprietários da firma Watson & Bloomfield faz uns poucos anos, desde que os antigos proprietários se aposentaram.

Se Archer ficou surpreso, não demonstrou, pois seu rosto era uma perfeita máscara de indiferença. Quando ele falou, sua voz também soou indiferente:

— Você está brincando.

Fiz que não com a cabeça, engolindo em seco.

— É sério. Eu não fazia ideia de que o senhor Van Auken trabalhava para a promotoria. Ele vem de família rica. Para mim, ele só havia ocupado posições de comando, sempre. Como agora. É... estranho.

— Estranho — Archer repetiu. — Estranho que o sócio do seu pai seja nada mais, nada menos, que o cara que processou o meu pai no julgamento por assassinato? Não, isso não é estranho. Isso é bizarro. Como é possível que você não soubesse de nada?

— Sei lá. — Dei de ombros. — Não é como se eu passasse algum tempo com o senhor Van Auken, e o meu pai não discute seus casos comigo. Eu nem mesmo sabia sobre o seu pai até você me contar.

— Você confia nesse tal de Van Auken?

Eu mal o conhecia.

— Eu só posso dizer que ele é um dos melhores. A sua mãe está em boas mãos.

Archer suspirou, correndo os dedos pelo cabelo.

— Espero que você esteja certa. A última coisa que a minha mãe precisa é receber notícias ruins a respeito da apelação.

— Todas as pessoas condenadas por delito grave têm direito a uma apelação, mas isso não significa que serão soltas. Não significa nem mesmo que terão seus casos ouvidos pelos tribunais.

Archer me encarou com uma expressão desnorteada.

— Desde quando você presta atenção nas aulas de ciências políticas? — ele perguntou, surpreso.

— Desde que decidi que não me contentaria com uma nota B nessa matéria — respondi, feliz por ter parado para falar com o Sr. Monroe depois da aula essa manhã. Eu tinha pensado em falar com o meu pai também, mas não consegui pensar em um modo de tocar no assunto da apelação sem mencionar o passado do Archer e de sua família. — Veja você como essa decisão está se mostrando útil.

Pensando bem, eu poderia ter pedido que meu pai me ajudasse nessa matéria, mas teriam sido aulas particulares insanamente vergonhosas. Eu não precisava de mais ajuda para piorar a minha situação; já conseguia fazer isso muito bem sozinha.

— As pessoas encontram maneiras de manipular a lei o tempo todo — Archer observou. — Quem pode garantir que o meu pai não vai se dar bem?

— Eu não me preocuparia com isso se fosse você.

Archer e eu ficamos de pé num pulo ao ouvir a voz do Sr. Van Auken e nos voltamos para vê-lo de pé na porta da cozinha, com Regina ao seu lado.

— O que quer dizer com isso? — Archer disse, esforçando-se para disfarçar o cinismo na sua voz.

— St. Pierre não vai ser solto. Tenho certeza disso.

Apesar da confiança do Sr. Van Auken, Archer não parecia convencido.

— E diz isso com base em quê?

— Archer — Regina interferiu em tom de advertência. — Você não de...

— Acontece que as evidências contra o seu pai são incontestáveis — o Sr. Van Auken afirmou. — Impressões digitais dele na arma do crime. Cópia da chave da casa no bolso dele. O sangue encontrado na roupa dele é de Christopher Morales. Se, por acaso, houvesse alguma discrepância no caso que levasse os tribunais a concederem uma apelação ao seu pai, ele precisaria ter um advogado muito bom o defendendo. Mas não tem. Ou seja, ele não vai escapar da cadeia.

Ele se voltou para Regina antes que Archer tivesse a chance de responder.

— Você tem o meu cartão — ele disse. — Entre em contato comigo se tiver perguntas ou alguma preocupação, está bem?

— Certo. — Regina fez que sim com a cabeça e exibiu um sorriso tenso. — Obrigada, senhor Van Auken.

— Me chame de Rick, por favor. Vou mantê-los atualizados na medida do possível, mas estou confiante de que tudo terminará bem.

O Sr. Van Auken apertou a mão de Regina, sorriu para mim mais uma vez e fez um aceno na direção de Archer, então deixou a cafeteria, saindo sob a neve que ainda caía lá fora.

Nós três olhamos um para o outro quando a porta se fechou.

— Pois é… — Regina respirou fundo, cruzando os braços com firmeza sobre o peito. Ela estava pálida e havia uma certa apreensão em seu semblante, mas ela parecia… bem. *Bem* era a melhor palavra que me ocorria. — Não foi a conversa mais agradável do mundo, mas não foi horrível. As coisas devem correr bem.

— Nossa, isso é simplesmente fantástico — Archer comentou sarcasticamente. — Ah, veja só, você sabia que o Van Auken é sócio do pai da Hadley numa firma de advocacia?

— Quê? — Regina olhou para mim, surpresa. — É sério?

Não escondi a minha contrariedade e bufei, olhando com expressão irritada para Archer.

— Sim, mas eles se tornaram sócios anos depois do julgamento de St. Pierre.

— Isso é… bem incomum — Regina disse, franzindo as sobrancelhas. — Mas bastante conveniente, suponho.

— *Exatamente* — eu disse, lançando um olhar incisivo para Archer. — Eu poderia ajudar, se vocês precisassem de mim. Descobrir mais informações a respeito do que está acontecendo, talvez.

Archer se virou e saiu caminhando de volta para a cozinha. Escutei o som de louça sendo atirada dentro da pia com mais força que o necessário.

— Ele não está lidando muito bem com essa situação, não é? — comentei com Regina.

Ela balançou a cabeça numa negativa e bebeu um gole de chá.

— Não. Tudo o que diz respeito ao pai biológico dele o tira do sério. Deixa Archer… com muita raiva.

Isso estava mais que óbvio. Mas quem poderia culpá-lo por isso? Ele tinha todos os motivos do mundo para ter raiva de St. Pierre.

— E por mais que eu abomine até mesmo pensar no meu ex — Regina continuou —, o senhor Van Auken levantou pontos úteis. Por mais que eu tenha dificuldade em me convencer disso... acho que as chances que ele tem de ser solto são quase nulas.

— Que bom — eu disse, forçando um sorriso. — Fico feliz.

Olhando-me com uma expressão cautelosa, Regina colocou sua caneca de chá no balcão e se voltou para a caixa registradora.

— Bem, é isso. Agora é melhor tratarmos de encerrar por hoje.

Estava claro que Regina não tinha vontade de continuar a conversa, então começamos a preparar tudo para fechar, trabalhando em silêncio.

Dessa vez, eu não senti necessidade de quebrar o silêncio fazendo uma porção de perguntas. Eu poderia apenas esperar que o dia seguinte fosse melhor, e tudo o que dissesse respeito ao julgamento de St. Pierre fosse completamente esquecido. O Sr. Van Auken era um dos advogados mais respeitados na cidade. Ele sabia das coisas no seu ramo. Não teria se dado ao trabalho de aparecer para falar pessoalmente com Regina se não tivesse bons motivos. As evidências estavam todas contra St. Pierre. Nem mesmo Havoc seria capaz de desmantelar algo tão firme e inabalável como a verdade.

UMA PROVA SURPRESA: FALTAM 5 DIAS

ARCHER PERMANECEU EM SILÊNCIO A MAIOR PARTE DO DIA. Ele manteve a cabeça abaixada sobre um livro e mal falou durante o almoço. E não pegou nenhuma das minhas batatas fritas. Eu não podia culpá-lo por estar tão distante. Suspeitei que seus pensamentos continuavam voltados para a sua família e para o fato de que seu pai estava tentando se livrar da prisão.

Na verdade, eu estava aguardando ansiosamente a discussão sobre a obra *O Grande Gatsby* — cujo resumo eu ainda não tinha terminado — que faríamos na aula de inglês no sexto período, que no mínimo me ajudaria a deixar os problemas um pouco de lado. Quando fui para a aula, porém, a sala estava vazia, para a minha grande surpresa. Verifiquei as horas no relógio sobre a porta e vi que ainda faltavam cinco minutos para o início da aula. Mas já não deveria haver pelo menos uma pessoa na sala a essa altura? Como, por exemplo, a Sra. Graham, minha professora?

Tirei da bolsa o meu exemplar de *O Grande Gatsby* e o meu caderno, perguntando-me por que eu havia sido a primeira a chegar. Isso nunca tinha acontecido. Geralmente, eu chegava em cima da hora. Abri o meu caderno numa página em branco e comecei a rabiscá-la com a minha caneta roxa favorita.

Apenas um ou dois minutos haviam se passado, mas quanto mais eu rabiscava no papel mais eu me sentia cansada, como se estivesse sendo puxada para debaixo de um manto de neblina. As noites que passei agitada e me virando de um lado para o outro na cama finalmente cobravam o seu preço. Tudo o que eu desejava era fechar os olhos, descansar a cabeça na minha mesa e dormir por um longo tempo. Eu sentia que a minha cabeça começava a pesar e cair, e meus olhos teimavam em se fechar. Então, fui abruptamente trazida de volta ao presente quando uma mão desceu sobre o meu ombro e uma voz tranquila, branda, murmurou:

— Olá, minha cara Hadley.

Gritei de susto ao me dar conta de que Havoc estava tão próximo de mim, e tentei sair da minha cadeira, a fim de me afastar dele; mas o aperto da mão dele no meu ombro era inacreditavelmente firme. Olhei a minha volta, perguntando-me por que ninguém parecia notar a figura de Havoc me segurando. Porém os outros assentos estavam ainda vazios, como se os meus colegas de classe nunca tivessem aparecido. Não havia mais ninguém na sala além de nós.

— O que você está fazendo aqui? — vociferei, com a voz trêmula, embora eu me esforçasse para parecer calma. — Me solta!

Havoc me ignorou, movendo-se para o lado e apoiando-se na minha mesa, sem soltar o meu ombro.

— Vim para oferecer a você uma chance de reconsiderar o seu acordo com a Morte — ele disse num tom de voz gentil. — Porque você teve uma semana bem agitada, não teve?

"Semana bem agitada" era um eufemismo. Foi simplesmente a semana mais confusa e assustadora de toda a minha vida.

— Não, foi uma semana… normal.

— Normal? Eu não diria isso. Você sabe qual foi a minha parte favorita? — Havoc disse, e seus lábios se esticaram num sorriso assustador. — Contemplar a sua queda, ver você bater a sua linda cabecinha enquanto despencava até o fim daquela escadaria. Ver o olhar no rosto de Archer quando ele pensou que você estivesse *seriamente* ferida. Aliás, você gostou do recadinho que deixei?

— Adorei — respondi, lutando para me manter calma.

— O que é preciso para que você mude de ideia, hein? Talvez um infeliz acidente da próxima vez que Victoria pegar o metrô? Talvez um homem que não resista à beleza de Regina e chegue ao ponto de atacá--la? Ah, e não podemos nos esquecer da Rosie! Ela é mesmo uma doce garotinha, não acha? Como será que Archer se sentiria se alguma coisa acontecesse à irmã dele? — Ele se inclinou para mais perto de mim. — Porque alguém *vai* morrer, Hadley. Você pode deixar que esse alguém seja Archer, ou eu posso cuidar para que seja outra pessoa qualquer. Para mim, não faz diferença nenhuma, acredite.

As palavras saltaram da minha boca antes que eu tivesse a chance de considerar as consequências do que estava falando:

— Se você pretende fazer o que está dizendo, então que seja eu a ser atingida da próxima vez. Não a Victoria. Não a Regina. E jamais a Rosie.

As sobrancelhas de Havoc se ergueram e ele pareceu agradavelmente surpreso ao ouvir as minhas palavras.

— É mesmo, Hadley?

Eu já havia falado, as palavras já tinham sido ditas e eu não poderia desfazer isso — e nem mesmo queria desfazer. Fiz que sim com a cabeça, cerrando os dentes.

— Bem, acho que você acaba de me dar permissão para aumentar as apostas — Havoc disse com ar satisfeito. — No início eu não entendia por que a Morte ofereceria um contrato a uma menininha como você, mas começo a compreender agora. Você vai querer mesmo começar uma guerra, não é?

Senti gosto de sangue em minha boca e percebi que estava mordendo o meu lábio.

— Não vou só começar, vou lutar até o fim — retruquei quando enfim a minha voz voltou.

— Ora, estou contando com isso. — Um brilho perturbador surgiu nos olhos de Havoc. — É o que vai fazer a coisa toda ficar mais divertida.

Eu não tive a oportunidade de responder.

Pisquei e, no instante, seguinte estava vendo a Sra. Graham rabiscando um diagrama de enredo na lousa, tagarelando sobre o complexo relacionamento entre Jay Gatsby e Daisy Buchanan. Meus colegas de classe estavam sentados ao meu redor, e apenas um terço deles prestava atenção. Uma aula igual a qualquer outra, ministrada num dia como qualquer outro.

— Hã, senhora Graham? — Tentei levantar a mão, mas meu braço parecia pesar uma tonelada.

A Sra. Graham parou de falar no meio de uma frase e virou a cabeça para trás.

— Sim? Hadley?

— Será que poderia me dispensar? Não me sinto muito bem.

Algo no meu rosto provavelmente indicava que eu estava a um passo de vomitar, porque a Sra. Graham concordou de imediato em me liberar, gesticulando com seu livro na direção da porta.

— Pode ir.

Enfiei minhas coisas na bolsa e escapuli rumo à porta. Havia algumas garotas deixando o banheiro feminino no fim do corredor, mas eu não prestei atenção a elas e corri até o reservado mais próximo.

Achei que fosse vomitar, mas isso não aconteceu, e eu acabei escorregando até o chão quando as minhas pernas não aguentaram mais. Enfiei a cabeça entre os joelhos e aspirei o ar com toda a força, desejando que a sensação de enjoo no estômago tivesse fim.

— Ei, tudo bem com você? — Ouvi uma batida na porta, na qual eu ainda estava encostada. — É que você está aí já faz algum tempo. Ouvimos alguns gemidos.

— Sim, estou bem — respondi debilmente. — Meu estômago é que não está muito bem.

A desconhecida disse algumas poucas palavras, me desejando melhoras, e então escutei o som de passos e a porta do banheiro se abrindo e se fechando.

Senti a cabeça rodopiar quando me levantei, agarrando-me no suporte para papel higiênico, a fim de me equilibrar. Esperei alguns momentos a mais para que a minha respiração se normalizasse novamente antes de pegar a minha bolsa e sair do reservado.

Eu não tinha vontade nenhuma de voltar para a aula da Sra. Graham. Não queria pôr os pés naquela sala novamente. Então saí caminhando pelo corredor vazio. Ainda bem que ainda não era horário de intervalo. Quando cheguei ao meu armário, desejei ter tomado a decisão de voltar para a sala de aula. Com a pulsação acelerada, li as quatro linhas escritas em caneta marca-texto preta na porta do meu armário:

Você ficou tão feliz com o primeiro recado

Que mando um segundo para o seu agrado.

Nessa cidade, acidentes são uma constante

E você pode perder quem ama num instante.

* * *

Archer estava estalando os dedos diante do meu rosto e eu percebi que ele vinha dizendo o meu nome repetidas vezes por pelo menos um minuto inteiro.

— Hadley! Você está me *ouvindo*?

— Quê? Ah. Desculpa.

Minha voz soou distante, exatamente como estavam os meus pensamentos. Eu cumpriria um turno mais curto essa noite, de apenas três horas, e esse turno já havia se tornado o meu pior desempenho até agora. Por mais que tentasse, eu não conseguia me concentrar, pois não tirava da cabeça o meu último confronto com Havoc, na escola. Cheguei ao cúmulo de sair para bisbilhotar ao redor da cafeteria, a fim de me assegurar de que ele não estava por perto.

Eu precisava lutar para tirar os olhos de Archer. Eu observava cada movimento dele enquanto ele trabalhava, repetindo a mim mesma o tempo todo que ele estava vivo e perfeitamente bem, cuidando dos próprios afazeres como todos os demais, e que tudo permaneceria dessa maneira.

Quando Victoria apareceu há pouco, dei um forte abraço em Rosie e tive medo de soltá-la por um longo momento. Foi bem difícil me controlar para não me lançar sobre Regina e abraçá-la também, quando a vi. As ameaças de Havoc ficaram gravadas na minha mente e era impossível apagá-las. Eu não podia suportar nem o simples pensamento de ser a responsável se algo acontecesse a uma garotinha tão inocente como a Rosie — e isso também se aplicava ao restante da família de Archer.

— Eu te disse para tirar esses muffins do forno dez minutos atrás!

— Archer escancarou a porta do forno e usou uma luva especial para tirar de dentro dele uma bandeja de muffins obviamente arruinados.

— O que há com você essa noite? Juro que você está ainda pior do que o habitual. E quer parar de ficar mexendo nessas coisas?

Ele largou a bandeja de muffins na bancada e agarrou o meu pulso. Antes que eu pudesse protestar, ele desembaraçou as contas Navajo, revelando o pequeno número 5 retorcido no meu pulso. Senti ligeiros choques em minha pele ao redor do ponto em que ele a tocou, o que me fez gemer e me contorcer. Fosse lá o que fosse, o que ele pretendia me dizer morreu em sua garganta quando ele notou a minha estranha reação.

— O que há de tão importante no número cinco? — Archer perguntou em voz baixa.

"Cinco dias para me certificar de que você não vai cometer suicídio na próxima terça-feira", eu quase respondi.

Esse era todo o tempo que me restava. Cinco dias para ter certeza de que Archer ainda estaria comigo quando o meu contrato terminasse. E agora, com Havoc em cena, eu não tinha coragem de pensar no futuro sem querer me desmanchar em lágrimas. Mas eu também não podia me ver abandonando o barco agora. Era impossível; não era nem mesmo uma opção. Não importava o que acontecesse, eu levaria isso até o fim. Eu *tinha* que levar.

— Esse é o tempo que vou dedicar aos estudos todos os dias para os exames finais — balbuciei, puxando o braço e balançando-o para que as contas voltassem rapidamente ao meu pulso e cobrissem o número 5.

— Ah, sem essa. — Archer bufou. — Acha mesmo que eu vou acreditar nisso? Me diga o que isso de fato significa?

— Crianças, venham para cá! — A voz de Regina invadiu a cozinha. — Temos clientes!

— Tente não tocar fogo em tudo — Archer esbravejou, passando por mim e saindo da cozinha.

— Deus, espero que não — murmurei.

JANTAR COMUNITÁRIO: FALTAM 4 DIAS

NO DIA SEGUINTE, ARCHER ESTAVA LENDO UM EXEMPLAR SUR-
rado de *Hamlet* no almoço e só percebeu a minha presença quando atirei o meu teste de geometria na mesa bem na frente dele.

— Contemplai! — eu disse. — Contemplai a minha genialidade.

Archer tirou os olhos do *Hamlet* por tempo suficiente para dar uma rápida espiada no meu teste de geometria, então deu outra olhada.

— *Você* tirou um A?

— Eu disse que conseguiria! — exclamei, um pouco ofendida ao notar a expressão de descrença no semblante dele.

Um sorriso começou a se desenhar lentamente no rosto dele, enquanto ele folheava o meu teste e checava as minhas respostas.

— E você também usou as fórmulas certas. Essa é a minha garota.

Imediatamente, uma onda de calor invadiu meu rosto. Eu me sentei à mesa e desembrulhei o meu sanduíche de rosbife. Archer não demorou a perceber por que o meu rosto estava da cor de um tijolo e rapidamente colocou o meu teste de lado e puxou para si a minha bandeja de batatas fritas. Eu tinha certeza absoluta de que jamais veria Archer ficar vermelho de vergonha, mas agora ele parecia um tanto embaraçado.

Ele havia acabado de me chamar de *sua garota*. Tive uma vontade súbita e incontrolável de rir.

— Da próxima vez, será que você pode esperar até que eu me sente para depois filar a minha comida? — falei, ansiosa para mudar o assunto da nossa conversa.

— Tá bom, tá bom — Archer respondeu distraidamente, voltando a pegar o *Hamlet*. — Você nunca termina as suas batatas mesmo.

— Porque eu as deixo para você, bobalhão.

Archer tirou novamente os olhos do livro e fez cara de espanto.

— Quê?! — ele exclamou, intensificando ainda mais a expressão de espanto.

— Como assim, "quê"? — retruquei, franzindo as sobrancelhas. — Acho que você se esqueceu de que eu pago com batatas fritas pela sua ajuda com a geometria. Além do mais, estou tentando expandir a sua dieta. Chega de só comer carne e rosquinhas de cereja no almoço, certo?

Archer ficou em silêncio enquanto comia mais algumas batatas e seu olhar de espanto deu lugar a um sorriso travesso.

— Batata frita faz mal para você.

— Ah, claro… Como se rosquinhas de cereja fossem muito melhores – retruquei, tomando um gole d'água.

— É óbvio que rosquinha de cereja é muito melhor. — Archer pôs seu *Hamlet* em cima da mesa, agarrando mais um punhado de batatas. Ele passou um bom tempo mastigando antes de voltar a falar: — Ei, o que vai fazer essa noite?

— Nada — respondi depois de pensar alguns segundos. — Por quê?

— Parece que a minha família está morrendo de vontade de ver você de novo. Fui encarregado de te convidar para ir a um jantar na nossa paróquia essa noite.

Ele falou de uma vez, tentando se livrar do assunto o mais rápido possível, e eu levei alguns instantes para processar as palavras dele.

— Você foi encarre… Espera, como é? — Empurrei o sanduíche para o lado e me concentrei unicamente em Archer. — Querem que eu vá a um jantar na igreja essa noite?

— Você não faz ideia da boa impressão que causou nos meus parentes.

Que oportunidade de ouro. Eu não havia sido escalada para trabalhar essa noite, mas agora não precisaria mais impor a minha companhia a Archer depois da escola.

— Archer, eu *adoraria* ir ao jantar na igreja com vocês — eu disse, tentando, sem sucesso, reprimir um sorriso persistente.

— Tá legal, mas espera aí, não precisa ficar se achando por causa disso — Archer disse, parecendo cético.

— Quê? Eu não estou me achando — respondi, mordendo o interior da minha bochecha para não rir. — Adoro igreja e adoro jantar. E estou feliz por poder ver todos os seus primos de novo, e...

— De alguma maneira, você arrumou um jeito de descolar um emprego com a minha mãe, agora vai finalmente roubar toda a minha família de mim, é isso? Esse era o seu plano todo o tempo?

— Ei! Quem se importa, compartilha!

Ele pegou um punhado de fritas e sorriu.

— Se é o que você quer.

* * *

Eu estava excitada para ir ao jantar na igreja de Archer. Eu queria de verdade passar mais tempo com a família Incitti, e esse parecia ser um programa divertido. Quando importunei Archer para que me desse mais detalhes, ele me explicou que a paróquia tinha um jantar anual em dezembro para arrecadar dinheiro para instituições de caridade locais durante a época de Natal. Tratava-se, aparentemente, de um evento e tanto — a Mama Rosa fecharia mais cedo por conta do jantar e haveria até uma banda tocando ao vivo.

Sem querer parecer desmazelada, escolhi usar um vestido vermelho simples com calça legging, sapatilhas de balé e o meu casaco. Avaliei o meu reflexo no espelho por alguns instantes antes de decidir que já estava bem o suficiente, depois peguei minha bolsa e saí.

— Vai aproveitar a noite da cidade? — Hanson perguntou, enquanto eu saía do prédio.

— Vou jantar com um amigo — respondi.

— O mesmo amigo com quem você vem passando todo o seu tempo livre? — ele perguntou, dando uma piscadela.

— Isso — eu disse, sorrindo. — Sabe, a gente tem muito em comum.

Archer e eu talvez não tivéssemos os mesmos interesses — matemática para mim era uma necessidade, não *diversão* —, mas havia uma coisa importante que nós dois compartilhávamos: estávamos dispostos a fazer qualquer coisa por aqueles que amávamos. Não precisei de muito tempo para descobrir que ele era assim.

Hanson chamou um táxi, e eu rapidamente entrei no veículo e dei ao motorista o endereço da igreja. Eu encontraria Archer e sua família lá, no ginásio da igreja. O evento estava oficialmente marcado para começar depois das seis, mas com o tráfego complicado da noite eu duvidava que chegaria a tempo.

Quando cheguei à igreja, as portas do ginásio estavam abertas, luzes se espalhavam pelo pavimento e uma melodia alegre e acelerada enchia o ar noturno. Algumas pessoas estavam circulando perto da entrada, levando na mão copos com café ou refrigerante enquanto se cumprimentavam umas às outras. Eu sorria ao me aproximar das portas. Comprei um tíquete de um casal de idosos sentado a uma mesa logo na entrada, e então entrei no ginásio, olhando a minha volta e apreciando o lugar.

Numerosas luzes de Natal estavam penduradas no teto e lançavam um brilho dourado sobre o piso. Árvores de Natal com decoração brilhante estavam montadas em um canto distante, com pilhas de presentes em torno delas. Longas fileiras de mesas tinham à mostra todos os tipos de pratos, panelas e travessas de comida, e as pessoas estavam enfileiradas para pegar a sua parte.

Caminhei por entre as mesas das famílias que riam e comiam juntas, em busca de algum rosto conhecido. Estava quase entrando na fila da comida quando avistei Lauren DiRosario correndo na minha direção, com um sorriso no rosto.

— Hadley! Estou tão feliz por você ter vindo! — ela disse, empolgada, agarrando os meus ombros. — Acho que ia enlouquecer se não aparecesse outra garota aqui, juro.

Eu ri.

— Fico feliz em poder ajudar, Lauren.

Ela passou o braço por debaixo do meu e me conduziu na direção de duas mesas que estavam ocupadas por toda a família Incitti. Como ocorreu no jantar de Ação de Graças, fui bombardeada por mais uma rodada de beijos e abraços e "É tão bom ver você de novo, Hadley!"

Os únicos que não estavam presentes eram Sofia, Ben e seus três filhos, que moravam a três horas de distância, em Albany.

Archer não se levantou para me cumprimentar, mas pelo menos sorriu. Ele estava relaxado em sua cadeira e tinha diante de si um prato de frango com arroz. Pela expressão no rosto dele, não me parecia que sua mente estivesse completamente concentrada no momento presente.

— Olá — eu disse, sentando-me na cadeira vazia ao lado dele.

Archer ergueu o rosto de seu prato de comida, abrindo a boca para dizer alguma coisa, mas não disse nada. Os olhos dele me avaliaram de cima a baixo por um momento e suas sobrancelhas se ergueram.

— Belo vestido — ele disse.

— Hum. — Puxei a barra do meu vestido, sentindo-me subitamente constrangida. Começava a me perguntar se devia ter optado por calça jeans e camiseta. — Obrigada.

Archer suspirou com ar satisfeito, largou seu garfo e se virou em sua cadeira para se aproximar mais de mim.

— Depois que comermos, você gostaria de...

— Hadley, venha! Vamos pegar comida!

Fui praticamente arrancada da minha cadeira e puxada na direção da fila da comida por Rosie e Lauren antes que Archer tivesse tempo de terminar a sua frase. Ainda virei a cabeça para trás e olhei para ele, mas ele simplesmente sorriu para mim. Uma das garotas que trabalhavam nas mesas de comida me entregou um prato, e eu o enchi com arroz e frango, purê de batata, biscoitos e algumas colheres de salada de frutas.

Fui forçada a me sentar perto de Lauren e Karin, a algumas cadeiras de distância de Archer, que estava agora envolvido numa animada discussão com Vittorio e Art sobre a seleção italiana de futebol. Escutei a agradável conversação à mesa enquanto comia, tentando eliminar da minha mente tudo o que havia acontecido nos últimos dias.

Quando eu estava com a família Incitti, era fácil esquecer o motivo pelo qual me aproximei de Archer no início. Com eles, eu tinha uma sensação de pertencimento, pois essas pessoas me tratavam como se eu realmente fosse um membro da família. Mas o mais importante era que eu *gostava* de estar com todos eles. Eu gostava de estar com Archer. Era difícil de acreditar que foi preciso que ele pensasse em tirar a própria vida para que nós dois nos uníssemos. Isso dava um nó na minha cabeça. Se eu tivesse superado meu nervosismo e sido mais corajosa naquela aula de inglês do primeiro ano, talvez isso jamais tivesse acontecido.

— Atenção, todos!

Ergui o olhar do prato de comida quando Regina ficou de pé, com uma taça de vinho na mão, e as conversas em torno da mesa cessaram imediatamente. Eu não sabia que tipo de anúncio Regina estava prestes a fazer, mas me perguntei se tinha algo a ver com a apelação do seu ex-marido.

— Bem, esses últimos dias foram bastante difíceis, sem dúvida nenhuma — ela começou respirando fundo, com vigor. — Carlo se envolveu em um acidente e descobrimos que o meu ex-marido entrou com uma apelação da sua sentença.

— Espero que aquele *babaca* nunca mais volte a ver a luz do dia — ouvi Lauren dizer em voz baixa.

— Depois de falar com o antigo assistente da promotoria que cuidou do julgamento — Regina continuou começando a sorrir —, temos bons motivos para acreditar que as chances de concederem uma apelação para o meu ex-marido são praticamente nulas.

Gritos e aplausos irromperam na mesa, altos o suficiente para chamar a atenção de boa parte das pessoas presentes no ginásio. E eram bem merecidos, na minha opinião. Depois de se inclinar na direção de sua irmã Karin e abraçá-la, Regina voltou a se sentar. Olhei para Archer e, embora seu modo de segurar o garfo revelasse uma certa tensão enquanto ele mexia no purê de batata em seu prato, pude perceber que a expressão em seu rosto era de tranquilidade. Isso era bom.

De súbito, Archer levantou a cabeça e nossos olhares se encontraram, e um sorriso minúsculo brotou de seus lábios. Isso definitivamente era bom.

Quando terminei de comer tudo o que havia no meu prato, resolvi ir um pouco mais longe e avancei em direção às sobremesas. Na dúvida, sempre vá para as sobremesas. Apanhei outro prato e pus um punhado de cookies nele e, em seguida, alguns pedaços de brownies e um grande pedaço de bolo de baunilha com cobertura de chantilly. Tudo isso iria fazer um estrago no meu estômago, mas Taylor gostava de seguir a máxima de que "calorias não contam durante as festas"; e eu definitivamente estava de acordo.

Afundei o garfo no bolo, tirei um pedaço e o comi alegremente enquanto retornava ao meu lugar à mesa. Eu mal dei alguns passos e Carlo apareceu subitamente diante de mim, com um sorriso travesso estampado no rosto. Havia algumas manchas amareladas em seu rosto e ele tinha vários cortes inflamados e vermelhos. Fora isso, ele parecia bem, de modo geral, caminhando para uma completa recuperação depois do acidente que sofrera.

— É bom ver você fora da cama do hospital — eu disse, sorrindo. — Está se sentindo bem?

— Ah, me sinto fabuloso, Hadley, obrigado por perguntar — ele disse antes de tirar da minha mão a sobremesa. Ele deixou o prato na mesa mais próxima e passou um braço pela minha cintura, me conduzindo à pista de dança.

— Carlo! — protestei, agarrando o antebraço dele com força. — Ei, espera aí! Quero terminar aquele bolo!

— Isso pode esperar. Eu quero dançar.

Desisti de tentar escapar e deixei Carlo conduzir, colocando uma mão em seu ombro e outra na mão dele.

— O que pensa que está fazendo? — perguntei, tentando não tropeçar nos meus próprios pés. — Tentando me envergonhar?

— De jeito nenhum — Carlo respondeu tranquilamente. — Só tentando deixar meu querido primo com ciúme.

— Ele não sente ciúme de mim — afirmei. Queria colocar um fim nessa dança com Carlo o mais rápido possível. — Por que ele sentiria?

— Por que a garota dele está dançando com outro cara? Quem não ficaria com ciúme?

— Eu não sou a garota dele — respondi, mas não pude deixar de pensar que Archer havia usado essa expressão, "essa é a minha garota", mais cedo hoje, no almoço.

A julgar pelo olhar em seu rosto, Carlo obviamente sabia que eu não estava sendo sincera. Então ele soltou um breve suspiro e uma expressão surpreendentemente séria se estampou em seu semblante. O sorriso charmoso dele de repente havia sumido, o que foi desconcertante para mim. Os cortes e contusões sofridos no acidente não estavam ajudando.

— O que foi? — pressionei, pois ele ficou um longo momento em silêncio.

— Não quero parecer rude, Hadley, mas você não conhece o Archer como a gente. Você não sabe o quanto ele era feliz antes do assassinato do Chris.

A súbita mudança no rumo da nossa conversa me pegou de surpresa. Por que ele estava abordando esse assunto?

— Eu sei disso — respondi, hesitante. — Regina me disse a mesma coisa.

Eu jamais conheci esse lado do Archer e me dei conta de que isso era estranhamente doloroso. A pessoa que Archer havia sido tempos atrás já não existia mais. E eu duvidava que voltasse a existir. Que sentimento esquisito esse — ter saudade de alguém que eu nunca conheci.

— Porque ela está certa — Carlo prosseguiu. — Você não vê nele a mudança que a gente tem visto. Ele está diferente. Está… feliz. Você devia ter visto a cara que a minha avó fez quando ouviu o Archer rindo na noite de Ação de Graças.

Fiquei olhando para os meus pés, tentando evitar que a minha mente caísse na armadilha das ridículas teorias a respeito do Archer e a felicidade dele. Não funcionou.

— E você acha… que ele está feliz por minha causa?

— Em grande parte, acho, sim. Aliás, a sua responsabilidade nisso é enorme.

Mas não era isso que eu estava tentando fazer desde o início do meu prazo de vinte e sete dias?

— Não duvide de si mesma — Carlo disse, afastando-me dos meus devaneios.

— Eu não…

— Eu só queria dizer que você não deve duvidar do que significa para Archer. Porque você é importante para ele. E eu amo o meu primo. Gosto de vê-lo feliz. Todos nós gostamos.

Um sorriso começou a se formar nos cantos da minha boca antes que eu pudesse evitar. Eu gostava de Carlo. Na maior parte do tempo ele não passava de um garoto como qualquer outro da sua idade, mas era também bastante observador. Seria bom tê-lo como amigo.

— Você observa as coisas, Carlo.

— Você também. — O sorrisinho endiabrado dele voltou a aparecer.

— Mas o Archer não — comentei depois de pensar por um momento.

— Não — Carlo concordou. — Não observa. Mas ele enxerga você.

A música terminou e os casais se separaram batendo palmas educadamente para a banda. Eu e Carlo nos separamos e também aplaudimos.

— Obrigada, Carlo. Obrigada pela dança.

— *Eu* que agradeço, Hadley. — Fiquei pasma quando ele se inclinou na minha direção e me deu um beijo no rosto, num gesto surpreendente de afeição — um gesto que não parecia algo que um garoto de quinze anos faria. — Fique por perto, tá?

Ele me dirigiu um dos seus sorrisos especiais e se foi, me deixando sozinha na pista de dança. Eu não sabia ao certo o que havia acabado de acontecer, mas estava feliz por ter tido a chance de conversar com Carlo. Era difícil duvidar da sinceridade das palavras dele. Eu iria fazer o que pudesse para guardá-las comigo.

Precisei me recompor e sair da pista de dança quando a próxima música começou e os casais voltaram a dançar. Fui procurar um banheiro e acabei dando de cara com Archer no momento em que passava por um pequeno corredor lateral do ginásio.

— Desculpa — eu disse, dando um passo para trás. — Eu não vi...

— Dance comigo.

Essa era a última coisa que eu esperava que ele dissesse. Eu não sabia dançar. Ele não sabia. Ou sabia?

— Quê?

— Dance comigo — Archer repetiu com uma expressão bastante séria no rosto.

Eu não conseguia compreender, era estranho demais. Por que Archer queria dançar comigo? Será que Carlo tinha conseguido mesmo deixá-lo com ciúme?

— Você dança com o meu primo, mas não vem dançar comigo? Nossa, Hadley, valeu mesmo.

Quando percebi, eu estava rindo.

— Vou pisar nos seus pés — avisei. — Se duvida, pergunte ao Carlo.

Os lábios de Archer se curvaram num sorriso malicioso.

— Não faz mal, os meus pés são grandes.

Ele me pegou pela mão, entrelaçando os dedos nos meus, e me levou de volta ao ginásio, para a pista de dança, enquanto eu tentava disfarçar o embaraço. A banda tocava uma melodia lenta e suave, que soava como uma música saída diretamente dos anos de 1940.

Archer passou um braço pela minha cintura e me puxou para perto dele, segurando a minha mão na sua. Não pude deixar de perceber o contato quente da sua pele contra a minha. Estávamos tão perto um do outro que ele sem dúvida podia sentir o meu coração bater acelerado. Eu já havia tropeçado nos pés dele duas vezes, mas seguia em frente e buscava entrar no ritmo. E foi até legal. Estávamos juntos e era tudo o que importava nesse momento.

ACONTECEU CERTA NOITE

JÁ ESTAVA NEVANDO FAZIA UM BOM TEMPO QUANDO DEIXEI O ginásio, depois de me despedir da família Incitti. Archer e eu tínhamos dançado apenas uma música, mas eu não podia evitar a sensação de euforia que borbulhava dentro de mim sempre que eu pensava no contato da mão dele com a minha. Ergui o braço para chamar um táxi, mas parei quando ouvi alguém gritar o meu nome.

— Hadley? Espera um segundo! Hadley!

Olhei para trás e vi Archer correndo na minha direção.

— Esqueci alguma coisa lá dentro? — eu disse quando ele parou diante de mim.

— É — Archer respondeu. — Você *me* esqueceu. Vou levar você para casa.

Por um segundo, pensei que não havia escutado direito.

— Você vai me levar para casa — repeti.

— Engraçado... Que eu me lembre, desde que nos conhecemos, você não mostrou ter nenhum problema de audição — ele comentou com sarcasmo. — Você me escutou. Vou levar você para casa.

Eu não protestei. Mesmo que quisesse, não conseguiria encontrar as palavras certas.

— Sabe, Morales, isso está bastante parecido com um encontro — eu disse quando começamos a caminhar pela rua em busca de um táxi. — Jantamos juntos, você me pediu para dançar, e agora me leva para casa.

Archer riu.

— Quando eu convidar você para um encontro, Jamison, a minha família não vai estar envolvida de maneira alguma.

Com a sensação de que a minha garganta havia se fechado, e com o meu coração saltando ridiculamente no meu peito, eu nem sei como consegui colocar um pé à frente do outro e continuar caminhando. Ele disse "*quando* eu convidar você para um encontro". Não *se*, mas *quando*. Era impossível reprimir o sentimento de esperança que se apossava de mim.

— Bem, seja como for... — respondi, esperando que minha voz soasse normal. — Obrigada.

Archer deu de ombros, enfiando as mãos nos bolsos, e nós continuamos caminhando. Havia poucos carros circulando pelas ruas e nenhuma outra pessoa andando na calçada; parecia quase impossível haver tão pouco barulho na cidade de Nova York. Flocos de neve caíam em ondas suaves, cobrindo a cidade com uma espécie de manto branco. Era como uma terra de sonhos.

Quando finalmente conseguimos chamar um táxi, nós já tínhamos caminhado três quadras. Dei meu endereço ao motorista, e Archer e eu nos acomodamos para a viagem. Chegaríamos bem mais rápido do que num dia normal, com trânsito intenso, e isso era um alívio para mim. Eu estava ansiosa para sair do carro. Pousei a mão no assento ao meu lado e não foi nada fácil resistir à tentação crescente de esticar a mão e enlaçar meus dedos nos de Archer.

Deixei Archer pagar a corrida — pois ele me olhou feio quando fiz menção de pegar a minha carteira — e desci do carro. Hanson já não estava mais trabalhando a essa hora da noite; se estivesse, eu adoraria apresentá-lo ao Archer.

O porteiro do turno da noite abriu a porta do prédio para nós com um aceno de cabeça cortês e nós atravessamos o saguão na direção do elevador. Observei Archer atentamente, enquanto subíamos ao sétimo andar. Eu tinha a forte sensação de que pairavam no ar, entre nós dois, coisas não ditas. O que exatamente significava essa noite, afinal? Era óbvio que algo havia mudado. Ele tinha que saber disso tão bem quanto eu.

Tirei as minhas chaves do bolso do casaco quando as portas do elevador se abriram, e Archer e eu caminhamos pelo corredor até o 7E em silêncio.

— Então... — Minha mão ficou imóvel quando enfiei a chave na fechadura. Eu estava nervosa demais para me virar e olhar para Archer. — Obrigada por... hã, me trazer até em casa — eu disse sem muito entusiasmo.

— Eu não sou um completo babaca — Archer comentou em tom de brincadeira. — Minha mãe me criou para ser um perfeito cavalheiro, fique sabendo. Sei muito bem que não se deve deixar uma garota voltar para casa sozinha à noite.

Olhei para ele e sorri.

— Você quase me enganou. Ei, não quer entrar?

As palavras escaparam dos meus lábios antes que eu pensasse no que estava dizendo. Eu não queria que a noite terminasse agora e, mesmo que eu tivesse que me precipitar e fazer bobagem ou fazer papel de idiota, faria se isso significasse passar mais tempo com o Archer.

— Quê? — ele disse, com expressão de total espanto no rosto.

Respirei fundo e me esforcei ao máximo para sorrir.

— Por que você não entra? Há sempre um bom filme em um dos canais clássicos a essa hora da noite.

Ele demorou alguns instantes para responder, e, durante esses instantes, tive certeza de que ele diria não. Porém, de repente, ele sorriu.

— Contanto que você tenha pipoca, eu topo.

— Acho que podemos providenciar.

Destranquei a porta e a empurrei, abrindo-a. Acendi as luzes. Archer me seguiu com cuidado para dentro do apartamento, espiando ao redor com atenção. Ele mal havia atravessado a soleira da porta quando, enfim, falou:

— Minha nossa, Hadley sério mesmo?

— O que foi? — Deixei minha bolsa na mesinha de centro, olhando para ele com curiosidade. — Tem alguma coisa...

— Você mora *aqui*? — Ele gesticulou na direção da sala de estar, dos sofás de couro e da televisão de tela plana, das janelas panorâmicas, como se esse movimento fosse a única explicação de que eu precisava.

— Hã... Sim — respondi, um pouco ansiosa. — Minha mãe tem talento para decoração. Às vezes eu me pergunto por que ela se tornou uma executiva e não uma decoradora de interiores.

Com os olhos vagando pelo apartamento, Archer continuou parado perto da porta de entrada por tanto tempo que comecei a recear que ele acabasse mudando de ideia e fugindo.

— Bom — ele finalmente disse, desajeitado. — Você deve trabalhar para gente porque gosta mesmo de nós. Não porque precisa de dinheiro.

"Finalmente", pensei, exultante. "Eu *gosto* de você, *seu idiota"*. Estava esperando que ele reconhecesse essa pequena diferença na equação.

Preparei dois sacos de pipocas de micro-ondas, conforme foi solicitado, e nós nos acomodamos no sofá juntos para assistir ao filme em preto e branco *Aconteceu Naquela Noite*, que passava na TV. Certamente, não era o que os nossos colegas de classe fariam numa sexta à noite, mas quem ligava para isso? A gente, sem dúvida, estava em vantagem na história.

✵ ✵ ✵

Quando abri os olhos, o filme ainda estava passando na TV. Archer dormia na ponta oposta do sofá, apoiando a cabeça em um braço e cobrindo o rosto com o outro; sua respiração era lenta e constante. Eu me sentei, afastei o cabelo do meu rosto e consultei as horas no decodificador da TV a cabo. Não fazia nem meia hora que havíamos apagado, mas acho que estávamos mais cansados do que pensávamos.

— Archer?

Ele não se moveu.

— Archer? — repeti, dessa vez mais alto.

Nada.

— Você está acordado? — insisti, me colocando de joelhos e me inclinando na direção dele.

— Agora estou. — Ele inspirou vigorosamente e abriu os olhos, escorando-se em um cotovelo. Olhou a sua volta por um momento antes de se voltar para mim ainda confuso. — A gente pegou no sono?

— Pois é — respondi. — São quase onze horas.

— Ah, é? — Archer disse.

Fiquei surpresa com a indiferença de Archer com relação ao horário.

— Sua mãe e avó não vão ficar muito contentes com você.

— Provavelmente — ele concordou. Mas ele sorriu para mim, e foi um sorriso de tirar o fôlego, que eu nunca havia visto antes. — Elas vão entender. E elas sabiam que eu estava levando você para casa. Além disso, eu não estou exatamente numa parte suspeita da cidade.

— Ah, claro — eu disse, forçando uma risada sarcástica. — Porque o Upper East Side é tão excitante. — Pus as pernas para fora do sofá e fiquei de pé. — Certo. A menos que você queira conhecer os meus pais, acho uma boa ideia você voltar para a sua casa.

— Hmm. — Archer se pôs de pé, desarrumando o cabelo ao estender os braços acima da cabeça. — Eles são tão maus assim?

— Não. — Pensei um pouco antes de continuar: — Mas acho que eles simplesmente acreditam que, se eu não trouxe um cara para casa até agora, nunca vou trazer. Eu gostaria de evitar essa conversa difícil, se não se importa.

— Ah. — Archer pareceu um pouco embaraçado. — Entendi.

Ele colocou os sapatos, vestiu o casaco e então se dirigiu à porta da frente. Eu o segui de perto, as mãos entrelaçadas atrás das costas, sem saber muito bem o que dizer.

— Acho… quer dizer, vejo você amanhã — ele disse, segurando a maçaneta enquanto se virava para mim.

— Sim. Amanhã, no meu turno da tarde.

— Ficamos assim, então.

Eu não sei bem por que tomei uma atitude dessas. Antes que pudesse pensar que talvez não fosse uma boa ideia, avancei e dei um abraço em Archer, apertando-o com força.

Ele não se afastou de imediato, como havia feito naquela noite no hospital. Em vez disso, passou os braços lenta e cuidadosamente ao redor da minha cintura, com o rosto pressionado contra o meu cabelo.

Sua postura continuava desajeitadamente rígida e eu tive a impressão de que ele não estava acostumado a contato físico, mas esse foi um abraço bem melhor sob circunstâncias bem melhores.

Nosso abraço acabou demorando um pouco mais que o necessário, mas, no fim das contas, eu me lembrei de que devia me despedir dele e dei um passo para trás.

— Ah, tudo bem. Ahã. — Archer clareou a garganta, olhando fixamente para o teto, como se estivesse embaraçado demais para olhar para mim. Essa atitude era uma novidade. — Vejo você amanhã, então.

Porém, como se eu tivesse perdido a capacidade de pensar, decidi dar um passo além. Eu não queria analisar todos os meus atos nesse momento, como vinha fazendo desde o início do meu prazo de vinte e sete dias.

Agarrei a jaqueta de Archer e, gentilmente, o puxei para mim, para bem perto de mim. Era óbvio o que eu tinha em mente. Eu ia beijá-lo, e ele não fez nada para me impedir.

Esse beijo não foi nada parecido com o que trocamos naquela noite no hospital. Certamente, nenhum de nós dois era especialista no assunto, mas todos os sinais de incerteza que havíamos compartilhado antes tinham desaparecido. Ficou bem mais difícil respirar quando Archer deslizou a mão pela minha nuca e nossos lábios se encontraram.

Eu não havia beijado muitos caras antes, mas Archer foi o melhor de todos. Disso eu tinha certeza. Uma sensação de extrema leveza borbulhou dentro de mim quando nos beijamos. Eu podia sentir a minha pulsação nos ouvidos. Duvidava que teria interrompido o nosso beijo tão cedo se não fosse pelo som das vozes dos meus pais do outro lado da porta da frente.

Droga!

Eu me afastei rapidamente de Archer, respirando fundo várias vezes enquanto passava as mãos no meu cabelo, a fim de desfazer os nós que os dedos dele haviam causado. Archer me observava com uma expressão entusiasmada e horrorizada ao mesmo tempo.

— São os seus pais? — ele sussurrou.

— Sim — murmurei. — Me desculpa, mas parece que você vai...

O pedido de desculpa morreu na minha garganta quando a chave girou na fechadura e a porta da frente se abriu, e os meus pais entraram no apartamento. Para eles, chegar em casa ao mesmo tempo não era incomum; isso acontecia na maioria das noites. Seus escritórios ficavam bem próximos um do outro. Contudo eles jamais haviam chegado em casa e encontrado um garoto na minha companhia. Jamais.

— Oi, Hadley! — meu pai disse com um sorriso cansado, enquanto tirava o casaco e o levava para o armário. Não sei como, mas ele passou por Archer sem nem o perceber ali.

— Olá, papai — respondi rápido. — Este é o...

— Recebi a sua mensagem mais cedo. Como foi o jantar? — minha mãe perguntou, ainda grudada no celular enquanto largava a bolsa na mesa de centro.

— Foi muito divertido. E que comida ótima. Mas este é o...

Nesse momento Archer deu um passo à frente, clareando a garganta para anunciar a sua presença, e estendeu a mão para a minha mãe num cumprimento.

— Olá. Eu sou o Archer.

Minha mãe e meu pai ficaram imóveis por alguns instantes de tenso silêncio, olhando primeiro para mim e depois para Archer. A confusão estava estampada em seus rostos. Até esse ponto da minha vida, eu certamente jamais havia experimentado algo tão embaraçoso. Aquele seria um bom momento para que um buraco se abrisse no chão e me engolisse.

— É um prazer conhecê-lo — minha mãe disse finalmente, parecendo distante enquanto apertava a mão de Archer.

— Você deve ser o amigo da Hadley do trabalho — meu pai falou, avançando na direção de Archer para também apertar a mão dele.

— A gente se conheceu na escola, sim — Archer respondeu. Fiquei espantada com sua reação tranquila e confiante diante dos meus pais. — Minha mãe é a dona da cafeteria na qual a gente trabalha — ele explicou, sorrindo gentilmente para os dois.

— É mesmo?

Meu pai educadamente jogou conversa fora com Archer por alguns minutos, a respeito dos negócios na cafeteria, e minha mãe ficou lá parada, sem palavras, assim como eu. Que situação mais *esquisita*. Eu jamais havia imaginado que o Archer algum dia conheceria os meus pais. Ele pertencia a uma parte da minha vida inteiramente diferente, e ter que apresentá-lo subitamente à minha mãe e ao meu pai — que pareciam viver num outro planeta e aparecer apenas para me visitar — era simplesmente surpreendente, para dizer o mínimo.

— Hã... pai? Então. O Archer estava me dizendo agorinha mesmo que precisava ir para casa — eu disse, me intrometendo na conversa deles, enfim conseguindo reunir coragem suficiente para falar.

— Ah, sim, certo — meu pai respondeu, consultando as horas em seu celular. — Realmente, está ficando tarde.

— Foi um prazer conhecer vocês dois — Archer disse polidamente aos meus pais, sorrindo.

— Igualmente. — Meu pai apertou a mão de Archer de novo. — Sinta-se bem-vindo quando quiser nos visitar novamente.

Tentei disfarçar o espanto que sentia enquanto colocava os meus sapatos rapidamente, conduzindo Archer até a porta.

— Nossa, isso foi constrangedor — eu disse assim que fechei a porta depois que saímos. — Me desculpa, eu não...

— Ah, que isso. — Archer deu de ombros, despreocupado. — Os seus pais não são tão ruins assim.

Eu não esperava ouvir uma coisa dessas do Archer, mas até que foi um alívio.

— A sua mãe estava com cara de quem sentiu um cheiro péssimo — ele acrescentou, sorrindo.

— Eu sei. Ela sempre fica com essa cara quando é apanhada de surpresa. A vida de executiva faz isso com você, acho.

Acompanhei Archer pelo corredor até o elevador, sentindo-me de repente bastante nervosa. Archer e eu tínhamos nos beijado pra valer e nenhum de nós dizia uma palavra a respeito disso.

— Bom, a gente se vê amanhã então? — eu disse quando as portas do elevador se abriram e Archer entrou.

— Sim — ele respondeu, limpando a garganta. — A gente se vê amanhã.

Ele sorriu — de verdade, um sorriso *genuíno* — e acenou para mim com a mão, e então as portas se fecharam e ele se foi.

Voltei para o apartamento, já inquieta porque, com certeza, teria que enfrentar um interrogatório. No segundo que fechei a porta da frente, minha mãe se levantou do sofá.

— Hadley, vai ser mesmo necessário ter uma conversa sobre trazer garotos para casa?

Fiz um esforço monstruoso para não cair na gargalhada.

FRAQUEZAS HUMANAS: FALTAM 3 DIAS

EU ESTAVA UM *POUCO* ADIANTADA PARA O MEU TURNO NA CAFE-teria. Quis chegar mais cedo porque não queria ficar parada sem fazer nada; mas, principalmente, porque estava desesperada para ver Archer de novo. Na noite passada, em vez de me preparar para ter pesadelos com Havoc antes de adormecer, fiquei revivendo aquele beijo em minha mente sem parar. Uma alternativa bem melhor. Eu temia que estivesse um tanto óbvia a minha vontade de repetir a experiência.

— Você está um pouquinho adiantada — Archer observou quando entrei pela porta dos fundos e apareci na cozinha meia hora antes do meu horário.

— Só queria sair do apartamento, acho — comentei casualmente, tirando minha jaqueta e pendurando as minhas coisas em um dos ganchos perto da porta. — O dia está tão bonito.

Archer espiou pela pequena janela sobre a pia da cozinha.

— Está nevando, Hadley.

— Pois é.

Ele colocou na bancada a bandeja cheia de sanduíches frios que havia tirado da geladeira e se voltou para mim, cruzando os braços sobre o peito. Aquele sorrisinho travesso estava novamente brincando em seu rosto.

— Está tão desesperada assim para ficar perto de mim, Jamison?

Ele já havia feito essa pergunta em tom de provocação e eu sempre respondia com sarcasmo ou contrariada. Hoje, porém, minha resposta seria um pouco diferente.

— É — eu disse. — Acho que você tem razão.

Archer pareceu momentaneamente surpreso com a minha resposta, mas então o seu sorriso retornou com força total. Ele me enlaçou pela cintura e me puxou para junto dele. Eu não sabia ao certo quem havia feito o primeiro movimento, mas o beijo que resultou disso foi glorioso.

— Isso... vai se tornar um evento habitual? — perguntei, ofegante, quando nos separamos.

Ele pareceu perplexo com a pergunta, mas sua resposta foi pensada lenta e cuidadosamente.

— Não sei. Eu quero que seja. Acho que você é a garota mais irritante que já conheci na vida, mas eu nunca imaginei que beijá-la seria tão... ei, você está mesmo se *beliscando*?

— Desculpa. Só quero ter certeza de que não estou sonhando.

Era um alívio saber que isso definitivamente *não era* um sonho. Archer me desejava — apenas para beijar, até onde eu podia perceber —, mas isso já era um começo, certo? Eu é que não iria reclamar.

Archer me soltou, dando uma risada irônica.

— Eu finalmente encontro uma garota que gosto de beijar, e ela também gosta de se beliscar. Que sorte a minha. Mas já que você está aqui, bem que podia começar a ajudar nas tarefas.

Eu também ri e fui para a pia, arregaçando as mangas da minha blusa a fim de lavar as mãos, enquanto Archer carregava a bandeja de sanduíches até a vitrine de salgados. Fechei a torneira e enxuguei as mãos com um papel-toalha, observando a neve cair lá fora.

De repente, dei um salto para trás e sufoquei um grito, quando letras negras começaram a aparecer na janela bem na minha frente, como se alguém invisível estivesse agachado na bancada enquanto escrevia algo com caneta marca-texto preta.

Um princípio de pânico me invadiu quando a mensagem foi terminada e eu a li:

Tenho que reconhecer, isso foi engraçado

Mas logo tudo estará terminado.

Prepare-se para enfrentar seus medos, menina,

Pois o final desse jogo se aproxima.

Essa foi, sem dúvida, outra cortesia de Havoc, e como havia acontecido com as anteriores, eu não fazia ideia do que deveriam significar além de que Havoc estava intensificando os seus esforços antes que o prazo chegasse ao fim. Reli a mensagem inúmeras vezes, balbuciando as palavras.

— Hadley! — A voz de Archer me arrancou do meu devaneio. — Será que você poderia me dar uma mão aqui?

— Só um segundo! — gritei em resposta.

Peguei rapidamente outro papel-toalha, o umedeci e então o esfreguei na janela até fazer a mensagem desaparecer.

✻ ✻ ✻

Uma calma perturbadora tomava conta da cafeteria.

Reinava o silêncio. Os poucos clientes presentes estavam perdidos em seu próprio mundo, mergulhados na distração que seus livros ou aparelhos eletrônicos lhes proporcionavam, e não falavam muito. Eu devia estar aliviada por não ter que correr de um lado para o outro atendendo a pedidos de bebida ou carregando tigelas de sopa de tomate fervendo — com o risco de acabar me queimando por acidente.

Mas eu não estava aliviada. Pelo contrário: eu me sentia... incomodada.

Quando eu não estava puxando os cordões frouxos do meu avental, estava esfregando os dedos sob o meu bracelete, onde os números tinham sido tatuados no meu antebraço. Olhar o espaço vazio em que antes se encontravam os meus números desaparecidos me trouxe uma sensação de desamparo. A contagem final se aproximava rapidamente — faltavam apenas três dias. E Havoc sabia disso.

Ouvi passos se aproximando e então vi Regina sair da cozinha, visivelmente feliz — mais feliz do que eu a havia visto em dias. Ela estava vestindo roupas um pouco mais sofisticadas do que o seu modesto traje habitual, e seu cabelo, penteado para o lado, estava lindo.

— O meu irmão e a minha irmã vão me levar para sair — ela comentou. — Para manter a minha mente longe dos problemas. Ter um pouco de diversão. Até a minha mãe vai acompanhar a gente.

— Isso é ótimo — eu disse, sorrindo. — Você merece uma noite de folga.

Regina sorriu, apertou o meu ombro e então pareceu subitamente nervosa.

— Vocês vão ficar bem, não é? Você, Archer e Rosie?

— Claro que sim, Regina. Já é quase hora de fechar. E a Rosie costuma obedecer ao Archer.

— Pare de se preocupar, mãe — ouvi Archer dizer quando saiu da cozinha e entregou a Regina o casaco e a bolsa de mão dela. — Essa noite você não tem que pensar em nada, só tem que aproveitar para se divertir. Já fechei muitas vezes. Sei bem o que fazer.

Regina fez que sim com a cabeça e vestiu o casaco, mas ainda não parecia convencida.

— Tá, mas, mesmo assim, telefone se precisar de alguma coisa. E coloque a sua irmã para dormir às oito, certo?

— Sim, eu também sei a que horas Rosie tem que ir para a cama.

Ouvi o som alto de passos ecoando pesadamente, e então Victoria apareceu na porta da cozinha, empurrando Archer para o lado.

— Saia do meu caminho, garoto. Pronta para ir, Regina?

— Com certeza. — Regina se esforçou para exibir um sorriso confiante. — Vamos lá.

Rosie apareceu de repente, espremendo-se entre as pernas de Archer para chegar até Regina e reclamando que ainda não tinha dado o seu boa-noite. Acompanhamos Regina e Victoria até a porta da frente, dando abraços e incentivando-as a se divertirem.

Archer olhou para o relógio sobre o console da lareira enquanto fechava a porta após a saída de Regina e Victoria.

— Meia hora até o horário de fechar.

— Acho que podemos sobreviver até lá — eu disse.

— Eu não teria tanta certeza, garota. Bom, você gostaria de começar a fechar ou prefere cuidar daquele diabinho?

Ele se referia a Rosie, que no momento tentava agarrar uma das rosquinhas que haviam ficado do lado de fora do mostrador.

— Vou começar a limpar tudo para fecharmos — respondi.

Os clientes começaram a sair à medida que se aproximava o horário de encerrar as atividades. Eu passava pelas mesas, recolhendo canecas e tigelas sujas e as depositando na grande bacia de plástico que guardávamos atrás do balcão. Archer vinha logo atrás de mim, limpando cada uma das mesas. Rosie, por sua vez, jogou-se em um dos sofás e tentou ler um livro.

— Certifique-se de que aquela mercadoria seja deixada na geladeira para o entregador amanhã — Archer pediu, apontando para uma caixa de itens de confeitaria e salgados que não haviam sido vendidos. — Vou começar a lavar essa louça.

— Pode deixar comigo, chefe!

— Ei, espere por mim! — Rosie gritou, pulando do sofá. — Você disse que eu podia colocar aquela coisa de limpeza na máquina de lavar dessa vez, Archer! — Ela contornou correndo o balcão atrás de Archer, empolgada com a possibilidade de lidar com o detergente.

— Você tem razão — Archer disse. — Disse mesmo. Mas, dessa vez, você vai ter que me ajudar a colocar a louça na máquina de lavar, Rosie.

— Tá bom… — Rosie resmungou e bufou, lembrando bastante o irmão mais velho com essa reação.

Depois de colocar os doces e salgados na geladeira, circulei pelo salão da cafeteria para virar as cadeiras de pernas para cima e colocá-las sobre as mesas. Eu estava limpando as borras de expresso quando ouvi um estrondo na cozinha.

Foi como se a noite de Ação de Graças estivesse acontecendo novamente. Tive a impressão de que me depararia com a mesma terrível visão de Regina soluçando, desesperada, quando corri para a cozinha.

Avaliei a cena diante de mim e não demorei muito para somar dois mais dois. Havia vidro quebrado, espalhado por todo o chão, e Rosie estava caída no meio dos cacos. As mãos dela estavam sangrando, cheias de cortes superficiais. Ela provavelmente havia tropeçado quando caminhava até a máquina de lavar, quebrando alguns copos na queda.

— Querida, você está bem? — perguntei, me curvando junto dela e tirando os cacos de vidro do seu colo. — Você caiu?

Rosie me ignorou, olhando fixamente para Archer, enquanto lágrimas escorriam pelo seu rosto.

— Archer? — ela chamou, choramingando.

Porém havia... algo de errado com Archer. Ele estava agarrando com força a bancada atrás dele, com os olhos arregalados e fixos nas mãos ensanguentadas de Rosie. Seu rosto estava branco como cera e seus lábios tremiam. Eu podia ouvir sua respiração arfante e rápida.

— Archer? — Rosie chamou novamente, estendendo uma mão na direção dele.

Ela nem chegou a tocar nele, mas Archer deu um pulo para trás, como se estivesse em choque. Rosie começou a chorar mais alto ainda.

— Archer, você está bem? — perguntei lentamente, embora fosse óbvio que ele não estava nada bem. — Você...

Seus olhos não se moveram das mãos de Rosie. E então entendi o que havia de errado: Archer não suportava ver sangue.

Quando ele, enfim, falou, depois de momentos de um silêncio quase sufocante, a voz dele estava estranhamente estridente:

— Eu não posso... O sangue... Você tem que... Você precisa...

Ele se virou, saiu tropeçando da cozinha e fechou a porta com força ao sair.

— Ei, Rosie, está tudo bem — eu disse e então a peguei nos braços. Felizmente, ela era bem leve para uma criança de cinco anos. — Não foi nada. Vou cuidar disso pra você, ok?

— Mas eu não quero você — ela se lamuriou, fungando no meu ombro. — Eu quero o Archer.

— Eu sei, querida, mas o Archer não está se sentindo muito bem agora — falei, tentando ignorar o nó que se formou na minha garganta quando a ouvi dizer isso. — Você vai ver o seu irmão daqui a pouco, prometo. Ele só precisa de um pouco de ar fresco.

Rapidamente subi as escadas, entrei no apartamento da família e acendi as luzes do corredor ao me aproximar do banheiro. Coloquei Rosie na bancada da pia e comecei a remexer no armário de medicamentos, à procura de curativos e de algo que eu pudesse usar para limpar os ferimentos da menina. Encontrei alguns curativos e um antisséptico que separei para usar depois que conseguisse persuadir Rosie a lavar as mãos com água quente e sabonete.

Ela ainda fungava, enquanto eu enxugava delicadamente as suas mãos com uma toalha. Os cortes não pareciam tão feios depois que o sangue fora lavado, e, felizmente, nenhum pedaço de vidro foi deixado para trás. Passei um pouco de antisséptico nos ferimentos e então apliquei os curativos.

Em seguida, tirei Rosie do banheiro e a levei para a sala, colocando-a no sofá e envolvendo-a com a manta grossa, que estava estendida no braço do sofá. Peguei o controle remoto da televisão e liguei em um canal de desenhos, na esperança de que isso a distraísse por algum tempo, até que eu pudesse falar com o Archer e saber como ele estava.

— Vou falar com o Archer — eu disse a Rosie. — Por enquanto, fique aqui vendo TV. Grite se precisar de alguma coisa, tá?

Rosie fez que sim com a cabeça, já aninhada debaixo da manta e totalmente atenta ao programa.

Deixei a porta do apartamento aberta o máximo que pude e então voltei para a cozinha. Eu não vi o Archer, mas não esperava mesmo vê-lo. Ele, provavelmente, continuava do lado de fora.

Decidi esperar mais alguns minutos antes de ir vê-lo.

A vassoura e a pá de lixo estavam encostadas na geladeira. Peguei-as, comecei a varrer os cacos espalhados pelo chão e joguei tudo no lixo depois de me certificar de que não restava mais nenhum pedaço de vidro. Tive o impulso de preparar uma caneca de chá antes de sair à procura do Archer. Parecia algo que Regina faria, e estava muito frio lá fora.

Archer estava sentado na calçada, próximo à porta, com os joelhos encostados na cabeça e os dedos da mão esquerda mergulhados em seu cabelo.

Era uma cena estranhamente semelhante à da noite do meu primeiro turno na cafeteria, exceto pelo fato de que tudo havia mudado exponencialmente desde então.

Archer não levantou a cabeça quando me sentei ao lado dele e coloquei a caneca de chá entre nós. Inclinei o corpo para trás e encostei-me na parede. Pousei as mãos nas minhas pernas. Eu não seria a primeira a falar. A iniciativa tinha que ficar por conta de Archer. Isto é, se ele estivesse disposto a conversar sobre o assunto.

— Trouxe chá para mim?

— É que me pareceu uma boa ideia.

— O que você é, inglesa? — A voz dele soou tensa, mas percebi um tom de agradecimento nela.

— A Rosie está bem — avisei, sem perguntar como Archer se sentia. — Ela está vendo TV.

Archer ficou em silêncio enquanto pegava a caneca de chá e bebia um gole. Seus dedos seguravam com força a caneca, mas sua mão tremia.

— Bom, a essa altura, acho que você já sabe — ele murmurou antes de tomar outro gole de chá.

— Sei o quê? — respondi suavemente.

— Que todos os boatos que correm na escola são mentiras. Que o Archer Morales não é tão assustador nem tão mau quanto parece. Que, na verdade, ele é apenas...

— Humano?

— Humano? — Archer riu de maneira seca e curta, olhando para mim com descrença. — Se ser humano significa perder completamente o controle com a simples visão de um pouco de sangue... então você está certa, acho que eu sou humano.

— Você diz isso como se fosse uma coisa ruim — argumentei. — Archer, as pessoas têm medos. Na minha opinião, estranho seria se você não tivesse nenhum.

— Você não entende, Hadley. É mais do que isso — ele disse em tom de queixa, projetando a cabeça para trás e apoiando-a na parede. — Não se trata de medo. Eu não tenho medo de sangue. A questão é que eu não sou capaz de... de... é como reviver aquela noite, a noite em que o Chris foi... Você entende? Acho que jamais serei capaz de explicar o que é isso.

— Por que não tenta? — falei sem pensar. — Quero entender, Archer.

Ele ficou de pé e se manteve calado por um longo momento.

— Eu jamais quis que você me visse assim. E principalmente jamais quis que a minha irmãzinha me visse assim. Ela agora vai me odiar.

Eu imediatamente discordei dele.

— Rosie não odeia você, Archer. Ela só quer que você a faça se sentir melhor. Você é o seu irmão mais velho. Ela nunca vai te odiar.

— Tudo bem, então me diga como eu vou conseguir ajudá-la se já começo a perder o controle só de ver uns pequenos cortes na mão dela? — A voz de Archer ficou cada vez mais alta e ele virou as costas para mim, ainda segurando a caneca de chá. — E o que mais falta acontecer? Se a Rosie cair e arranhar o joelho, vou ter um ataque de pânico porque saiu um pouquinho de sangue do machucado? Ou vou me cortar por acidente, cozinhando uma noite dessas, e desmaiar bem na frente da minha mãe? Isso já aconteceu antes.

Quase caí para trás de susto quando Archer, de repente, ergueu o braço e arremessou a caneca no muro lateral da cafeteria. A caneca bateu nos tijolos e se partiu em pedaços, os estilhaços se espalharam pelo chão.

A necessidade de prendê-lo nos meus braços e nunca mais deixá-lo ir foi mais forte do que eu jamais havia experimentado, mas não me mexi. Quando Archer se voltou novamente para mim, vi que seu rosto estava vermelho e seus olhos tinham um brilho estranho.

— Desculpa — Archer murmurou, sentando-se ao meu lado. Ele apoiou os cotovelos nos joelhos e juntou as mãos debaixo do seu queixo.

— Archer, veja... — Estendi com cuidado a mão, segurei no antebraço dele e apertei-o a fim de confortá-lo. — Sei que nada do que eu possa dizer vai mudar alguma coisa ou melhorar essa situação..., mas acho que... acho que isso que você sente não é totalmente estranho. O que você viu aquela noite... não é algo que desaparece da noite para o dia. Talvez nunca desapareça. Quer dizer, eu não vou mentir para você; provavelmente seria a última coisa que você gostaria que alguém fizesse. Você precisa apenas... apenas...

Eu estava titubeando, tentando elaborar algo que fizesse sentido, mas não conseguia chegar a lugar nenhum. Mas lá estava, no rosto de Archer, a mais sutil insinuação de sorriso enquanto ele olhava para mim.

— Alguém já te disse que você é péssima nesse negócio de discurso motivacional?

— Muito obrigada — respondi irritada. — Estou fazendo o meu melhor aqui.

— Sem dúvida, já que você continua aqui depois daquele meu pequeno espetáculo.

Foi difícil não cair na gargalhada ao ouvir isso.

— Será que agora você finalmente começa a entender que eu estou aqui para ficar, Archer?

Por um instante, ele olhou para mim com ar pensativo.

— Talvez.

Nós nos sentamos na calçada novamente e ficamos em silêncio por mais alguns minutos, ouvindo os reconfortantes sons da cidade ao nosso redor.

— Acho melhor voltarmos para dentro — Archer disse em voz baixa. — Pelo menos para dar uma olhada na Rosie.

— Tem razão — concordei.

Fiquei de pé e me inclinei para recolher os pedaços maiores da caneca quebrada para que ninguém acabasse se machucando acidentalmente.

Ouvi o som de um carro em movimento perto da cafeteria quando Archer abriu a porta dos fundos e uma van — que eu me lembrei vagamente de pertencer a Karin, tia de Archer — avançou em nossa direção e freou muito perto de nós.

— *Zio* Art?

Archer pareceu confuso quando Art DiRosario saiu da van, depois de desligar o motor, e caminhou até nós.

— O que você está fazendo aqui? — Archer perguntou.

Ele parecia nervoso.

Havia uma expressão sombria estampada na face de Art quando parou diante de nós, esfregando a nuca com a mão.

— Aconteceu algo.

COINCIDÊNCIAS NÃO SÃO ASSIM TÃO COMUNS

— *ZIO* — ARCHER INSISTIU, NERVOSO. — POR FAVOR, DIGA LOGO o que está acontecendo.

Art respirou fundo, finalmente levantando a cabeça para nos encarar.
— É a sua avó. Ela está no hospital.

Ele murmurou essas palavras tão baixo que eu podia jurar que o havia escutado mal; mas a expressão horrorizada no rosto de Archer não deixou nenhuma dúvida.

— Você está brincando — Archer disse secamente.
— Victoria teve outro derrame — Art continuou apressadamente. — Foi durante o jantar. Chamaram uma ambulância, ela foi levada para o hospital. E, Archer, as coisas não parecem nada boas.

Archer deu um passo para trás, recusando-se a acreditar.
— Não.

Passei a mão no rosto e por pouco não praguejei em desabafo. Não, isso não pode ter acontecido porque Havoc tinha uma vendeta pessoal contra mim, certo? Ele seria mesmo capaz de provocar um derrame em alguém?

E se Victoria não se recuperasse... quem seria o responsável?

— Achamos que seria melhor para as crianças se elas ficassem juntas — Art disse, enquanto eu o ajudava a desprender os cintos de segurança das crianças mais novas. — Archer, você também vai querer ir ao hospital, imagino.

Archer apenas fez um aceno rígido com a cabeça, levando Gina para a porta dos fundos da cafeteria. Ajudei Georgiana a subir as escadas até o apartamento, enquanto os outros, entre eles Lauren e Carlo, seguiam atrás de nós. Quando Archer entrou pela porta, o rosto de Rosie se iluminou e, na mesma hora, ela gritou para ele:

— Archer!

— Ei, *bambina*! — Archer foi até o sofá e se agachou na frente da garota. — Como está se sentindo?

— Bem — Rosie respondeu. — Hadley colocou curativos nas minhas mãos.

— Puxa, a Hadley é muito legal mesmo. Fico feliz que você esteja bem. Mas, escuta, o *Zio* Art e eu vamos sair um pouco. Você vai ficar aqui com a Lauren, o Carlo e todos os outros, tá bom?

O lábio inferior de Rosie começou a tremer, mas solenemente ela fez que sim com a cabeça, como se já soubesse que havia algo de errado. Archer e Art se despediram rapidamente de todos os presentes e se dirigiram à porta de saída. Segurei o braço de Archer, quando ele passou por mim, com a intenção de dizer uma ou duas palavras antes que ele se fosse. Só Deus sabia quanto tempo levaria antes que eu o visse novamente.

— Quê? — ele disse, sacudindo um braço no ar para se livrar do meu aperto. Ele nem mesmo me olhou nos olhos.

— Eu sinto que preciso... Você acha que eu poderia... posso ir com vocês?

— Não — Archer disse imediatamente. — Você não precisa fazer isso.

— Por favor, Archer — insisti. Eu não queria implorar, mas era o que eu estava prestes a fazer. — Quero ter certeza de que a Victoria está bem.

O Archer que estava diante de mim agora era bem diferente daquele que ria e fazia provocações mais cedo. Ele agia como se o mundo estivesse prestes a desmoronar — e eu sabia que ele começava a afastar as pessoas quando ficava assim. Por outro lado, eu não poderia simplesmente *não ir* com ele.

Archer olhou para Art, depois para Lauren e então para Carlo, antes de me empurrar para o lado.

— Hadley, eu me importo com você — ele disse. — Você sabe que me importo. Mas não há razão para que você venha comigo. Sem ofensa, mas a verdade é que você trabalha para a gente. Ponto-final. *Você trabalha para a gente.* E o que está acontecendo nesse exato momento envolve a minha família. Simplesmente há muita coisa em jogo agora e eu não posso, não posso mesmo... Escuta, temos que ir, está bem?

Ele se virou e se foi sem dizer mais uma palavra. Parou apenas para dizer boa-noite a Rosie mais uma vez, então saiu com Art. A porta da frente se fechou com força depois que eles saíram, com um estrondo que repercutiu por toda a sala. A televisão tinha sido abandonada e todos olhavam para mim. Até as crianças menores estavam caladas e me observavam com olhos arregalados.

— Hadley... — Carlo se aproximou de mim com a mão estendida, como se quisesse me confortar. — O Archer... Ele não quis dizer isso. Ele só está transtornado porquê...

— Carlo, tudo bem, tudo bem mesmo — respondi, e a minha voz falhou. — Ele tem razão. Eu devia ir para casa.

— Hadley, você não tem que ir embora — Lauren disse rápido, mas eu já estava a caminho da porta da frente, pronta para ir.

— Me avisem mais tarde como a Victoria está, certo? — eu disse antes de sair, fechar a porta e descer as escadas correndo.

Arranquei minha jaqueta do gancho onde estava e a vesti, agarrei a minha bolsa e saí pela porta dos fundos.

Quando assinei o contrato com a Morte, eu sabia que isso não seria fácil. Eu só não imaginava que poderia acabar tão envolvida emocionalmente. Na noite de Ação de Graças, eu estava falando sério quando disse a Regina que me sentia como se fizesse parte da família. Ela havia se tornado uma confidente leal, alguém em quem eu podia confiar — muito mais do que apenas a minha chefe. Rosie era simplesmente a menininha mais doce desse mundo, e eu começava a vê-la como a irmãzinha que eu jamais tive na vida. Até mesmo Victoria, com todo aquele seu mau humor, havia se tornado uma figura constante na minha vida.

Quanto a Archer... Eu não sabia dizer exatamente em que ponto nós estávamos. Ele era meu amigo, mas havia algo entre nós. E eu não podia abrir mão disso. As coisas que eu sentia por ele... eram coisas frustrantes, complicadas, mas, ao mesmo tempo, *faziam sentido.*

De alguma maneira, apesar de tudo, Archer havia permitido que eu entrasse em sua bolha. Mas agora o meu tempo estava se esgotando e eu não desejava me afastar. Não podia. Tinha que ficar com Archer até que o meu prazo terminasse. De que outra maneira eu poderia garantir que ele ficasse bem?

Então vá logo ao hospital! uma voz gritou dentro da minha cabeça. *Quem liga para o que o Archer pensa nesse momento?*

Antes que eu me convencesse do contrário, consegui chamar um táxi após andar um pouco, pulei para dentro dele e, sem perder tempo, pedi ao motorista que me levasse ao hospital para o qual Victoria havia sido levada, o que Art tinha mencionado. O motorista resmungou e logo o carro partiu, misturando-se aos outros no trânsito.

Quando finalmente o táxi parou do lado de fora do pronto-socorro, entreguei ao motorista uma nota de vinte, saltei do veículo e atravessei a rua correndo. Depois de avançar uns cinco passos, ouvi o som de pneus freando bruscamente na pista. De repente, vi um carro esporte amarelo vindo diretamente na minha direção.

Eu mal tive tempo de perceber que estava bem no caminho do carro e, no instante seguinte, eu estava voando. Não senti o impacto quando o carro me atingiu, mas senti quando todo o ar foi arrancado dos meus pulmões.

Lançado para trás, meu corpo rodopiou no ar até colidir com outro carro que se deslocava pelo sentido oposto da rua. Ouvi o som do para--brisas arrebentando sob o impacto do meu peso quando me choquei contra ele e depois rolei pelo capô do carro.

O que se seguiu foi um barulho terrível de ossos se quebrando quando aterrissei no pavimento. Tudo girava tão violentamente que eu mal podia ver. Caída de costas no chão, perdi a capacidade de respirar.

Uma sensação de frio e entorpecimento tomava conta de mim com uma velocidade assustadora.

— Minha nossa. Pelo visto você se meteu numa enrascada e tanto, não é, Hadley?

Eu não podia me mover, mas ainda conseguia mover os olhos para ver Havoc agachado perto de mim, com um grande sorriso estampado em seu rosto presunçoso. Os membros da equipe médica do hospital do outro lado da rua não pareceram notar a presença dele enquanto corriam em minha direção, gritando uns aos outros coisas num jargão médico que eu não entendia.

Era difícil enxergar Havoc direito. Manchas negras dançavam no meu campo de visão, distorcendo os traços do seu rosto. Quis gritar, mas só consegui produzir um tipo de ruído engasgado, sufocado. Senti o sangue escorrendo pelos meus lábios.

— Sejamos justos, eu avisei você — Havoc disse, dando uma tapinha no meu rosto. —Tentei dizer o que aconteceria, mas você não me deu ouvidos. — Ele deixou escapar um suspiro dramático. — Bem, bem. Suponho que agora você vai conseguir o que desejava. Vai morrer como uma heroína trágica, e talvez, eu disse *talvez,* o seu amigo Archer sobreviva. Nunca dá para saber o que uma pessoa está realmente pensando, não é mesmo? É tão vergonhoso. Diga olá à Morte por mim, ok?

O PONTO CULMINANTE DOS EVENTOS

QUANDO EU JÁ TINHA IDADE SUFICIENTE PARA COMPREENDER que a morte era inevitável, quis que chovesse no dia da minha morte. De algum modo, parecia simbólico: lavar tudo o que havia de ruim e negativo sobre a vida e começar de novo. Mas não chovia quando me senti mergulhar no vazio, pelo menos até onde pude perceber. Eu quis permanecer consciente, para provar a Havoc que ele não podia me vencer, mas estava cansada de tentar lutar para chegar à superfície. Tudo começava a desaparecer. E então eu soube que a morte era de fato inevitável — não daqui a sessenta ou setenta anos, mas agora, nesse exato momento.

Eu acreditava que a morte seria dolorosa, mas não era. Era fácil, como cair no sono. Eu me senti muito melhor quando os meus olhos se fecharam sabendo que não teria que abri-los de novo.

Antes que tudo finalmente parasse, um último pensamento figurou na minha mente: se eu tivesse que morrer tão jovem, pelo menos eu morreria no lugar de pessoas que eu amava. Isso tinha que ter algum valor.

IMPASSE

— VOCÊ VAI TER QUE ACORDAR MAIS CEDO OU MAIS TARDE. Vamos lá, garota. Acorde.

Quis que essa voz se calasse. Afinal, antes de começar a escutá-la, eu estava relaxada. Calma.

— Você não pode continuar dormindo por muito mais tempo, Hadley. — A voz parecia cada vez mais próxima de mim e vinha de algum lugar acima da minha cabeça. — *Acorda*.

Deixei escapar um suspiro angustiado e abri um olho, pronta para ralhar contra a voz; mas acabei gritando de susto e me sentando ereta quando me vi face a face com a Morte.

— *Morte?* Mas que raios está... — As palavras morreram na minha garganta quando olhei ao meu redor, tentando reconhecer o lugar onde eu estava. — O que você faz aqui? O que *eu* estou fazendo aqui? Onde... *Onde fica* aqui?

Eu estava estatelada no chão de um quarto enorme e imponente. As paredes eram brancas, o teto era branco — *tudo* era branco.

— Vá com calma, Hadley — a Morte advertiu. — Você está bem.

Dei uma boa olhada em mim mesma. Eu estava vestindo a mesma roupa que me lembrava de ter colocado mais cedo pela manhã: calça jeans, camisa de manga longa e casaco.

Com a diferença de que a minha camisa estava toda rasgada, meu casaco em farrapos pendurado em mim e minha calça jeans dilacerada. E todas essas peças estavam cobertas de sangue. As regiões da minha pele que eu conseguia enxergar estavam feridas e parecia que eu tinha sofrido queimadura em alguns pontos da minha pele que haviam raspado contra alguma coisa. Porém nada doía. Era isso o que mais me apavorava.

— Morte, eu… — Olhei para ele, com as palavras presas na garganta. — Eu… Eu estou…

Sem dizer nada, a Morte sentou-se ao meu lado no chão, estendendo as pernas a sua frente.

Esperei ansiosamente que ele dissesse algo que me desse alguma ideia a respeito do que havia acontecido comigo. O seu rosto era como uma máscara sem expressão.

— Morte… — Lágrimas começaram a escorrer em abundância pelo meu rosto, sem que eu pudesse evitar. — Eu estou… estou morta. Estou morta… não estou?

A Morte fez que sim com a cabeça. Alguma coisa parecida com piedade brilhou em seus olhos por um segundo, e então desapareceu.

— Sim.

Eu havia sido avisada a respeito das consequências que sofreria se interferisse com o tempo e sabia que tentar ajudar alguém que, claramente, não queria ser ajudado seria difícil. Mas isso não poderia me preparar para enfrentar a situação que enfrentava agora. Eu jamais imaginei que acabaria *morta*, fossem quais fossem as ameaças que recebia de Havoc.

Eu havia salvado Archer — pelo menos era o que eu esperava. Mas havia perdido as pessoas que conhecia como a minha família. Meus pais. Meus amigos. Archer. *Tudo.*

Forcei-me a respirar, cerrando os dentes, enquanto uma nova onda de dor explodia em mim. Do tipo emocional, não físico. Eu não esperava que essa fosse a pior de todas as dores — aquilo *que poderia ter sido, mas não foi.*

Ao tirar a própria vida, Archer havia desperdiçado muitas coisas sem saber; e isso me influenciou em grande parte a tomar a decisão de assinar o contrato. Ele precisava perceber que estava jogando fora coisas importantes, ainda que pensasse que não valiam a pena.

Ele havia escolhido uma solução definitiva para um problema temporário. Mas a sua dor não teria durado para sempre. Nada durava para sempre. Eu queria que Archer soubesse disso. Eu *precisava* que ele soubesse disso.

Eu não fazia a menor ideia do que o futuro me reservava quando aceitei o contrato que a Morte me ofereceu. E agora eu jamais teria a chance de descobrir. Apesar de todas as adversidades, para onde quer que a nossa amizade louca e incompatível nos tenha transportado, parte de mim sabia que Archer e eu ficaríamos juntos — se tudo seguisse o seu caminho natural. Mas isso agora tinha sido tirado de mim, de nós. E doía mais do que qualquer dor que ossos quebrados pudessem provocar.

Limpei as lágrimas do meu rosto com a manga da minha camisa destroçada. Eu estava à beira de um colapso, mas precisava de respostas.

— Mas..., mas onde eu estou então?

— Pense nesse lugar como... um tipo de sala de espera — a Morte respondeu. — Não é o céu. Também não é o inferno. É só... aqui.

— O que eu estou fazendo *aqui* se... se... — Respirei fundo e fiz força para conter uma nova explosão de lágrimas. — O que estou fazendo aqui se já morri? Eu não deveria estar nesse momento a sete palmos da terra, num caixão ou coisa parecida?

— Isso você vai descobrir em breve. — A Morte se pôs de pé e estendeu a mão para mim. — Podemos dar uma voltinha, se não se importa?

Segurei na mão fria da Morte e ele me puxou para cima. Consegui dar uns poucos passos desajeitados, mas os meus joelhos subitamente cederam. Eu teria caído no chão se a Morte não tivesse passado um braço em torno da minha cintura para me manter firme. Era estranho perceber que, agora, depois da minha morte, ele parecia muito mais legal.

— Os primeiros minutos são sempre os piores. Por aqui — ele disse, acenando com a cabeça na direção de uma porta que apareceu de repente no canto mais distante do recinto. Avancei, cambaleando ao lado da Morte, até que ele abriu a porta, uma pesada peça de madeira entalhada com intricadas imagens de símbolos e figuras. Eram imagens impressionantes.

— Morte, o que... oh!

Eu me encontrava agora dentro de uma sala inteiramente feita de vidro.

Nada era visível para além das placas de vidro transparente, exceto uma neblina branca que se comprimia contra as laterais do aposento e chegava até o chão. Eu tinha a impressão de que estava escondida bem no meio de uma densa nuvem. No centro do aposento, via-se uma grande mesa — que poderia perfeitamente ser uma sala de conferência —, cercada por largas cadeiras de couro.

— Por que não se senta? — a Morte disse, gesticulando na direção das cadeiras ao redor da mesa. — Temos muito a conversar e não temos todo o tempo do mundo.

— Como não? — retruquei. — Estou morta, não estou? Então eu não deveria ter todo o tempo do mundo agora?

— Só me faça esse favor. Sente-se.

Decidi, por fim, concordar. Dei alguns passos à frente e fiquei aliviada por não cair no chão. Sentei-me pesadamente na cadeira mais próxima de mim e me acomodei, me voltando ansiosa para a Morte.

Ele empurrou sua cadeira para trás, pôs os pés sobre a mesa e colocou os braços dobrados atrás da cabeça.

— Hadley, considere isso... como uma avaliação de desempenho.

— Uma avaliação de desempenho — repeti. — De quê?

— Da execução do seu contrato, é claro. — A Morte remexeu dentro do bolso do seu casaco e retirou dele um amontoado de papéis amassados que eu me lembrava de ter assinado sem ler vinte e cinco dias atrás.

— Ah.

Isso não parecia promissor. Será que o nosso contrato perderia a validade agora que eu estava morta? Eu não havia sobrevivido a todos os vinte e sete dias. Será que o mundo retornaria à cronologia original — aquela em que Archer tinha cometido suicídio?

— Não há necessidade de ficar tão assustada — a Morte disse, e um sorriso sarcástico curvou os seus lábios enquanto ele olhava para mim. — Considerando tudo, você se saiu bem.

— Bem? — Olhei para ele sem entender. — Eu me saí bem? É o que você acha? Mas eu *morri*! Simplesmente morri antes mesmo do fim do meu prazo de vinte e sete dias! Havoc apareceu, fez o que quis e acabou com tudo de maneira definitiva. Victoria está no hospital, e sabe-se lá onde Archer está. E se ele decidir se... — Não consegui terminar a frase. — Morte, eu *fracassei*. Isso é o contrário de se sair bem.

A Morte deixou escapar um assovio baixo e se recostou na sua cadeira.

— Tenha dó, garota. Você achou mesmo que isso seria fácil? Achou que tudo seriam rosas, um grande passeio no parque, e você daria conta da tarefa e entregaria tudo perfeitamente embrulhado com um lacinho?

— Claro que não pensei dessa maneira — retruquei. — Só achei que...

— Isso pode ser uma surpresa para você, Hadley, mas poucas coisas na vida são fáceis de conseguir. Tem sido assim desde o início dos tempos, e tenho certeza de que sempre será assim. Mas quer saber? — a Morte se projetou para a frente em sua cadeira, aproximando-se mais de mim, segurou o meu joelho e me forçou a olhá-lo nos olhos. — Existem coisas nessa vida que fazem todas as outras bobagens valerem a pena. Daí você agarra esses momentos, essas pessoas, e luta com todas as suas forças para jamais perdê-las. E, no final da sua vida, quando você olhar para trás e considerar todas as coisas que fez, você ficará feliz por ter gritado e esperneado.

Foi a primeira vez que escutei a Morte falar dessa maneira. Eu não sabia nada sobre esse... *homem*, a não ser que ele se autodenominava a Morte e parecia se divertir brincando com a minha vida e com a de Archer, como se nós todos estivéssemos em algum tipo de jogo cósmico. Nada a respeito dele era humano — não que eu pudesse ver, pelo menos —, mas o que ele havia acabado de dizer era, provavelmente, o pensamento mais humano que eu já tinha ouvido.

— Você me disse que fracassou — a Morte prosseguiu. — Acho que você está errada. Escolhi você por vários motivos, mas eu enxerguei dentro de você, sabe? Talvez você não tenha percebido, mas era *tão* solitária quanto Archer. E estava tão perdida quanto ele. Temia tanto quanto ele o que o futuro reservava. Você apenas expressava isso de maneira diferente. Eu não cometi um erro ao te escolher. E você não falhou.

Vários minutos de silêncio se seguiram enquanto eu pensava no que ele tinha dito.

— Talvez você esteja certo. — Minha voz soou estridente. — Mas eu poderia ter feito tudo *melhor*, ou pensado de maneira diferente... ou, quem sabe, se eu tivesse descoberto mais cedo o que estava acontecendo, eu poderia...

— Você tem dezesseis anos, garota. Você se encontra em um estágio da sua vida em que pensa que estraga todas as coisas que faz.

— Obrigada.

— Se você não fosse a pessoa certa para a tarefa, jamais, em hipótese alguma, teria sido capaz de enfrentar Havoc como enfrentou — a Morte disse. — Tudo o que aconteceu na semana passada, todos aqueles acidentes, não por acaso eram algumas das piores coisas que Archer temia que acontecessem. Havoc simplesmente transformou os piores pesadelos dele em realidade.

Era bastante óbvio que Archer se importava com os seus familiares mais que com qualquer outra coisa na vida, e faria tudo para protegê-los. Eu podia perceber que ele estava irritado e frustrado com o que estava acontecendo, mas não sabia até que ponto os seus medos mais profundos e sombrios se desenrolavam diante dos seus olhos.

— E você percebeu que acabou incluída nessa categoria também?

Virei a cabeça tão rapidamente, a fim de olhar para Morte, que senti uma pontada de dor no meu pescoço.

— Desculpa, *como disse*?

— Você mostrou que se importa com Archer, mesmo não sendo da família dele. Foi uma das primeiras pessoas a se importarem — a Morte respondeu. — Você o ajudou a suportar o fardo dos piores medos dele, e não o julgou. Como Archer poderia não se importar com você depois disso, ainda que da própria maneira dele? Eu o observava quando você caiu daquela escadaria na escola e vi o olhar no rosto dele. Ele se assustou com a possibilidade de que você tivesse se machucado. Então não pense que você não é importante para ele. Que não faz diferença ter você por perto. Você estará mentindo para si mesma.

Talvez eu até tenha feito alguma diferença, mas restavam ainda dois dias para que eu soubesse com certeza se tinha ou não obtido sucesso;

e agora eu jamais descobriria isso. Então, fiz a pergunta que tive medo de expressar esse tempo todo:

— O que acontece se eu não tiver feito o suficiente? Se eu tiver falhado?

— Sempre existe essa chance, imagino — a Morte respondeu, hesitante.

— Por que eu morri, então? — perguntei.

— Eu não contava com isso — ele admitiu, parecendo envergonhado. — E sinto muito que isso tenha acontecido com você. Bem, na verdade, não sinto *tanto* assim.

— Não sente *tanto* assim? Mas o que isso significa? — exigi, zangada. A Morte estava feliz com a minha morte? Típico.

— Você não deveria ter morrido, Hadley. Na verdade, isso é uma cláusula específica no contrato. — Ele pegou o contrato e abriu a última página, apontando para um parágrafo curto bem acima da minha assinatura desleixada. — Está vendo? — A linguagem continuava totalmente ininteligível.

— E como eu poderia saber? — respondi, erguendo a voz, e arranquei o contrato da mão dele, sacudindo-o no ar. — Me desculpa por não conseguir entender nada do que esses símbolos significam!

— Não há necessidade de ser tão desagradável — a Morte retrucou. — Posso te explicar com prazer. — Ele tirou o contrato da minha mão, localizou o parágrafo e começou a ler em voz alta. — Aqui diz o seguinte: *Caso eu morra pela ação de forças sobrenaturais, nenhum laço que, porventura me prenda à morte, terá validade.*

— *Forças sobrenaturais?* Havoc, você quer dizer? O que isso significa? — perguntei freneticamente.

Eu estava morta, mas, de algum modo, parecia que o meu coração batia dolorosamente dentro do meu peito.

— Agora é sua vez de tomar a decisão, Hadley — a Morte disse, lançando o contrato sobre a mesa. — Eu me assegurei de que houvesse uma brecha no contrato caso ocorresse algum infortúnio. Sempre faço isso. Havoc já tentou ferir tanta gente que eu aprendi que é melhor ter alternativas, embora deva admitir que essa é a primeira vez que ele consegue, de fato, matar alguém com quem estou trabalhando. Você está morta, não há dúvida quanto a isso, mas tem duas opções. Pode escolher permanecer morta, se entender que isso é o ideal, ou pode retornar.

— Mas... assim, sem mais nem menos? — eu disse, e minha voz soou tão esganiçada que eu nem consegui reconhecê-la. — Eu voltaria como se nada tivesse acontecido, e o contrato nunca tivesse existido?

Qual era o significado disso? Que todos os eventos ocorridos nos últimos vinte e cinco dias, na verdade, jamais haviam acontecido? Que eu nunca cheguei a conhecer o Archer, nem sua família, nem havia me tornado próxima deles? Que o Archer estaria morto? Se fosse assim, então eu não tinha tanta certeza de que desejava voltar. Eu sabia que havia coisas pelas quais viver, e que era afortunada por ter recebido tanto da vida, mas eu teria que enfrentar uma existência muito... *solitária* sem eles.

— Pelo contrário. O contrato foi bem real. O seu passado com a família Incitti já foi consolidado — a Morte me explicou calmamente, compreendendo o meu pânico. — Isso não vai mudar. Aquela realidade na qual Archer cometeu suicídio deixou de existir.

O sentimento de alívio me atingiu de forma tão intensa que eu quase caí da minha cadeira.

— Quando... Quando foi isso? Quando isso aconteceu? — perguntei, com receio de olhá-lo nos olhos.

— Na primeira vez que você foi à cafeteria da família dele. Quando ele te ajudou com seu dever de casa. Ele percebeu que você estava tentando se aproximar para conhecê-lo e... ele gostou disso. Archer jamais admitiria, mas estava desesperado para que alguém mostrasse que se importava com ele.

Era difícil acreditar que o Archer havia desistido da sua decisão de tirar a própria vida tão cedo no intervalo dos meus vinte e sete dias, mas e daí que tão pouco tenha bastado para que o objetivo fosse alcançado? Apenas um breve momento para mostrar que alguém genuinamente *se importava*? Esse simples pensamento me aqueceu por dentro e eu me senti eufórica e leve como o ar.

— Que bom — eu disse e sorri sem fazer esforço. — Isso me deixa feliz.

Então, eu havia concluído a minha missão com sucesso, no final das contas.

— Bem, agora vamos dar um fim nisso. — A Morte deu um tapa na mesa.

— Dar um fim… estamos indo embora? Simples assim?

— Simples assim. A menos que você prefira ficar aqui.

A Morte já estava de pé e a caminho da porta, e, na tentativa de alcançá-lo, tropecei nos meus próprios pés e quase caí de cara no chão. Definitivamente, eu *não queria* ficar para trás.

— Aonde estamos indo? — perguntei, nervosa.

— Para a próxima etapa — a Morte respondeu, abrindo a porta.

Ao chegar à porta de entrada, parei; senti uma fraqueza nos joelhos, por nervosismo ou por andar de um lado para o outro com o meu estranho corpo feito de nada. Bufando com impaciência, a Morte segurou gentilmente o meu antebraço, puxou-me para a frente e passou um braço em torno da minha cintura para me tirar daquela sala.

— Se não se importa, Hadley, temos uma agenda meio apertada para seguir aqui.

— Certo — eu disse envergonhada por não conseguir controlar direito os movimentos do meu próprio corpo. — É claro.

A porta se fechou atrás de nós quando deixamos a sala de vidro, e a Morte começou a me conduzir adiante, agora para a esquerda, de volta pelo mesmo caminho por onde havíamos chegado. Dessa vez, contudo, o corredor parecia estar se tornando cada vez mais estreito e uma porta com aspecto nodoso surgiu em nosso campo de visão. A porta parecia estar quase despencando das dobradiças.

— Tcharam! — a Morte anunciou, gesticulando pomposamente em direção à porta.

— Essa é a minha luz no fim do túnel? — perguntei, curiosa. Isso foi como um anticlímax a essa altura. Talvez eu esperasse ver portões enfeitados com pérolas ou algo um pouco mais luxuoso e impressionante.

A Morte revirou os olhos, os lábios torcidos numa carranca de irritação.

— Se existe uma lição que eu gostaria que você levasse de toda essa experiência é que você nunca deve acreditar em tudo o que vê em Hollywood. E que, além disso, em cada lugar há um modo de entrar e um modo de sair.

— Vou me lembrar disso.

A Morte empurrou a porta gentilmente e ela se abriu. Eu me aproximei com cuidado, tentando descobrir o que havia para além da soleira; mas não consegui ver nada, apenas escuridão. Para mim, um passo para fora me faria afundar rumo a um lugar para o qual eu *realmente* não queria ir. Eu não acreditava que a Morte pretendia me enganar — além, claro, de me convencer a assinar um contrato que viraria a minha vida de cabeça para baixo —, mas não me agradava a ideia de dar o primeiro passo rumo a um futuro incerto.

— Bem, vá em frente — a Morte disse, me dando um empurrãozinho de encorajamento pelas costas. — Você só precisa continuar andando. Não vai se perder, eu prometo.

— Então é isso? — Olhei para a Morte atrás de mim, ainda com um medo enorme de me mover. — Esse é o fim.

— Ou o início — ele sugeriu.

— Por incrível que pareça, uma parte de mim quer agradecer e pedir a você para manter contato — falei. — Mas a outra parte quer que você simplesmente fique longe de mim.

A Morte deixou escapar uma curta risada, que fez seus olhos se enrugarem de divertimento.

— Você não seria a primeira, Hadley. Mas não se preocupe. De agora em diante, você ficará bem seguindo o seu caminho.

— Então esse é o momento em que a gente se abraça?

Ele pareceu horrorizado com a sugestão.

— De jeito nenhum, que ideia. Esse é o momento em que você parte e começa a viver a sua vida de novo.

A Morte não poderia ter aparecido com uma despedida melhor do que essa.

— Você precisa urgentemente trabalhar as suas habilidades sociais, Morte. Mas… obrigada. Por tudo. — Eu esperava que ele compreendesse a sinceridade da minha declaração, mesmo que não fosse capaz de expressar isso com palavras.

— Boa sorte, garota — foram as últimas palavras da Morte, antes que ele me empurrasse para a frente e a escuridão me engolisse por completo.

COISAS QUE NÃO FORAM DITAS: DOIS DIAS DEPOIS

A PRIMEIRA COISA QUE OUVI FORAM VOZES. COMEÇARAM A ficar cada vez mais altas, soando confusas, até que, finalmente, eu fui capaz de compreender o que estavam dizendo.

— Há quanto tempo ela está inconsciente de novo?
— Cerca de três dias agora.

Houve um suspiro quase inaudível e o silêncio voltou a imperar.

— O coma clinicamente induzido nos dá a esperança de que o corpo dela se cure mais facilmente. Por outro lado, eu também não quero dar falsas esperanças a vocês, senhor e senhora Jamison. A sua filha sofreu danos bastante sérios nesse acidente de carro. O crânio foi fraturado, o apêndice rompido, e três costelas e um braço quebrados.

Então, ouvi algo parecido com o ruído de alguém... chorando?

— Mas o que exatamente o senhor quer dizer com isso, doutor?
— O que quero dizer, senhora Jamison, é que existe a possibilidade de que a sua filha nunca mais acorde. Faremos tudo o que estiver ao nosso alcance, mas precisamos que ela lute também.

— Mas ela... — Mais um soluço distorceu a voz. — Ela *tem que acordar*. Ela precisa! Ela não pode... não pode simplesmente...

Tentei abrir os olhos, mas não consegui; era como se tijolos estivessem empilhados sobre as minhas pálpebras. A simples *tentativa* de abrir os olhos já me causava dor, mas eu tinha que deter o choro, eu precisava ajudar. Eu *precisava* abrir os olhos de qualquer maneira.

Eu não saberia dizer quanto tempo lutei para conseguir enxergar, mas me deparei com uma luz cegante quando minhas pálpebras finalmente se abriram. Contraí o rosto e então gemi ao sentir uma dor que se espalhou pela minha face. Provavelmente, havia algo de errado com o meu rosto.

Eu estava em um quarto pequeno, apertado, em uma cama estreita com lençóis ásperos — uma cama de hospital, como logo percebi. As paredes tinham uma tonalidade de um branco que parecia desbotado devido ao número de pacientes que chegavam e saíam. Havia várias máquinas espalhadas em torno da cama fazendo todo tipo de barulho. Meu braço esquerdo estava engessado, muitos tubos estavam fixados na minha mão direita e alguma coisa presa no meu peito tornava difícil respirar.

Vi minha mãe caída numa cadeira ao lado da cama, quase dormindo. Ela parecia desgrenhada e bem diferente daquela mulher elegante e centrada que costumava ser. Deitado no sofá sob a janela estava o meu pai; ele parecia tão exausto quanto a minha mãe, mesmo desacordado.

Tentei mover a mão para alcançar o braço da minha mãe, mas isso foi ainda mais difícil do que o ato de abrir os olhos momentos atrás.

Levou mais alguns instantes para comunicar ao meu cérebro que eu precisava mover a boca para conseguir falar. Quando, de alguma maneira, tudo pareceu se encaixar e eu finalmente produzi algum som, minha voz soou estridente e estranha:

— M-m-mãe...

Os olhos da minha mãe se abriram e ela se ergueu da cadeira como um foguete, lançando-se para a frente, a fim de agarrar a minha mão.

— Ah, *graças a Deus*, Hadley, você acordou! — ela balbuciou, quase sem fôlego. — Você ficou inconsciente durante dias, eu pensei que...

Kenneth! Kenneth, acorde! — Ela foi até o meu pai, deu um tapa na perna dele e o sacudiu. — Hadley acordou!

Meu pai se sentou imediatamente, esfregando os olhos. Uma expressão de absoluto alívio se estampou no seu rosto quando ele olhou para mim.

— Você acordou — ele disse, colocando-se rapidamente em pé e aproximando-se da minha cama. — É tão bom ver os seus olhos abertos, Hadley.

Agora, eu estava ainda mais confusa do que antes.

— Eu fiquei inconsciente por muito tempo? — perguntei lentamente.

Meu pai suspirou e então pôs sua mão gentilmente sobre a minha.

— Faz uns quatro dias agora.

— Querida... — Mamãe apertou minha mão suavemente. Eu não disse a ela que doía. Havia algo nesse gesto que parecia acalmá-la. — Você se envolveu em um acidente de carro.

Comecei a me lembrar de tudo, pouco a pouco. O acidente. Fui atingida por um carro. Por dois, na verdade. E acabei... morrendo. A Morte. Eu falei com ela. E isso era tudo o que eu conseguia relembrar de maneira distinta.

— Vou procurar uma enfermeira — meu pai avisou baixinho, antes de sair rapidamente do quarto.

— Hadley, meu amor. — Minha mãe voltou a apertar a minha mão, ainda me fitando com expressão preocupada. — Como se sente?

— Eu... não sei — respondi com sinceridade.

A sensação de entorpecimento estava lentamente desaparecendo e uma dor constante começava a me invadir. Um instante depois, a porta se abriu e meu pai entrou, seguido de perto por uma enfermeira vestida com uniforme violeta.

— Que bom, ver que você recuperou a consciência é um alívio enorme — a enfermeira me disse com um largo sorriso. — Você nos deixou bem assustados aqui.

— Desculpa — falei envergonhada.

A enfermeira começou a checar as diversas máquinas em volta da cama, movendo-se de um lado para o outro com a rapidez de um pássaro, perguntando-me como eu me sentia e se alguma dor me incomodava, qual era o meu nome, quem era o presidente, onde ficava a minha escola e em que ano estávamos.

Eu sabia as respostas para todas essas perguntas, mas levei mais tempo que o normal para me lembrar delas. Era como se o meu cérebro estivesse cheio de uma neblina densa, provavelmente graças às medicações que eles, com certeza, haviam me dado.

— Vou dizer ao doutor Sherman que ele precisa vir aqui imediatamente — a enfermeira falou virando-se para os meus pais. — Vai ser emocionante para ele ver Hadley acordada.

— Sim, claro — meu pai respondeu com um aceno de cabeça.

— A propósito... querem que eu diga também àquele garoto que ela despertou? — a enfermeira perguntou com uma expressão séria no rosto. — Ele tem aparecido muito aqui e acho que ainda está lá fora, em algum lugar na sala de espera.

Aquele garoto? *Ah.* Senti como se meu peito estivesse se rasgando enquanto eu tentava respirar. *Archer.* Meus vinte e sete dias haviam se esgotado. Na verdade, haviam se passado vinte e nove dias. Eu não precisei olhar os números no meu pulso para saber disso.

— Archer! Onde ele está? Preciso vê-lo, eu tenho que vê-lo, eu...

— Hadley, é importante que você se acalme — a enfermeira pediu gentilmente, examinando mais uma vez todas as máquinas às quais eu estava conectada quando elas começaram a apitar de forma inesperada. — Só procure se acalmar, certo? Ficar nervosa não ajudará você em nada.

— Vou sair e procurar o Archer — meu pai disse, dirigindo-se para a porta. — Esperem, já volto.

A enfermeira voltou a dizer algo a respeito de encontrar o médico e saiu do quarto logo depois do meu pai. Minha mãe ficou rondando a cama, enquanto eu me esforçava para inspirar pelo nariz e expirar pela boca. Sempre que conseguia fazer o oxigênio chegar aos meus pulmões, eu os sentia queimar dolorosamente.

Depois de esperar o que me pareceu uma verdadeira eternidade, vi a porta do quarto se abrir.

— Archer!

Ali estava ele, os olhos arregalados e injetados, o cabelo todo desgrenhado e um aspecto geral nada bom — mas estava vivo e respirando.

Archer estava *vivo*.

Senti o alívio me invadir, porém a dor permaneceu, irradiando-se através de cada centímetro do meu corpo — mas valeu a pena do início ao fim.

— Está tudo bem? A Victoria está bem? Por favor, me diga que todos estão bem e que nada de ruim aconteceu a ninguém, juro que...

Archer ergueu as mãos para me fazer cessar o frenético jorro de perguntas.

— Pare, Hadley. Só respire por um segundo, tá?

— Mas eu queria... — Inspirei com força, me esforçando para conter uma onda de lágrimas que chegava. Uma das máquinas conectadas a mim estava apitando em ritmo cada vez mais acelerado, acompanhando a velocidade das batidas do meu coração. — Preciso saber se tudo está bem.

— Você acabou de acordar depois de ficar em coma por quatro dias e já quer saber como estão todos? — Archer perguntou, pasmo.

— Michaela, venha — meu pai disse à minha mãe, colocando a mão no braço dela. — Vamos deixar os dois a sós um pouco para que possam conversar.

Minha mãe pareceu ensaiar algum protesto, mas meu pai murmurou algo que a fez se calar. Ela olhou com cara fechada para Archer antes de me dizer:

— Hadley, se precisar de nós, é só chamar.

— Pode deixar — respondi, desesperada para que eles saíssem e eu pudesse conversar com Archer, apenas nós dois.

Meus pais saíram do quarto e o meu pai fechou a porta lentamente.

Olhei para Archer de cima a baixo, examinando-o atentamente, e constatei que ele estava bem, pelo menos, aparentemente. Isso me deixou tão imensamente aliviada que foi difícil formular um pensamento objetivo. Ele me observava com uma expressão cautelosa, como se receasse que eu pudesse sofrer um colapso mental. A essa altura, a possibilidade de que algo assim acontecesse era bem grande.

— Você está bem — eu finalmente consegui dizer respirando de forma brusca.

Archer franziu as sobrancelhas, confuso, e se aproximou da cama.

— Claro que estou bem. Por que eu não estaria? *Você* está bem?

Havia *inúmeras* razões para que Archer não estivesse bem, mas eu, definitivamente, não estava disposta a compartilhar minhas informações a respeito disso. Era provável que jamais fizesse isso.

— Não sei, eu só... pensei que você... — Minha primeira reação foi fazer um gesto de indiferença com os ombros, mas me arrependi imediatamente, pois uma dor intensa me atingiu quando tentei movimentá-los. — Como está a Victoria?

— A minha avó está bem — Archer disse. — Os médicos disseram que ela vai se safar dessa. É teimosa demais para morrer.

Eu quis rir, mas me contive. Rir, provavelmente, provocaria uma dor ainda maior do que a que senti ao tentar mover os ombros.

— Que bom — eu disse por fim.

Archer se sentou pesadamente na cadeira, que minha mãe tinha ocupado momentos atrás, perto da cama, e se reclinou todo para trás, cobrindo os olhos com uma mão.

Parecia que estávamos evitando tocar no ponto central da questão.

— Sabe, se você fizer uma coisa dessas comigo de novo, eu mesmo vou te matar.

— Eu... Espera, como é?

Archer se inclinou para a frente na cadeira, na minha direção, me fitando com uma expressão intensa e muito séria no rosto.

— Hadley, eu não sou o tipo de cara sentimental, meloso, que demonstra as emoções. Pensei que você já soubesse disso.

— Eu sei que você não é — respondi. Não entendi onde ele queria chegar com isso.

— Eles disseram que você estava morta. Faz alguma ideia do que isso me causou? Ficar lá sentado, ouvindo os médicos e as enfermeiras correndo de um lado para outro, gritando que não havia nada que pudessem fazer para salvar a sua vida?

Archer havia se levantado em algum momento durante seu pequeno discurso e começou a correr os dedos pelos cabelos, como sempre fazia quando estava agitado. Algumas coisas jamais mudavam.

— Eu estava lá. — Archer voltou a se jogar na cadeira ao lado da minha cama e se inclinou, apoiado nos cotovelos, encaixando as mãos debaixo do queixo. Ele não me encarava. — Estávamos na sala de espera, aguardando alguma notícia da minha avó, quando eles entraram correndo com você, e você estava...

A voz dele falhou quando pronunciou a última palavra, morrendo no ar. Ele não estava chorando, mas uma expressão estranha tomou conta do seu semblante. Suas sobrancelhas estavam franzidas e sua boca curvada exprimia desgosto. Eu podia ver as pontas dos seus dedos pressionando as palmas das mãos.

— E eu então fiquei pensando sem parar na última coisa que disse a você. E... Hadley, você... você ficou lá *morta* durante aqueles poucos minutos. Eu nem consigo imaginar o que faria se perdesse você.

— Você ficaria bem, Archer. — Eu sabia que ele não teria me esquecido. Mas queria acreditar que ele teria seguido em frente. — Você sabe que acabaria ficando bem sem mim.

— *Não!* — Archer discordou no mesmo instante, parecendo furioso. — Não é você quem decide isso. Não pode me dizer como me sinto em relação a você, Hadley. Você não me disse a mesma coisa na semana passada? Se você morresse, eu teria...

Tive a impressão de que ele queria continuar falando, mas não conseguiu. Nós mergulhamos num silêncio embaraçoso. Honestamente, o simples fato de saber que Archer estava ali, de vê-lo diante de mim, já me deixava aliviada. Talvez nem houvesse muito mais a ser dito. Archer estava bem na minha frente. Victoria ficaria bem e os meus pais estavam logo ali fora, esperando por mim. Tudo parecia perfeito. O que mais eu poderia querer?

— Posso te perguntar uma coisa? — Archer parecia mais calmo, não tão agitado.

— Você sabe que pode.

— Tem uma coisa que eu não entendo... — ele começou a falar, então parou e respirou fundo. — Por que você se importou?

— Me importei com o quê? — eu perguntei, confusa.

— Se importou comigo. Por que agora? Por que você se interessou em me conhecer? Acho que deixei bem claro que não estava procurando um amigo, e você simplesmente sentiu a necessidade de sabotar a minha determinação.

— Tenho a impressão de que você está zangado porque sou sua amiga — observei, tentando sorrir.

De alguma maneira, isso parecia *tão típico* do Archer. Eu não conhecia ninguém que pudesse ficar zangado por fazer um novo amigo.

— Não zangado, eu não diria isso — Archer retrucou. — Eu diria que estou irritado. Irritado porque *você* é irritante.

— Vou considerar que existe um elogio escondido em algum lugar disso que você falou.

— Hadley, eu estou falando sério.

— Tá bom, tá bom. Desculpa.

Ele deixou escapar um gemido de frustração e afundou a cabeça entre as mãos novamente.

— Eu não estava à procura de um amigo. Eu *não queria* um amigo e, com certeza, não queria que *você* fosse a pessoa que mudaria isso. Porque, para início de conversa, eu ficava pensando: quem essa garota pensa que é? Em que universo ela acha que pode chegar e entrar na minha vida à vontade só para estragar tudo?

— Eu... estraguei tudo? — falei, tentando não me sentir ofendida.

— É, você estragou, sim. Eu tinha todas as razões para ter raiva do mundo, Hadley, e isso me servia bem, estava bom para mim. Acho que eu até acreditava que merecesse isso. Era dessa maneira que eu enxergava as coisas. Mas então, depois que você apareceu, você me fez perceber que... que eu não queria continuar vivendo assim. O problema é que eu não sei como *não viver* assim.

Não foi difícil perceber o que ele estava tentando dizer.

— Então você está assustado. Comigo. — Agora, tive que fazer um grande esforço para não sorrir.

Archer devia estar realmente numa situação bem complicada, porque ele nem mesmo tentou negar isso.

— Mudar é assustador, ok? Eu não me dou bem com mudanças. E, por mais que eu odiasse afastar todo mundo de mim, eu estava satisfeito agindo assim, porque era com isso que eu estava acostumado, era o que eu conhecia. Mas então você chegou e virou tudo de cabeça para baixo, e eu me apavorei porque não achava que quisesse essa mudança.

— Mas mudar para melhor é bom, não é? — argumentei, esperançosa.

A minha vida havia mudado radicalmente desde o momento em que a Morte se aproximou de mim pela primeira vez, do lado de fora daquela igreja, na noite do funeral de Archer. Levou um tempo até que eu conseguisse processar toda essa mudança, mas eu já sabia que nem tudo nela havia sido ruim. Assustadora? Sim, definitivamente. Mas ruim? Não, eu não achava que tinha sido ruim.

— Eu não sei — Archer respondeu, e sua voz soou tensa. Seu pé não parava de tamborilar nervosamente no chão e ele mordia o lábio, ainda evitando me encarar. — *Eu não sei.* Aí é que está. Eu olho para você e vejo a pessoa que eu quero ser. O tipo de cara que pode dar tudo aquilo que você precisa. E então eu me lembro de cada pensamento ferrado e fracassado que já passou pela minha cabeça e me dou conta de que jamais vou ser digno de uma garota como você. Mas o que me apavora é que, ainda assim, eu quero tentar.

De repente, percebi que olhei para ele o tempo todo com a boca aberta, como uma idiota, e rapidamente tentei encontrar uma resposta inteligente na medida do possível.

— Alguma vez eu já disse que queria que você fosse outra pessoa que não você mesmo, Archer? Estou até inclinada a concordar quando você diz que poderia ser um pouco menos babaca às vezes, mas isso é melhor do que ser um desses caras metidos a príncipes irresistíveis. Eu não quero que você seja diferente de quem é.

— Está dizendo isso... para me tranquilizar? — Archer perguntou, olhando para mim com o maxilar rígido.

— Não — respondi. — Você já desabafou, agora é a minha vez.

Ele fez silêncio para avaliar as minhas palavras e depois gesticulou, indicando que eu seguisse em frente.

— Eu disse a você que queria ser a sua amiga porque tinha a intenção de te conhecer, e não estava mentindo. Eu não imaginei que seria tão difícil que você me aceitasse, mas quando isso começou a acontecer, eu gostei demais, gostei tanto que até me surpreendi. Eu gostei *de você.* Você acabou se tornando o melhor amigo que eu nem sabia que queria ter, e só porque você é quem é. O nervosinho e antissocial Archer Morales.

— Nervosinho e antissocial? — Archer repetiu, erguendo uma sobrancelha ao olhar para mim.

— Nem tente negar isso — avisei, em tom de brincadeira. — Você sabe que é mal-humorado e antissocial. Eu diria que agora sou a sua amiga mais alegre e falante.

Os lábios dele se contorceram com o esboço quase imperceptível de um sorriso.

— É um fardo difícil de carregar.

— Não é um fardo — respondi. — É dar e receber. Todas as amizades são assim. Daí, um dia, quando eu estiver me sentindo deprimida e nervosa, como você costuma ser, você não terá opção a não ser estar lá para me apoiar e então comer todas as minhas batatas fritas, como sempre faz.

— Então, essa é a parte em que fazemos braceletes de amigos um para o outro? Damos as mãos e cantamos Kumbaya? Podemos também trançar os cabelos um do outro e pintar nossas unhas. Minha cor favorita é a vermelha.

Dessa vez, foi inútil tentar resistir. Explodi numa gargalhada e, imediatamente, gemi, quando senti um espasmo de dor na boca do estômago.

— Hadley, pare de rir! — Archer exclamou. Ele ficou de pé num pulo e se aproximou da minha cama.

— Então pare de me fazer rir! — respondi, sem conseguir parar de jeito nenhum, apesar da dor.

— Preciso chamar uma enfermeira? — Archer perguntou, mostrando-se nervoso. — É sério, você tem que parar com isso, senão vai acabar rompendo os seus pontos ou sei lá, e eu não quero que...

— Archer! Eu estou *bem*, tá? — Consegui alcançar e segurar o pulso dele antes que se afastasse, apesar de todos os tubos atados à minha mão. — Fique aqui.

Uma expressão pensativa cruzou o semblante de Archer quando ele olhou para mim. Ele soltou sua mão da minha e, num sutil movimento, retirou do meu rosto uma mecha de cabelo trançada. Senti a pele queimar ao ser tocada por ele.

— O quê? — eu disse sem pensar direito.

— Há mais uma coisa que eu percebi — Archer falou, hesitante.

— O quê? — repeti, dessa vez mais alto.

— Eu... — A respiração de Archer se acelerou e seu rosto ficou vermelho. — É que na verdade eu... comecei a gostar de pinguins agora.

No início, eu não entendi o que ele quis dizer, mas quando a minha ficha finalmente caiu, tive que sorrir. Doeu, pois o movimento repuxou os cortes que decoravam a minha cara, mas não consegui evitar.

— Você acha que eu sou o seu pinguim — eu disse. Foi difícil não demonstrar na minha voz toda a minha satisfação.

Ele não respondeu. Em vez disso, inclinou-se na minha direção e, gentilmente, pressionou os lábios contra os meus. O beijo não durou mais que alguns segundos, mas foi suave e doce, o suficiente para fazer minha cabeça girar quando Archer se afastou.

— Descanse um pouco — ele disse e começou a caminhar para a porta. — Vou voltar, mas tenho que levar em conta que a sua mãe já deve estar farta da minha presença.

— A enfermeira disse que você veio aqui um bocado de vezes — observei e novamente me apanhei sorrindo.

— Mas é claro. Eu precisava ter certeza de que você ficaria bem — Archer disse, clareando a garganta. — Precisamos que você volte em forma para dar conta de todas as horas extras que vai ter que fazer para compensar as suas faltas no trabalho.

— Vai ser um prazer compensar tudo isso, mas será que você pode esperar até que eu consiga sair dessa cama?

— Acho que seria *gentil* da minha parte fazer isso.

— Agora você está aprendendo.

ESPÍRITO DE NATAL: DUAS SEMANAS MAIS TARDE

FICAR PRESA EM UM HOSPITAL ESTAVA ME DEIXANDO LOUCA. O médico tinha certeza de que a minha recuperação seria completa, mas eu permanecia internada por precaução, por ter sofrido muito sangramento interno e danos aos meus órgãos, sem mencionar o meu crânio fraturado.

— É um milagre que esteja viva, Hadley — o médico comentou, sorrindo. — Uma nova chance foi dada a você. Continue lutando, ok?

As enfermeiras relutavam até para me deixarem sair da cama para caminhar em torno do meu quarto ou ir ao banheiro sozinha, mas, aos poucos, fui ganhando liberdade para me deslocar quando desejasse.

Meus pais me visitavam todos os dias. No início, achei esquisito passarmos tanto tempo juntos, depois de anos de tanto distanciamento. Meu relacionamento com minha mãe e meu pai nunca havia sido perfeito, mas as coisas pareciam ser… diferentes agora. As coisas acabariam melhorando, era o que eu esperava; mas isso levaria tempo.

Outras pessoas também me visitaram: Taylor, Chelsea e Brie, por exemplo. Elas ficaram felizes ao me verem em plena recuperação e não perderam tempo em me colocarem a par de tudo o que estava acontecendo na JFK e todo o drama que eu estava perdendo por lá. Era um alívio voltar a ter algum senso de normalidade ao meu redor.

Archer me visitava com frequência. Na maioria das vezes, ele se sentava na cadeira ao lado da minha cama, sempre que os meus pais não estavam presentes, e conversávamos sobre a família dele e sobre o andamento das coisas na cafeteria, mas raramente falávamos sobre o que acontecia na escola. Eu até tentei convencê-lo a me inteirar das coisas que eu estava perdendo nas aulas, mas ele se recusava, categoricamente, a fazer isso, alegando que eu já tinha problemas suficientes com a geometria e que as lesões que eu havia sofrido na cabeça certamente não me fariam melhorar nesse sentido. Cheguei a receber bilhetes de alguns professores que diziam que eu já tinha problemas suficientes para resolver e que o dever de casa podia esperar.

Para a minha grande decepção, eu não recebi alta hospitalar a tempo de aproveitar as festas de fim de ano, por isso, fiquei presa no estúpido quarto de hospital no Natal. No dia de Natal, porém, ganhei o melhor dos presentes. Meu queixo caiu assim como um pedaço de pudim de chocolate caiu literalmente no meu colo, quando Archer entrou no meu quarto, seguido por Regina, Rosie, Lauren e Carlo.

— Oi-oi, Hadley! — Rosie disse com excitação, enquanto eles se posicionavam em torno da cama, trazendo presentes embrulhados em papel reluzente e sacolas de comida.

— O-o quê… — Engoli em seco, e uma inesperada onda de emoção me invadiu. — O que todos vocês estão fazendo aqui?

— Ora, por que você está assim tão surpresa? — Archer disse depositando um presente ao pé da minha cama.

— Afinal de contas é Natal — Carlo comentou, como se isso não fosse óbvio. — Como se a gente fosse mesmo deixar você passar esse dia sozinha.

— Mas eu não estou sozinha, os meus pais só foram…

— A gente também é a sua família, ué — Rosie disse, puxando os meus lençóis e tentando pular para a cama junto comigo.

Minha atenção passou imediatamente de Archer para as palavras de Rosie, e eu me lembrei da última coisa que o Archer me disse antes que aquele carro me atingisse. As palavras tinham essa particularidade.

Ditas no lugar errado e no momento errado, mesmo que cheias de dúvidas, as palavras tinham o hábito de perdurar por um longo tempo.

— Só deixe acontecer — Archer disse, ensaiando um sorriso.

— A gente trouxe sobremesas — Lauren disse com entusiasmo, colocando uma das sacolas na mesa de cabeceira ao lado da cama. — *Zia* Regina fez o seu cannoli!

Imediatamente joguei o resto do meu pudim no lixo. Quem se importaria com um pudim comprado pronto se pudesse comer cannoli?

— Lembro que você adorou isso no jantar de Ação de Graças — Regina disse, sorrindo, enquanto eu agarrava avidamente a sacola na mesa de cabeceira.

— Você não precisava ter se dado ao trabalho — respondi, porém, já abrindo a tampa do recipiente que Lauren tinha me entregado e enfiando um garfo dentro dele.

— *Caro,* ninguém deveria ter que passar o Natal preso dentro de um hospital — Regina falou, sentando-se na cadeira ao lado da cama.

— Agora vocês todos estão presos aqui também — observei, com a boca cheia de cannoli.

— Você só pode estar brincando? Isso aqui é cem vezes melhor do que estar com o resto da família — Carlo disse, bufando. — Vão acabar chamando a polícia se todos continuarem bebendo e jogando cartas da maneira que estavam quando saímos de lá.

— Nisso você tem razão — Archer concordou.

— Todos queriam vir até aqui para ver você — Lauren disse —, mas a *zia* Regina achou que, provavelmente, seria demais para você.

Eu duvidava muito disso, mas Regina tinha razão. Um monte de crianças brincando de sardinhas num quarto de hospital não era mesmo uma boa ideia.

— Apenas aceite, Hadley, você agora é uma de nós — Carlo disse, abrindo um sorriso travesso para mim. — E uma vez dentro, não existe mais escapatória.

— Bem, você não vai abrir os seus presentes? — Rosie perguntou, ainda tentando se içar para cima da cama.

— Ei, boa ideia.

Para ser sincera, eu gostaria de continuar comendo sobremesas — afinal, como Taylor e eu havíamos decidido, calorias também não contam quando você foi atropelado por um carro —, mas se eles tiveram a preocupação de me trazer presentes, como eu poderia dizer não?

Os meus pais haviam me comprado alguns presentes de Natal: um novo iPad (para que a minha estada no hospital se tornasse menos insuportável), vários cartões de presente de lojas de marca e com um pacote de trufas. Eu apreciei o gesto e estava contente por ter algo a mais com que me ocupar que não fosse a televisão, mas a extravagância dos presentes chamava a atenção mais do que o necessário. Eu sabia que os meus pais estavam apenas tentando me compensar por tudo, mas esperava que percebessem o quanto antes que eram eles quem gostavam de ter coisas caras, não eu.

— Abra o meu primeiro! — Rosie pediu com empolgação, já em cima da cama, empurrando na minha direção um pacote com embalagem brilhante.

Não tive grande dificuldade para abrir o presente, apesar de todos os tubos que ainda estavam conectados à minha mão.

— Nossa! Um livro para colorir novinho!

O enorme livro para colorir da ilha da fantasia nas minhas mãos era um presente que só podia vir da Rosie, e esse pensamento me fez sorrir.

— Vejam só, uma caixa com sessenta e quatro lápis de cor! — Rosie anunciou, sacudindo os lápis diante de mim.

— Óbvio que é mais para ela do que para você — Archer disse, rindo e encostando-se na mesa de cabeceira ao lado da cama.

— Quem liga? — respondi. — Você nunca é velho demais para colorir. Além do mais, estou farta de jogar Candy Crush.

A essa altura, depois de abrir a caixa de lápis de cor, Rosie já estava colorindo de cor-de-rosa o desenho de um dragão. Sem dúvida, ela teria a minha companhia mais tarde.

— Este presente é de todos nós — Lauren disse, entregando-me um pacote que me pareceu ser um livro. — Bom, foi a minha mãe que comprou, mas é de todos.

Era nada mais, nada menos, do que um livro de culinária italiana com todos os tipos de receitas, desde almôndegas até molho Alfredo para cookies e mascarpone. Na primeira página, liam-se as seguintes palavras escritas a mão:

Para quando você não puder comparecer aos jantares
da família.
Com muito amor,
família DiRosario

— É perfeito — eu disse, sorrindo. — Eu ando com vontade de aprender a cozinhar.

— Espero que você se saia melhor como cozinheira do que como barista — Archer disse baixinho, mas nós todos o escutamos.

Regina o repreendeu com algumas palavras em italiano que fizeram Lauren e Carlo darem risada. Eu, por minha vez, atirei nele minha caneca vazia de aveia.

O presente que ganhei em seguida foi dado por Sofia, seu marido e seus filhos. Era um lindo cachecol roxo feito à mão, junto com um cartão desejando-me Feliz Natal e expressando sua expectativa de que eu saísse do hospital o mais rápido possível.

Imediatamente enrolei o cachecol em volta do meu pescoço e dos meus ombros, e isso me deixou feliz, pois me proporcionou alívio contra o ar frio do hospital.

Regina me presenteou com um lindo bracelete de prata com pequenas pedras cor-de-rosa, que cintilavam sempre que a luz refletia nelas.

— Isso é da época em que passei o verão na Sicília quando tinha quinze anos — Regina me disse. — É pequeno demais para mim agora, e Rosie ainda é jovem demais para ter uma joia dessas; então pensei que você fosse gostar de ficar com ele.

— Regina, isso é... — Eu não consegui encontrar palavras para expressar a minha emoção por ter recebido tal presente.

— Fico feliz que você tenha gostado — ela disse com um sorriso.

— Gostar? Eu amei!

— Talvez você possa usá-lo quando sair do hospital — Archer disse, depois que eu passei um bom minuto lutando para colocar o bracelete em uma mão.

— Talvez — resmunguei, suspirando, contrariada.

Droga de hospital.

— Esse é o seu presente, Archer? — perguntei, colocando a mão no último presente, enquanto ele depositava o bracelete de volta no estojo.

— É, sim. Eu costumo dar uns presentes de vez em quando... — ele disse, dando de ombros.

Antes mesmo de abrir o pacote, eu já sabia que se tratava de mais um livro, mas jamais imaginei que fosse...

— *Geometria para Iniciantes*? Minha nossa, muito obrigada! Esse foi, provavelmente, o *pior* de todos os presentes!

Eu ainda sentia dor sempre que ria, mas foi impossível não rir quando todos no quarto caíram na gargalhada.

— Não vai dar para estar sempre por perto para te explicar novamente o Teorema de Pitágoras — Archer disse com um sorrisinho irônico.

— Como é? — protestei. — Só precisou me explicar uma vez, e, se pensar bem, vai se lembrar do A que tirei na última prova. Só porque você...

— Hadley?

Meus pais estavam parados em pé na porta de entrada, com comida chinesa na mão, olhando, espantados, para os meus visitantes aglomerados em torno da minha cama.

— Mamãe, papai, olá! — eu disse, sentindo-me subitamente ansiosa.

— Quem são os seus convidados? — meu pai perguntou, olhando para mim.

— Você se lembra do Archer — respondi. — Esta é a Regina, a mãe dele e minha chefe. E esses são a Lauren e o Carlo, primos do Archer, e a Rosie, a irmãzinha dele.

— Ah, sim. Olá — meu pai disse, mas minha mãe permaneceu em silêncio, ainda surpresa e desconfiada. — Você deve ser a proprietária da cafeteria, então.

— Isso mesmo. — Regina ficou de pé e estendeu uma mão na direção do meu pai para cumprimentá-lo. — É um grande prazer finalmente conhecer vocês.

— Se soubéssemos que vocês viriam, teríamos trazido mais comida — meu pai disse, colocando as embalagens de comida chinesa na mesa de cabeceira.

— Ah, não precisa se preocupar com isso — Regina respondeu, balançando a mão no ar.

— A gente só queria fazer uma surpresa para a Hadley — Carlo explicou, sorrindo, simpático, para os meus pais. — Nós todos amamos a Hadley.

— A sua filha é uma funcionária e tanto, é muito esforçada — Regina acrescentou, sorrindo para mim com carinho.

Imaginei que Archer fosse fazer um comentário do tipo "ela não consegue nem fazer um cappuccino direito", mas, em vez disso, ele falou:

— Não existe tédio quando a Hadley está por perto.

Dada a situação, preferi pensar que se tratava de um elogio.

— Acho melhor a gente ir agora — Regina olhou para Lauren, Carlo e Archer. — Rosie, vamos. É hora de guardar os lápis de cor, está bem?

Eu quis gritar para que eles não fossem embora, mas foi a minha mãe quem falou inesperadamente:

— Por que vocês não ficam pelo menos para almoçar? Temos bastante comida aqui — ela convidou.

— É, fiquem, por favor. — Tratei de reforçar rapidamente o pedido da minha mãe, apesar do espanto diante da cordialidade dela. Era um novo lado dela que aflorava, um lado legal.

Archer olhou para mim e sussurrou:

— Não quer que eu vá embora ainda?

— Cale a boca — resmunguei, mas foi difícil não sorrir.

O almoço foi melhor do que eu esperava. Demorou um pouco para que os meus pais se acostumassem aos Incitti, pois a família deles era bem diferente da nossa; mas meus pais logo começaram a rir com eles. Meu pai foi incapaz de resistir ao adorável charme de Rosie, e minha mãe ficou um tempo surpreendente falando de negócios com Regina. Nunca passou pela minha cabeça que essas duas partes importantes da minha vida pudessem se reunir assim, e eu percebi, para a minha surpresa, que gostava disso. Gostava *demais*.

Todos começaram a arrumar as coisas para sair quando o final do horário de visitas se aproximava. Meus pais tinham permissão para ficar, mas eles haviam passado a noite anterior no hospital e eu consegui convencê-los de que seria perfeitamente normal que eles dormissem na própria cama, em casa, essa noite.

— Então... — eu disse ao Archer, enquanto Regina tentava obrigar Rosie a vestir a jaqueta dela e Lauren e Carlo juntavam as sobras. — Quando você virá me ver de novo?

Archer riu, lançando um olhar divertido ao vestir o seu casaco.

— Mas eu ainda nem deixei você.

— Engraçadinho. Tente passar um tempão enfiado dentro de um hospital e depois me diga como se sente ficando sozinho — eu disse.

— Acho que não, obrigado — Archer respondeu. — Já é ruim o suficiente ter que almoçar na escola sem você lá. As suas amigas agora insistem em se sentar comigo. Se eu tiver que ouvir mais uma palavra a respeito do Liam Hemsworth e do quanto ele está a fim da Taylor, juro que vou pirar.

— Você devia se sentir lisonjeado — comentei, abafando uma risada. — Isso significa que elas gostam de você.

— Tá bom, que seja.

Quase pareceu que Archer não estava de fato pensando nisso quando ele se inclinou para me dar um rápido beijo na boca — bem diante da mãe dele e dos meus pais.

— Hum — balbuciei, e meu rosto se coloriu de vermelho. — Eu... então, vejo você depois?

— Claro, né — Archer respondeu, dando um sorrisinho maroto. — Você sabe que sim.

Naturalmente, um segundo depois que Archer e sua família se foram, a minha mãe veio me perguntar se estava acontecendo algo.

— Você está namorando aquele garoto ou coisa assim, filha?

— Eu... não tenho certeza absoluta — admiti, um tanto embaraçada. — Acho que vamos descobrir mais sobre isso em breve.

Essa conversa poderia esperar. No meu entender, não estávamos com pressa para ficarmos juntos. Acabaria acontecendo no momento certo. Eu estava feliz por poder esperar.

RETORNO À NORMALIDADE: DOIS MESES DEPOIS

— PENSEI QUE ESTIVESSE PRONTA PARA FAZER ISSO, MAS... agora não tinha tanta certeza.

De pé na calçada do lado de fora da escola, de mãos dadas com Archer, eu olhava para o velho edifício de tijolos, do qual eu havia sentido saudade durante o tempo em que passei ausente.

— Você sabe que pode ir para casa — Archer observou, olhando para mim. — O médico disse que você pode descansar mais uma semana.

Eu só recebi alta do hospital muito tempo depois do Ano-Novo. Era irritante e frustrante ter que fazer as coisas tão devagar e, ainda por cima, depender de medicamentos contra a dor, mas eu estava ansiosa para voltar à escola, queria retornar o mais rápido possível. Eu já teria que frequentar cursos de verão para compensar tudo o que havia perdido durante o tempo em que estivera no hospital. Tudo o que eu queria era que a minha vida voltasse ao normal de novo.

— É, mas isso é melhor do que ficar dentro do apartamento o dia inteiro — respondi. — Gosto de ficar perto das pessoas, tenho saudade disso. Até da escola eu tenho saudade.

Archer franziu as sobrancelhas e colocou as costas da mão na minha testa.

— Está com febre? Não seria melhor tomar um remédio? Porque eu podia jurar que ouvi você dizer que está com *saudade* da escola.

— Essas coisas acontecem quando a gente é atropelado por um carro, acho.

O sinal da escola tocou, indicando que as aulas se iniciariam dentro de um minuto, mas eu já não estava mais tão familiarizada com a organização das aulas como antes. Archer e eu nos juntamos à multidão de estudantes que atravessavam as portas da entrada e, enquanto ele recebia alguns olhares curiosos aqui e ali, e alguns sorrisos de simpatia, pareceu que nenhum tempo havia passado desde a última vez em que estive aqui.

— A sala onde você vai ter aula não fica naquela direção? — perguntei a Archer, apontando na direção oposta quando ele me levou até a escadaria.

— Tem razão, mas eu recebi permissão para ajudar você em todas as suas aulas — ele respondeu, colocando um braço em torno da minha cintura para me ajudar a manter o equilíbrio quando começamos a subir a escadaria.

— É mesmo?

— Não. Eu só não me importo se chegar atrasado na aula.

Isso me fez sorrir.

Antes do meu acidente, tivemos apenas vinte e cinco dias para nos conhecermos, e, apesar de já terem se passado pouco mais de dois meses desde então, eu sabia que ainda não estava nem perto de entender como Archer funcionava. Mas quando fiquei internada no hospital, vi um lado do Archer que era totalmente diferente. Ele se comportou de maneira mais suave e mais doce do que eu imaginava que ele fosse capaz. Ele ainda levava consigo o seu sarcasmo habitual onde quer que fosse, mas isso não chegava a me incomodar. Ele não seria o Archer sem essa peculiaridade.

Apesar de todos os esforços de Havoc, a vida do Archer não foi lançada de volta na escuridão. Victoria havia se recuperado completamente, embora ela parecesse ainda mais insolente que antes. Além disso, St. Pierre teve o seu pedido de apelação oficialmente recusado, o que, definitivamente, ajudou a melhorar muito o estado de ânimo do Archer. Não ocorreu mais nenhum acidente terrível, o que me deixou eternamente grata.

Quanto a mim e ao Archer... ainda tínhamos coisas a resolver, mas era reconfortante saber que podíamos fazer isso juntos. Nós *estávamos* fazendo isso juntos. Não existiam mais dúvidas na minha mente a respeito do que nós dois tínhamos.

— Aqui — Archer disse, entregando-me com cuidado a minha bolsa cheia de materiais escolares. — Vejo você no próximo intervalo.

— Obrigada — respondi, sorrindo. — Me deseje sorte.

Archer olhou com cara feia para o meu pulso quando peguei minha bolsa das mãos dele.

— Ei, você não está usando a sua pulseira de contas.

Ele se referia à minha pulseira de contas Navajo, a única coisa que permaneceu inteira em mim na ocasião do acidente de carro. Eu a mantive comigo durante todo o tempo em que estive no hospital, e apenas ontem a retirei. Eu a guardei cuidadosamente no meu estojo de joias, onde sabia que ela ficaria em segurança. Eu havia me acostumado a usar essa pulseira em todos os momentos, mas já não precisava mais desse tipo de recordação.

— Ah, sim. — Olhei para o meu pulso e vi a pele lisa em vez de números gravados que precisavam ser escondidos. — Eu, hã, acabei esquecendo a pulseira em casa.

— Que pena. Ela era bem legal.

Eu não tinha certeza se algum dia contaria a Archer sobre o meu contrato com a Morte — o que fiz para salvar a vida dele. Definitivamente, não seria nada fácil ter uma conversa desse tipo e, ainda que acreditasse em mim, ele ficaria total e completamente desmoralizado, sem dúvida. Por enquanto, o melhor era manter em segredo essa parte da nossa história.

Minha recuperação certamente não era um processo nada fácil, muito pelo contrário; mesmo assim, eu sabia, sem a menor sombra de dúvida, que havia feito a coisa certa. Por Archer e por mim. Eu tinha aprendido muito sobre mim mesma nos últimos meses, mais do que eu imaginava ser possível. Eu não sabia na ocasião, mas Archer era exatamente o que eu precisava.

— Hadley! — A Sra. Anderson apareceu na porta da sala de aula, exibindo um largo sorriso. — É tão bom ver você de novo! Venha, entre!

Archer sorriu para mim mais uma vez e então saiu andando pelo corredor. Eu o observei, enquanto ele se afastava, ainda impressionada por termos chegado tão longe. Para ser honesta, eu não sabia onde a vida nos levaria — não ainda, pelo menos —, mas tinha o desejo de descobrir.

Eu já havia apagado um futuro sombrio. Estava pronta para o que desse e viesse.

ASSINE NOSSA NEWSLETTER E RECEBA
INFORMAÇÕES DE TODOS OS LANÇAMENTOS

WWW.FAROEDITORIAL.COM.BR

Há um grande número de portadores do vírus HIV e de hepatite que não se trata.

Gratuito e sigiloso, fazer o teste de HIV e hepatite é mais rápido do que ler um livro.

Faça o teste. Não fique na dúvida!

CAMPANHA

ESTE LIVRO FOI IMPRESSO
EM MAIO DE 2021